Nicola Förg
Flüsternde Wälder

PIPER

Zu diesem Buch

Eine Frau stürmte auf Irmi und Kathi zu.
»Es muss etwas passiert sein. Sie ist nicht da! Sie ist sonst die Zuverlässigkeit in Person.«
»Grüß Gott, wären Sie so lieb, mir erst mal zu sagen, wer Sie sind und wen genau Sie vermissen?«, entgegnete Irmi.
»Ich bin Gesine Utzschneider. Ich hab vorhin angerufen.«
»Aha, und wer fehlt?«, fragte Kathi.
»Die Angie!« Frau Utzschneiders Ton war mehr ein Wimmern.
Kathi rollte mit den Augen. »Wer ist die Angie?«
»Angie Nobel, unsere Waldbademeisterin.«
Eigentlich schade, dass keiner sie filmte, denn die Blicke von Irmi, Kathi, Sailer und Sepp waren unbezahlbar.
»Eine was? Eine Waldmeisterbowle?« Kathi starrte die Frau an.
»Wir machen bei Angie eine Ausbildung. Und hier haben wir einen einzigartigen Kraftplatz gefunden. Wo sich Wasser und Wald treffen. Wo die Elemente zusammenklingen.«

Im 11. Band der erfolgreichen Alpen-Krimis führen alle Spuren in den Wald. Die Kommissarinnen Irmi Mangold und Kathi Reindl geraten zwischen die Fronten – Bauern gegen Sportler, Waldbesitzer gegen Naturgenießer, Waldarbeiter gegen Wanderer. Und der Wald schweigt …

Nicola Förg, Bestsellerautorin und Journalistin, hat mittlerweile 21 Kriminalromane geschrieben, an zahlreichen Anthologien mitgewirkt, 2015 einen Islandroman und 2019 einen Irlandroman verfasst. Die gebürtige Oberallgäuerin lebt mit ihrer Familie und vielen Tieren auf einem Hof in Prem am Lech. Sie erhielt mehrere Preise für ihr Engagement rund um Tier- und Umweltschutz. Die Verbindung von Naturschutzthemen mit spannenden Kriminalfällen ist Markenzeichen ihrer hoch erfolgreichen Alpen-Krimis.

Nicola Förg

Flüsternde Wälder

Ein Alpen-Krimi

PIPER

Mehr über unsere Autoren und Bücher:
www.piper.de

Von Nicola Förg liegen im Piper Verlag vor:

Alpen-Krimis
Band 1: Tod auf der Piste
Band 2: Mord im Bergwald
Band 3: Hüttengaudi
Band 4: Mordsviecher
Band 5: Platzhirsch
Band 6: Scheunenfest
Band 7: Das stille Gift
Band 8: Scharfe Hunde
Band 9: Rabenschwarze Beute
Band 10: Wütende Wölfe
Band 11: Flüsternde Wälder
Band 12: Böse Häuser

Glück ist nichts für Feiglinge
Das Winterwunder von Dublin

Das Zitat von Bertolt Brecht stammt aus:
Bertolt Brecht, *Buch der Wendungen*, in: ders., *Werke. Große kommentierte Berliner und Frankfurter Ausgabe*, Band 18: Prosa 3.

Das Zitat von Hermann Hesse stammt aus:
Hermann Hesse, *Wanderungen. Aufzeichnungen.*
Mit farbigen Bildern des Verfassers.

FSC www.fsc.org
MIX
Papier aus verantwortungsvollen Quellen
FSC® C083411

Ungekürzte Taschenbuchausgabe
ISBN 978-3-492-31745-0
Dezember 2020

Redaktion: Dr. Annika Krummacher
Umschlaggestaltung: Urberlin / Patrizia Di Stefano
Umschlagabbildung: Simone Torkington / EyeEm / Getty Images und Shutterstock.com
Satz: Satz für Satz, Wangen im Allgäu
Druck und Bindung: CPI Books GmbH, Leck
Printed in the EU

Für Hubertus Rechberg (†),
der den Wald liebte,
aber auch die Lebewesen darin

Die Schwärmerei für die Natur kommt von der Unbewohnbarkeit der Städte.

Bertolt Brecht

PROLOG

»Baum fällt!«, brüllte Felix und hieb noch einmal auf den Keil. Dann fiel er, der Baum. Die siebenundzwanzig Meter hohe Fichte gab jenes Krachen von sich, das in Alfreds Ohren wie Musik klang. Sie stürzte genau dorthin, wo der Plan der beiden Männer es vorsah. Zwischen zwei andere Bäume, fast bis hinunter auf den Fahrweg. Alfred hatte befürchtet, dass Felix einen Hänger produzieren würde. Aber der Baum fiel perfekt.

Felix hatte den Baum angesprochen und den Fallkerb gesetzt. Alfred selbst hätte zwar ein wenig anders geschnitten, aber Felix hatte letztlich recht behalten, indem er die extreme Hanglage und die leichte Schiefheit des Baums genau richtig einkalkuliert hatte. Es war auch für erfahrene Holzer ein Risiko, hier in der Steillage des Bergwalds zu arbeiten. Felix hatte darauf bestanden, den Baum mit der Winde anzuhängen, und war dann wie ein Oachkatzl die lange Leiter hinaufgekraxelt, um die Umlenkrolle anzubringen. Der Bua war ein Hund, dachte Alfred stolz. Manchmal erschien ihm der Junge ein bisschen weich, aber im entscheidenden Moment war er eben doch sein Sohn – kernig, klar und ohne große Worte zu verlieren.

»Sauber«, sagte Alfred, als er das liegende Trumm begutachtete, das aus dem Hang gestürzt und mit der Krone fast auf dem Forstweg gelandet war. Allerdings war es so gefallen, dass die beiden Männer das Stahlseil der Winde nicht entfernen konnten.

»Säg mir ned in das Seil!«, witzelte Alfred.

»Papa, echt«, kam es vorwurfsvoll von Felix.

Beide warfen sie ihre Motorsäge an, Felix eine Stihl und Alfred seine alte Jonsered, auf die er schwor, auch wenn sie sauschwer war. Während sich der Vater von der Mitte Richtung Wipfel durcharbeitete, fing Felix am Baumstumpf an. Sollte der Bua doch nach oben kraxeln und schauen, wie er am Hang Stand fand, dachte Alfred. Die Sägen heulten, die Äste trennten sich vom Stamm, die Männer arbeiteten schnell.

»Verdammte Brombeeren«, fluchte Alfred und riss an einer Ranke, die seine Schnittschutzstiefel umklammert hatte. Er suchte wieder guten Stand und sägte weiter.

Und dann flog etwas. Alfred sah verblüfft an sich hinunter. Er trug eine komplette Schnittschutzausrüstung. Anders als so mancher Landwirtskollege, der gerne mal in Cordhose und Filzhut ins Holz ging, legte er Wert auf korrekte Schutzkleidung. Genau genommen war es Lissi, die ihn kontrollierte, bevor er loszog. Er war gerüstet wie ein Waldritter, mit Helm, Klappvisier und Gehörschutz. Alfred legte seine Säge weg. Das Visier des Helms schob er nach oben und nahm die Micky-Maus-Ohren ab. Dann starrte er in die Brombeeren. Wo ein Finger lag. Sein Magen machte einen seltsamen Satz. Alfred riss seine Hände nach vorne, bewegte seine Finger in den Handschuhen. Zählte. Zehn Finger. Also war das, was da am Boden lag, schon mal nicht seiner!

Gehörte der Finger Felix? Aber der Junge arbeitete sicher fünfzehn Meter von ihm entfernt. Alfred fuchtelte wild, um sich bemerkbar zu machen, und schließlich schaltete Felix seine Stihl aus.

»Bua, kimm!«

Felix kam näher und lachte. »Kein Sprit mehr, oder was?«

Alfred schüttelte den Kopf und wies zu Boden. Dann hielt er seinem Sohn seine zehn unversehrten Finger hin.

Felix nahm die Säge seines Vaters und begann sich weiter am Stamm entlangzusägen. Bis ihn jemand ansah. Eine Frau, die unter dem Stamm lag. Sie war tot. Und hatte wahrscheinlich nur noch neun Finger.

1

»Und so schön weiß und blau geringelt ist der Maibaum, wie ein niedliches Kindersöckchen!«

»Des is kaa Sockn! Des is a Spirale von unten links nach oben rechts. Erst werd de weiße Farb auftrogn und dann des Blau. Fuchzig Kilo Farb leicht amoi.«

Bernhard stand kurz vor der Explosion und Irmi ganz knapp vor dem Lachkrampf. Dabei hatte alles ganz harmlos begonnen. Mit einem Himmel weiß und blau über den Biertischen in Urspring. Die Veranstalter hatten ein Zelt aufgestellt, bei dem schönen Wetter saßen aber alle draußen. Die Schlange an der Essensausgabe war lang wie ein Tatzelwurm gewesen, weswegen Irmi aufs Essen verzichtet hatte. Nun saß sie am Tisch, trank ihr kühles Bier und wunderte sich über sich selbst.

Sie hatte gemacht, was sie seit Jahrzehnten nicht mehr gemacht hatte – einen Familienausflug. Diesmal allerdings mit der neuen Familie: ihrem Bruder Bernhard und ihrer Schwägerin Zsofia. Deren ungarische Landsmännin Ildiko arbeitete in Steingaden, und weil Zsofia am 1. Mai Geburtstag hatte, wurde das Maibaumaufstellen in Urspring zum Anlass für eine kleine Fete genommen. Zsofia hatte wie immer ein Dirndl an, das all ihre Vorzüge nach oben presste. Wäre es ein bis zwei Größen größer gewesen, hätte es ihr etwas Luft gegönnt, aber Zsofia hatte im Service gearbeitet, und zwar in Dirndln, die maximal Kiemenatmung ermöglicht hatten. Auch Ildiko und deren bayerischer Mann waren in Tracht gekommen. Irmi hingegen hasste Dirndl, zumindest an sich selbst, und Bernhard trug Lederhosen nur bei hochoffiziellen Anlässen.

In der heutigen Konstellation fühlte sich Irmi als fünftes Rad am Pärchenwagen, aber sie hatte die Einladung ihrer Schwägerin nicht ablehnen wollen, die seit Irmis Auszug vom Bauernhof ein schlechtes Gewissen hatte. Sie prostete Bernhard zu und ließ ihren Blick über die Löwenzahnwiese schweifen.

Ganz schön unsportlich, befand sie, das Traditionsstangerl mit einem Kranwagen aufzustellen. Aber gerade sie als Polizistin wusste, dass Haftungsfragen immer gravierender wurden. Sie steuerten allmählich auf US-amerikanische Verhältnisse zu. Maibäume brauchten eine Haftpflichtversicherung, und ein Sachverständiger musste einmal jährlich den Zustand des Baums prüfen. Auch Maibäume waren Opfer von Bürokratie und Paragrafenflut geworden. Und weil das Aufstellen mit Schwalben und purer Muskelkraft weit mehr Gefahren in sich barg, griffen immer mehr Vereine zum Kran. Denn so mancher Vereinsvorsitzende, der sich zum Aufstellen verpflichtet hatte, wollte die Haftung nicht übernehmen. Inzwischen ging das so weit, dass bisweilen Bäume aus Alu und Stahl aufgestellt wurden, die dann für fünfzehn Jahre als sicher galten. Es ging dahin mit Bayern, dachte Irmi.

Am Nebentisch saßen ein Ehepaar und ein einzelner Mann, der einen Schäferhund dabeihatte, ein hypernervöses Tier, das in einer Tonlage pfiff, die nicht zu einem ausgewachsenen Rüden passen wollte.

»Ach, der Rasso hatte ein so schweres Leben«, erklärte der Besitzer seinen Tischnachbarn.

»Ach was, der Arme«, flötete die Frau, die ihm gegenübersaß. »Wie alt ist er denn?«

»Drei.«

»Und wie lange haben Sie ihn schon?«

»Drei Jahre.«

Irmi fing Bernhards Blick auf. Sie grinste in sich hinein.

»Ein Züchter, der nur auf Aggression züchtet«, fuhr der Schäferhundbesitzer fort. »Der Vater und die Mutter kommen beide aus einer solchen Linie, gell, Rasso?«

»Warum hast du den dann kaaft? Gabat aa andere Züchter«, brummte Bernhard so laut, dass Irmi ihn hören konnte. Der Mann am Nachbartisch nicht.

Ein Dackel kam vorbei, ein älterer Bursche, stoisch, geradlinig, ziemlich weit entfernt – und angeleint. Schäferhund Rasso war trotzdem kurz vor dem Bellkollaps.

»Es sind immer die Kleinen, die provozieren«, behauptete sein Besitzer.

Aus Bernhard entwich ein Japsen.

Inzwischen hatten sie den Maibaum angehängt, und die Frau am Nachbartisch jubilierte. »Ach, nun haben sie den Bulldozer angeschlossen!«, rief sie.

Irmis Amüsement nahm zu. Der Ausflug war doch gar keine so schlechte Idee für den 1. Mai gewesen.

»Wir wohnen ja seit dreißig Jahren am Ammersee«, tirilierte die Frau. Ihr astreines Hochdeutsch deutete auf den Raum Hannover hin. »Aber da ist es ja immer so voll im Sommer. Deshalb fahren wir gerne mal aufs Land, hier ist die Bevölkerung so urwüchsig. Diese Kinder im Dirndl und der ledernen Hose, zum Wegfressen.«

»Dreißig Johr in Bayern? Und da woaßt ned, was a Bulldozer is und wos a Bulldog? Lederne Hos, na merci!«, kam es von Bernhard. Schon etwas lauter, aber immer noch nur für Irmis Ohren bestimmt.

Das Wegfressen schien auch der Schäferhund im Sinn zu haben, und Irmi machte sich ernsthaft Sorgen um zwei vorbeilaufenden Trachtenzwergerl. Die Tischnachbarn beobachteten derweil wie gebannt den Maibaum.

»Jetzt steht der gleich!«, rief die Frau begeistert.

»Des san grad amoi fünfundvierzig Grad.« Bernhard kochte langsam weiter hoch.

»Ach, und der kleine Hosenmatz da, der ist schon barfuß. Dabei ist der Boden noch so kalt.«

»Der Bua hot an Sinn fürs Brauchtum. Früher war das Barfußlaufen ab dem 1. Mai wieder erlaubt. In Monaten mit einem R drin war der Boden zu koid«, grummelte Bernhard.

»Ich hab das auch schon einmal gesehen, dass der Baum mit solchen Stechstangen aufgestellt wurde«, meinte der Ehemann der Hochdeutschen, der sich nun wohl auch einbringen wollte.

»Jetzt passts amoi auf. Des hoaßt Schwaiberl, weil die aussehn wie Schwalbenschwänze. Oder Goaßn – zwengs der Ähnlichkeit mit den Hörnern vom Goaßbock.« Inzwischen hatte sich Bernhard umgedreht und starrte die Tischnachbarn an.

»Ach was! Und das geht? Der Baum hat doch sicher ein paar Hundert Kilogramm«, meinte die Hochdeutsche.

»Eins Komma fünf Tonnen schwer. Des erste Drittel und des letzte, wenn der Baum scho mehr in der Senkrechten is, geht guat. Aber das mittlere Drittel, des hot's in sich!«

»Interessant«, sagte ihr Ehemann, doch es war ihm anzusehen, dass er nicht belehrt werden wollte.

»Und so schön weiß und blau geringelt ist der Maibaum, wie ein niedliches Kindersöckchen!«

»Des is kaa Sockn! Des is a Spirale von unten links nach oben rechts. Erst werd de weiße Farb auftrogn und dann des Blau. Fuchzig Kilo Farb leicht amoi.«

Jetzt war Bernhard wirklich in Fahrt. Er hatte sicher schon zehnmal Maibäume aufgestellt. Und dabei sogar seine Lederhose getragen.

»So, so, was Sie nicht sagen. Und wenn der Maibaum gar keine Farbe hat, dann war die Gemeinde zu arm, ja?«, kommentierte der Schäferhundbesitzer. Vermutlich sollte das ein Witz sein.

Während Bernhard kurz nach Luft schnappte und Irmi schon das Allerschlimmste befürchtete, nahm ein schlanker Mann in Radloutfit neben ihrem Bruder Platz.

»Weit gefehlt! Das Aufstellen eines Maibaums ist ein uralter Brauch mit ursprünglich keltischen Wurzeln. Im 16. Jahrhundert kamen die Ortsmaibäume auf, die geschlagen, entastet und dann entrindet wurden. Geschäpst, sagt man hierzulande.« Er zwinkerte Irmi zu. »Man ließ den Wipfelbusch stehen und befestigte im oberen Bereich des Baums einen gewundenen Kranz. Als Maibaum wurde damals die Birke verwendet, die als erster Baum aus der Winterstarre erwacht und sprießt. Mit diesem Brauch wollte man die Fruchtbarkeit im Bauernjahr heraufbeschwören. Der Stamm stand für das Männliche, der Kranz für das Weibliche. Die erste Abbildung eines Figurenmaibaums stammt vom Maler Hans Donauer aus dem Jahr 1585. Das Entrinden des Baums hatte übrigens einen abergläubischen Grund. Man fürchtete, dass sich der Teufel in Gestalt eines Käfers unter der Rinde verbergen und später ins Dorf eindringen könnte. Angesichts so mancher Dorfpolitik mag man anzweifeln, ob der Baum wirklich vollkommen entrindet wurde, nicht wahr, Bernhard?«

Irmis Bruder nickte verdutzt. Die Besatzung des Nebentischs schwieg, und sogar Rasso war ruhig geblieben. Sie alle lauschten gebannt dem Vortrag des Hasen. Irmis Kollege von der Spurensicherung war besser als jedes Lexikon und einer, der ohne Probleme eine Radtour wie diese machte: vom Ammertal mal eben nach Urspring.

»Diese geschäpsten holzfarbenen Stangerl findet man durchaus noch im Westen des Oberlands oder im Allgäu. Manche mögen es halt bescheidener«, fuhr der Hase lächelnd fort und wandte sich an den Nachbartisch. »Wo kommen Sie denn her?«

»Vom Ammersee.«

»Im schönen Fünfseenland, an des Ammersees Gestaden, wo einst die Wittelsbacher lustwandelten. Dann wissen Sie bestimmt, dass es ein Maibaumverbot gab, weil die Burschen immer im Staatsforst Bäume stahlen. Und es war unser hochverehrter Ludwig I., der 1827 den Erlass herausgab, dieses an sich unschädliche Vergnügen wieder zuzulassen.«

Der Hase wandte seinen Blick von der Zuhörerschaft ab

und entdeckte Zsofia, die von der Essensausgabe kam und ein paar Teller balancierte. »Moment, ich helfe!«

Zsofia hatte Kicsi an der Leine, die kleine Chihuahuahündin. Und Rasso besann sich wieder auf seine Kernkompetenz: Angriff! Er ging ab wie ein Berserker.

Bernhard sprang auf und stützte sich mit seinen durchaus beeindruckenden Oberarmen markig auf den Tisch der Nachbarn. »Wenn du di ned glei mit deiner geistesgstörten Töle schleichst, dann überfahr i di mit dem Bulldozer.«

»Ja, am Dorf sind die Menschen halt so urtümlich«, sagte Irmi mit einem Achselzucken.

Der Hundebesitzer war so verblüfft, dass er aufsprang und anschließend von dem rasenden Rasso über den Platz gezogen wurde. Das Ehepaar von den Gestaden war wohl aus Solidarität ebenfalls aufgesprungen. In den Augen der Frau lag echte Angst, so dicht hatte sie dann doch nicht an die Urtümlichkeit heranrücken wollen.

Zsofia, die mittlerweile ihre Teller abgestellt hatte, umarmte Bernhard. »Du bist mein Held. Ja, geh zu Papa, Kicsi!«

Die kleine Hündin war auf Bernhards Schoß gesprungen – was Bernhard früher niemals zugelassen hätte. Aber er fraß seinen beiden ungarischen Damen aus der Hand. Zsofia hatte es darin zur Perfektion gebracht: das schmeichelnde Weibchen zu geben, das seinen Ritter anbetete, und gleichzeitig das durchzusetzen, was sie wollte. Immer ganz charmant.

»Sie sind natürlich auch mein Held, Herr Hase«, fügte sie hinzu.

Man konnte sie nur mögen. Allein dieser Akzent war

hinreißend. Und als Mann gab es genug, woran sich das Auge festhalten konnte.

»Ich hoffe, ich sprenge hier keine Familienfeier, aber ich wollte nur eine kleine Runde radeln, und Steingaden erschien mir als angemessene Distanz.«

»Passt!«, sagte Bernhard.

»Zsofia, darf ich Ihnen nochmals zur Hand gehen?«

»Gerne.«

Und während die beiden in Richtung der Essensausgabe verschwanden, sahen die Geschwister ihnen nach. Der üppigen Ungarin und dem gertenschlanken Hasen.

»Der Hungerhaken, der!«, sagte Bernhard und lächelte dazu.

»Dabei isst der mehr als wir zwei zusammen«, meinte Irmi.

»Des is a Sach vom Stoffwechsel, und weil der so schlau is. Des Denken und g'scheit Reden, des zehrt.« Bernhard sah Irmi direkt in die Augen. »Dass du immer so oberschlaue Burschen host. Der Jens war ja aa so g'scheit. Is er bestimmt immer no«, verbesserte sich Bernhard.

Er hätte nie nachgefragt, was das war zwischen Irmi und dem Hasen. Da war ja auch nichts, sie waren Kollegen. Der Hase hatte sich lediglich mehr geöffnet in der letzten Zeit. War von der wortkargen Mimose zu einem Mann mit Esprit mutiert. Und Jens, ihr langjähriger Freund, Gesprächspartner und Lover? Sie hatten sich zuletzt im Januar in München getroffen. Jens war immer noch verheiratet – nur nicht mit Irmi. Er war in der Tat klug und gebildet, und Bernhard hatte ihn immer akzeptiert, aber Irmi wusste auch, dass in den Augen ihres Bruders der Hase einen ganz großen Vorteil hätte: Der war Bayer, stammte aus Bad Tölz und hätte im Zweifelsfall auch boarisch sprechen können. Was er aber selten tat.

Zsofia und der Hase kamen mit dem restlichen Essen zurück, und auch Ildiko und ihr Mann Felix setzten sich hinter ihre gut gefüllten Teller. Deren kleine Tochter Anastasia war schon ganz aufgeregt, weil sie später bei einer Tanzvorführung mitmachen sollte.

»Und i hob an Bua, der isch viel kluiner als i«, beschwerte sie sich.

»Das macht doch nichts, dann sieht man dich besser«, sagte der Hase.

Er fand immer die richtigen Worte. Die Kleine strahlte und wirbelte davon.

»Diese bleden Preißn. Wenn i koa Ahnung hob, dann halt i des Maul«, grummelte Bernhard weiter.

»Gesegnet seien jene, die nichts zu sagen haben und den Mund halten. Das ist von Oscar Wilde, den ich sehr schätze«, erwiderte der Hase grinsend.

»Dieser Hundebesitzer war sicher kein Preiß«, bemerkte Irmi. »Der kommt eher aus dem Adele-und-Weckle-Land.«

»Inmitten all der Zuagroasten ist ein echter Werdenfelder wie der Bernhard eine vom Aussterben bedrohte Spezies und deshalb schätzens- und schützenswert.« Der Hase zwinkerte Bernhard zu.

»Ja, mein Bernie ist ein ganz rares Exemplar«, meinte Zsofia und gab ihrem Mann einen Kuss.

Bernie hätte sonst niemand sagen dürfen, dachte Irmi. Sie freute sich wirklich für die beiden. Nur leider war sie überflüssig geworden, seitdem Zsofia in Bernhards Leben getreten war, und deswegen auch vom Hof weggezogen, wo sie seit ihrer Kindheit gewohnt hatte.

Schließlich stand der Maibaum, Anastasia absolvierte ihren Part mit Bravour, und der Hase radelte schließlich von dannen. Auch Irmi verabschiedete sich. Es war immer noch komisch, dass sie nun in Bad Kohlgrub wohnte.

2

Am nächsten Morgen kam Irmi gut gelaunt ins Büro.

»Was hast du gestern gemacht?«, fragte Andrea.

»Ich war in Urspring beim Maibaumaufstellen. Mit Bernhard und Zsofia.«

»Ah, schön. Wir waren in Uffing. Lars war sehr beeindruckt.«

»Lars war da?«

»Ja, übers Wochenende.«

Andrea strahlte. Sie und der Polizeikollege aus Velbert hatten sich bei einem düsteren Kriminalfall kennengelernt und ineinander verliebt. Alle schienen sich zu verlieben. Ihr Bruder, Andrea …

»Die haben aber von Hand aufgestellt, oder?«, fragte Irmi.

»Klar!«

»Gottlob, in Urspring hatten sie einen Kran. Na ja, oder besser gesagt einen Bulldozer.« Irmi schmunzelte.

»Was?«

Irmi fasste die Ereignisse kurz zusammen, und Andrea lachte herzlich.

»Ich kann mir richtig vorstellen, wie Bernhard auf diese Preißn reagiert hat!«

»Ja, der war in Hochform«, sagte Irmi. »Aber jetzt hol ich uns mal einen Kaffee.«

Als sie an Sailers Zimmer vorbeiging, hörte sie ihn telefonieren. »Aha«, sagte er. Irmi streckte den Kopf durch die Tür. »Aha.« Sailer hatte die Stirn gerunzelt. »Des is ned guat. Ja, mir san unterwegs.«

»Sailer?«

»Guatn Morgn.«

»Sailer?«

»Ohlstadt.«

»Ohlstadt, was?«

»Einbruch.«

Es war in der heutigen konsumorientierten Zeit ja durchaus schön, wenn einer sparsam war, aber Sailer übertrieb es etwas mit seiner Sprachsparsamkeit. Irmi sah ihn aufmunternd an.

»In Ohlstadt is eibrochn worn.«

»Ja und?«

»Es ist oaner tot worn.«

Na also! Ging doch. Einbrüche waren nicht Irmis Baustelle, Mord schon.

Sailers Ankündigung eines Toten kitzelte in Irmi ein Lächeln hervor. Natürlich nicht, weil jemand ums Leben gekommen war, sondern weil sie sich in ihrem Beruf so wohlfühlte wie selten zuvor. Die Zäsur des letzten Sommers, den sie auf einer Alm als Hirtin und Sennerin verbracht hatte, hatte sie zurückgeführt an einen Platz, den sie schon fast verloren geglaubt hatte. Und all ihre schrulligen Mitarbeiter waren wie mit Glanzlack überzogen. Es war gut, seit Januar wieder zurück zu sein.

»Ein Raubmord also?«

»Der Mann war wohl daheim und is dem Einbrecher dazwischenkemma.«

»Aha, und woher wissen wir vom Toten?«

»Die Nachbarin hot ihren Hund g'sucht. Sie ist zu dem Mann rüber, weil der Hund da öfter rumstromert. Und da war die Tür offen, und sie hot den Hund belln hörn. Is eini, und da war dann der Tote.«

»Das heißt, ein Hund hat ihn angesabbert?«

»Des woaß i ned. De Frau, die ihn g'funden hot, scheint an Kollaps zum ham. Und bei uns ang'rufn ham die Sanis.«

Irmi hatte die Stirn gerunzelt. Was die Falten natürlich nicht besser machte, aber sei's drum. Er gab schon seit Monaten eine Einbruchserie in der Region. Murnau, Hagen und Ohlstadt bildeten die Kernzone, aber es gab auch Fälle in Penzberg und Bad Heilbrunn. Dort lebten saturierte Menschen mit Familienschmuck und dicken Autos, und die ansässige Kunstschickeria hängte sich auch mal was Teureres an die Wand. Die Polizei ging von einer oder auch mehreren osteuropäischen Banden aus, die sehr planmäßig agierten. Bisher hatte man nie jemanden festnehmen können. Vor allem Sepp, der zusammen mit Kollegen aus Bad Tölz einer »SOKO Einbruch« zugeteilt worden war, hatte es sehr gewurmt, dass sie einfach gar nicht weiterkamen.

»Wie Phantome! Aber die Leut san ja auch so was von lax, wenn's um ihren Besitz geht«, hatte Sepp gesagt.

Irmi wunderte sich auch immer wieder, mit welcher Nachlässigkeit die Leute ihr Eigentum behandelten. Zweitschlüssel lagen unter Blumentöpfen, Kellertüren standen offen, Garagentore konnte man problemlos aufstemmen. Es existierten keine Alarmanlagen, und wenn es eine gab, war sie nicht eingeschaltet oder wurde falsch bedient. Sie lebten hier im oberbayerischen Lummerland, das so gut wie kriminalitätsfrei war, weshalb die Menschen zum typisch bayerischen Laisser-faire neigten. Das französische Intermezzo in der bayerischen Geschichte hatte eben nicht nur kulinarische Spuren wie das Kanapee und das Böfflamott hinterlassen, sondern eben auch zum Laisser-faire geführt! Das war natürlich gut für die Diebe, nur schien diesmal ein Hausbesitzer daheim gewesen zu sein.

Irmi und Sepp fuhren bei Sailer mit, während Kathi direkt zum Tatort kommen wollte, nachdem sie das Soferl zur Fahrschule gebracht hatte. Die Schule fing erst um elf Uhr an – zu wenig Lehrer und Krankheitsausfälle waren die Regel –, da wollte das Soferl jede Möglichkeit nutzen, um den Führerschein so schnell wie möglich zu bekommen. Wahnsinn, nun war die Kleine demnächst siebzehn und konnte bald Auto fahren – begleitet von Oma Elli, nicht von Kathi, das hatte das Soferl schon angekündigt: »Mit Mama gibt es nur Krieg. Ich will Auto fahren, nicht Auto kämpfen.«

Das Haus, in das eingebrochen worden war, lag am Rand von Ohlstadt mit freiem Blick über die Felder. Lauter behäbige größere Einzelhäuser standen entlang der Straße. Wahrscheinlich hätte es jedes davon treffen können. Das Haus sah von außen bayerisch-sittlich aus, wie alle anderen auch. Vor der Tür stand ein Rettungswagen, in dem sich zwei Sanitäter um eine Frau kümmerten.

»Servus«, sagte Irmi. »Schlimm?«

»Nein, die Dame hat nur einen etwas schwachen Kreislauf.«

»Okay.« Irmi sah sich um. »Da war ein Hund im Spiel, hab ich gehört.«

»Ja. Der Mann, also der Gatte von der Frau hier, hat den Hund inzwischen heimgebracht. Ich hab ihm gesagt, er soll dort bleiben, weil die Polizei ihn sicher nachher aufsucht. Damit er hier nicht im Weg steht. Also, das hab ich ihm nicht gesagt. Aber ich dachte, also …«

»Danke, völlig korrekt. Hysterische Zeugen brauchen wir keine. Wart ihr schon drin?«

»Ja, kurz. Mussten wir ja. Hätte ja noch leben können, der Mann.«

»Aber?«

»War mausetot. Keine Sorge, wir haben nichts angefasst.«

»Gut. Das heißt, ihr wurdet vor uns alarmiert?«

»Ja, weil der Mann dann wiederum seine Frau gesucht hat, die ihrerseits den Hund gesucht hatte. Sie lag auf dem Gehweg, kollabiert. Er hat uns alarmiert. Wir haben sie stabilisiert. Dann erst hat sie uns erzählen können, was in dem Haus eigentlich passiert ist. Und wir haben dann euch angerufen.«

Das fing ja gut an! Irmi blickte die Straße hinunter. An einem Zaun standen Leute, ansonsten war es vergleichsweise ruhig. Aber die meisten waren wohl arbeiten und die Kinder in der Schule.

»Also dann«, sagte Irmi und ging durchs Gartentor. Das Haus hatte rechtsseitig einen Eingang mit Windfang und einen kleinen Vorgarten, der mit weißen Steinen übersprenkelt war. Außerdem standen da ein paar merkwürdige Statuen. Der Besitzer hatte bestimmt beim Volksbegehren »Rettet die Bienen« unterschrieben und zugleich alles eliminiert, was den Insekten eventuell hätte nutzen können. Irmi fand Steingärten fürchterlich.

Was das Innere des Hauses bereithielt, war für Irmi mehr als überraschend, gerade angesichts des gediegenen Äußeren. Durch einen kurzen Gang gelangte man hinein, dann öffnete sich links eine zweiflüglige Tür. Wände glänzten nun durch Abwesenheit, was dem Ganzen einen loftartigen Touch verlieh. Von irgendwoher kam sphärische Musik, und Irmi meinte, einen dezenten Geruch nach Mango und Zitrone wahrzunehmen. Schließlich rechnete man auf dem Land eher mit dem wenig diskreten Odelgestank, der mühelos auch dicke Hauswände durchdrang.

Der Raum bestand zu gut zwei Dritteln aus einer Art Empore, auf der sich eine Couchlandschaft befand. An der Längswand der Empore standen säulenartige Podeste, die jedoch mehrheitlich leer waren. Da hatten die Diebe dann wohl die Statuetten – oder was immer da gestanden hatte – eingesackt. Die kurze Seite wurde von einem gewaltigen Bücherregal dominiert.

Der Hase war mit seinem Team gerade angekommen. Er grüßte kurz und gab leise Anweisungen. Irmi betrachtete den Toten. Ob er die paar Stufen von der Empore heruntergefallen war, ließ sich nicht sagen, in jedem Fall hatte er eine Kopfwunde, und seine Augen blickten verdutzt ins Leere.

»Was ist das?«, fragte der Hase und wies auf ein paar seltsame Spuren am weiß gekälkten Holzboden.

»Abdrücke vom Nachbarwuffi. Der hat ihn quasi gefunden.« Irmi zuckte mit den Schultern.

»Na toll!«

In diesem Moment trampelte Kathi herein. Wie fast immer in uralten Leinenturnschuhen, die eigentlich einen leisen Tritt hätten ermöglichen müssen, aber Kathis Auftritte waren in mehrfacher Hinsicht laut.

»Servas! Was haben wir denn da?«, rief sie.

»Einen Toten.«

»Seh ich auch. Wie lange liegt der da schon? Seit heut Nacht?«

»Eher schon etwas länger. Da möchte ich der Rechtsmedizin aber nicht vorgreifen. Allerdings sehe ich, dass er wahrscheinlich mit dem Buddha da erschlagen wurde«, meinte der Hase. »Zumindest ist Blut dran.« Er hatte eine Figur in der behandschuhten Hand. »Ich dachte immer, nur der katholische Glaube müsse so richtig wehtun, der Buddhismus präsentiert sich doch eigentlich so pazifistisch.«

Kathi gluckste, während Irmi auf die Buddhafigur starrte, an der in der Tat Blut klebte. Der Hase hielt sie mit spitzen Fingern in seinen Handschuhen von sich weg.

»Eine Bronze. Keine schöne Arbeit, wie ich finde. Grobe Gesichtszüge.«

Kathi schüttelte den Kopf. »Hat aber dazu gereicht, jemanden zu erschlagen.«

»In der Tat. Wahrscheinlich stand der Buddha auf einer der Säulen.« Der Hase zog die Nase hoch. »Auf dorisch gemacht. Natürlich kein Marmor. Stereobat und Krepis sind bei allen Säulen angeschlagen, die Entasis ist unharmonisch, und dann gibt es auch nur zwölf Kannelüren, wo ich sechzehn bis achtzehn erwartet hätte.«

Kathi und Sailer starrten den Hasen fragend an.

Irmi lachte auf. »Im Klartext: Die Säulen sind vom Künstlerischen her nix wert. Eher Möbelhausqualität.«

»Gut zusammengefasst«, erwiderte der Hase lächelnd.

»Mehr Schein als Sein. Protzig und auch noch sehr geschmacklos.«

»Stimmt!«, kam es von Sailer. »Auf den Säulen is aber was g'standn, was den Einbrechern g'falln hot.« Er überlegte. »Da is doch was g'standn?«

»Sicher«, sagte der Hase. »Das sieht man ja an den Umrissen. Das UV-Licht hat die Säulen gebleicht, also ist der Untergrund an den Stellen dunkler, wo etwas gestanden hat. Aber wenn das ähnlich minderwertige Objekte waren wie dieser Buddha, dann hat sich der Einbruch nicht gelohnt.«

»Vor allem hat sich das für den Mann da nicht gelohnt«, meinte Irmi und zeigte auf den Toten. »Was ist eigentlich mit dem Messer da?«

»Ich glaube, das hatte er selber in der Hand. Für mich sieht das nach einem Handgemenge aus«, meinte der Hase. »Der Täter hat den Buddha als Waffe hergenommen, der Mann das Messer. Vielleicht hatte er was gehört und sich zur Verteidigung ein Messer geholt. Es ist nie sonderlich klug, sich Einbrechern entgegenzustellen. Inmitten von Adrenalin agiert der Mensch sehr unvorhergesehen.«

»Das stimmt, Herr Hase«, mischte sich Kathi ein. »Die Bewaffnung hat ihm jedenfalls wenig geholfen. Wissen wir denn schon, wer der Tote ist?«

»Nun, ich nehme an, der Hausherr.« Der Hase ging zum Regal, zog ein Buch heraus, blätterte darin, runzelte die Stirn und reichte es Irmi. »Da, schau!«

Detox your Life lautete der Titel, geschrieben von einem gewissen Dr. Davide da Silva. Irmi betrachtete das Autorenfoto auf der Rückseite des Buchs. Darauf sah der Herr da Silva besser aus als in Wirklichkeit: den Kopf aufgestützt, das graue Haar in wuchtigen Wellen um den Kopf drapiert, die Nase markant, die Augen etwas stechend. Er war auf eine Art attraktiv, die Irmi zu aufdringlich war, aber ganz sicher hätten ihn manche Frauen nicht von der Bettkante gestoßen. »Gschmäcker und Ohrfeigen san verschieden«, hatte ihre Mutter immer gesagt. Das Foto schien, wie in Zeiten der Selbstoptimierung notwendig, durch jede Menge Filter gelaufen zu sein – und auf dem Bild hatte der Mann auch keine Platzwunde am Kopf. Die entstellte ihn schon etwas.

Irmi las ihren Kollegen die Autorenvita laut vor:

»Dr. Davide da Silva, Heilpraktiker, Health Coach und Detox-Berater, entdeckte bereits in jungen Jahren, dass eine natürliche Lebensweise der Weg aus dem inneren und äußeren Chaos ist. Nach einer Ausbildung zum Bankkaufmann studierte er Kulturwissenschaften in Bozen und Trient und absolvierte Weiterbildungen auf dem Gebiet des ganzheitlichen Seins: Spagyrik, Pflanzenalchemie, initiatische Körperarbeit nach Graf Dürckheim, schamanische Reisen, Feng-Shui-Seminare und Herzenskrieger-Kurse bei Björn Leimbach. Der Autor möchte den Lesern einen Anstoß geben, ihr körperliches und geistiges Potenzial zu erkennen und voll auszuschöpfen.«

»Ach, du Scheiße!«, rief Kathi.

»Coach? Heit braucht jeder an Coach. Fürs Leben. Früher hot ma do Klugscheißer dazu g'sagt«, kommentierte Sailer.

»Tja, Herr Sailer, moderne Zeiten erfordern eben neue Hilfestellungen.«

»Hilfestellung braucht man maximal beim Turnen«, bemerkte Sepp. »Was san denn Herzenskrieger?«

Kathi hatte ihr Handy bemüht. Sie schüttelte beim Lesen unentwegt den Kopf und blies dann eine Haarsträhne weg. »Also, hört her, ich zitiere: *Ziel unserer Arbeit ist es, Männer zu unterstützen und zu stärken, ihre männliche Kraft und Identität zu finden.* Es kommt noch besser: *Viele Männer sind verloren in der Frauenwelt, emotional abhängig von ihrer Partnerin, laufen der Anerkennung von Frauen hinterher oder haben selbst kaum eigene Werte und Ziele, für die sie leben.*« Kathi lachte. »So schaut's nämlich aus!«

Irmi sah Kathi an. »Das steht da echt?«

»Ja, auf der Homepage von diesem Leimbach. Ha, ich glaub, ich werd nicht mehr!«, rief Kathi. »Hier entwirft er die Vision des sogenannten Herzenskriegers: Das ist ein stolzer, mutiger Mann, ich zitiere: *der den Archetyp des Kriegers verkörpert, der mit geöffnetem Herzen seine Lebensvision verfolgt und in seiner Partnerschaft die Führung übernimmt.*« Kathi sah Sailer an. »Genau solche Männer brauchen wir, die uns zeigen, wo's langgeht, Sailer, oder?«

»Des woaß i aa so. Es geht da lang, wo mei Frau will.«

»Na, Sailer, ob Sie nicht mal so ein Seminar bräuchten?«

»Besser ned. Sonst end i wie der da«, entgegnete Sailer mit einem grimmigen Blick auf den Toten.

Irmi kehrte zum Bücherregal zurück, in dem noch mindestens fünfzehn von ihm verfasste Bücher standen. Der Mann war recht produktiv gewesen, dachte Irmi und zog einen Band heraus, der den Titel *Change – jeden Tag eine Achtsamkeitsübung* trug.

»Kathi, das lies du mal! Das könnte dir nicht schaden.«

Sailer gab ein glucksendes Lachen von sich, und Kathi zeigte ihr einen unschönen Finger, grinste aber dabei.

Neben den Büchern, die da Silva selbst verfasst hatte, drängten sich Werke seiner Ratgeberkollegen – von eher sportlich orientierten Yogabüchern bis zu Bänden über indianisches Wissen, Nahtoderfahrungen, Channeling und Engelsbegegnungen. Besonders gut gefiel Irmi der Titel *Richtig räuchern*. Ihr profanes Gemüt hatte erst mal an einen Ratgeber für Forellen- oder Schinkenräucherei gedacht. In dem Buch ging es jedoch darum, ein Haus oder einen Stall von bösen Geistern zu befreien, die anscheinend empfindliche Nasen hatten. Schließlich blieb sie an einer Biografie mit dem Titel *Leben reloaded* hängen. Was sollte diese Kombination von Deutsch und Englisch symbolisieren? Modernität? Allmacht? Weltläufigkeit? In diesem Werk jedenfalls lud ein Exknasti sein Leben neu. Mit Yoga. Irmi runzelte die Stirn. Eindeutig ein gelungener Fall von Resozialisierung.

Da Silva hatte sein Geld offenbar als Heilsbringer verdient. Irmi hatte keine Ahnung, welche Auflagen solche Bücher erzielten, das Interieur und das Haus an sich ließen jedenfalls darauf schließen, dass der Herr da Silva nicht gerade am Hungertuch genagt hatte. Und wenn er Bankkaufmann gelernt hatte, verstand er wohl etwas von Geld. Seine Bücher bedienten das Dilemma des modernen Menschen, der zwischen seinen unerfüllbaren Ansprüchen und der traurigen Realität zerrissen war und gern zahlte, wenn ihm von irgendwoher Hilfe versprochen wurde. Sie würden sich genauer in da Silvas Leben reinfuchsen müssen.

»Ist das eigentlich ein Künstlername?«, fragte Sepp.

»Davide da Silva, der David aus dem Wald?« Irmi grinste. »Kathie, google den mal!«

Kathi stieß auf einen Wikipedia-Eintrag und las ihn laut vor. Davide da Silva war 1972 in Innsbruck geboren, als Kind einer Tirolerin und eines Mannes aus dem Veneto, der tatsächlich da Silva hieß. Nach seiner Lehre in einer Tiroler Bank hatte er in Innsbruck maturiert und anschließend studiert. Er war viel gereist, vor allem in Indien, Sri Lanka und Myanmar, wo er allerlei Qualifikationen erworben hatte. Am Ende war eine Liste seiner Bücher abgedruckt, es waren sogar siebzehn an der Zahl, darunter auch ein Lyrikband mit dem Titel *Es wispert in mir*.

»Gut, also kein Künstlername«, fasste Kathi zusammen. »Vom Tiroler Banker zum wispernden Detox. Das allein ist ja schon filmreif, oder!«

Wahrscheinlich waren sie einfach alle zu wenig sensibel und empfänglich für das innere Wispern, dachte Irmi.

»Wir sollten die Nachbarn befragen«, schlug sie vor. »Allerdings werden die wenigsten da sein so mitten unter der Woche. Außerdem hab ich generell wenig Hoffnung. Bei den bisherigen Einbrüchen kam ja durch die Befragung auch nie was raus, oder?«

Sailer schüttelte den Kopf. »Des san Profis. Bloß is do jetzt was schiefglaffn.«

»Wir werden jetzt erst mal die Frau befragen, die ihn gefunden hat. Außerdem müssen wir mit ihrem Mann reden«, sagte Irmi.

»Und mit dem Hund«, ergänzte der Hase grinsend, bevor er sich wieder an seine Arbeit machte.

Die anderen gingen los, um die Nachbarn zu befragen.

»Also, seit der Hase so gut gelaunt ist, mach ich mir echt Sorgen«, sagte Kathi, während sie mit Irmi das Haus verließ. »Das gibt's doch nicht, so eine Wandlung auf einmal.«

Irmi sagte dazu nichts, sondern hielt auf den Rettungswagen zu, an dem nun ein älterer Mann stand.

»Dass meine Frau so etwas erleben muss!«, rief er. Offenbar war er nicht daheimgeblieben, wie die Sanitäter ihm nahegelegt hatten.

Irmi stellte sich und Kathi vor.

»Mein Name ist Gerlach-Schultes«, präsentierte er sich. »Karl Gerlach-Schultes.«

Irmi warf einen Blick in den Rettungswagen. Die Frau hatte sich inzwischen aufgesetzt.

»Frau Gerlach-Schultes, geht's denn wieder?«, erkundigte sich Irmi.

»Ja, aber das war schon ein Schock. So ein Schock! Auch für Mozart.«

»Mozart?«

»Unser Hund. Der ist so sensibel. Ach, der arme Mozart …«

»Frau Gerlach-Schultes, bitte erzählen Sie mir noch mal, was passiert ist. Geht das?«

Daraufhin beschrieb Frau Gerlach-Schultes den Ablauf in aller Ausführlichkeit und in tiefstem Hessisch. Die Quintessenz war, dass sie den Hund um sieben Uhr morgens in den Garten gelassen und dann erst mal Kaffee getrunken hatte. Der Karl stehe immer erst gegen acht auf, erzählte sie. Gegen halb neun habe er nach dem Hund gefragt. Das ach so sensible Tier grabe sich immer unter dem Zaun der Nachbarn durch. Und als sie den musikalischen

Mozart im Nachbarhaus habe singen hören, sei sie losgezogen, um ihn zu holen. Niemals wäre sie ins Nachbarhaus hineingegangen, wenn nicht der Mozart … Die Tür habe offen gestanden und da Silva am Boden gelegen. Bei seinem Anblick sei sie hinausgestürzt und auf der Straße zusammengeklappt. Dort habe der Karl sie dann aufgefunden, dem das alles zu lange gedauert hatte. Er habe die 112 alarmiert und dann bei seiner Frau ausgeharrt.

Den Rest der Geschichte kannten sie.

Er und seine Frau hätten in der Nacht nichts gehört, versicherte Herr Gerlach-Schultes. Nur der sensible, musikalische Mozart habe mal gebellt, aber das tue er öfter, wenn die diversen Katzen der anderen Nachbarn über die Terrasse liefen. Allerdings sei in der Nacht davor mehr los gewesen, wegen der Freinacht vom 30. April auf den 1. Mai. Herr Gerlach-Schultes wetterte über den Brauch – einmal hätten sie ihm das Gartentor ausgehängt und in einen Brunnen geworfen. Irmi fand auch, dass die Grenze zum Vandalismus fließend war. Und natürlich war das eine Nacht mit vielen Geräuschen. Es sprach also einiges dafür, dass da Silva bereits in der Nacht zuvor erschlagen worden war. In der Freinacht.

Irmi und Kathi tauschten sich kurz mit Sepp und Sailer über die bisherigen Ergebnisse der Befragungen aus. Wie zu erwarten, hatten auch die anderen Nachbarn, soweit sie zu Hause waren, nichts gehört. Irmi hatte den leisen Verdacht, dass der Herr da Silva in der Gegend nicht sehr integriert gewesen war. Bei den Nachbarn handelte es sich um einheimische Rentnerehepaare, die, seit die Kinder ausgeflogen waren, in viel zu großen Landhausburgen hausten.

Oder um Frührentner, mehrheitlich aus dem Rhein-Main-Gebiet wie die Gerlach-Schultes. Oder man hatte es mit ebenfalls zugereisten München-Pendlern zu tun, bei denen der Mann unanständig viel verdiente, während die Frau sich um das Haus kümmerte und den Nachwuchs in riesigen SUV-Karren quasi bis ins Klassenzimmer fuhr. Die Kinder des dritten Jahrtausends hatten offenbar alle einen Gendefekt und konnten weder laufen noch Rad fahren, schon gar nicht bis zur Schule. Hier lebten zuhauf Menschen wie das Pärchen vom Ammersee, die einfach rein gar nichts von der Region verstanden und vielleicht auch gar nicht wollten, sie hatten sich schließlich teuer eingekauft.

Sailer und Sepp hatten eine dieser schicken Mütter zwei Häuser weiter befragt. Sie hatte sich von da Silva erst kürzlich zwei Bücher signieren lassen und eigentlich geplant, demnächst ein Seminar bei ihm zu buchen. Das würde ja nun leider nichts werden. Ein ach so charismatischer Mann sei er gewesen, so klug, so charmant. Sailer hatte gefragt, ob sie das alles beim Büchersignieren festgestellt habe, doch auf eine solch dumme Frage hatte er natürlich keine Antwort bekommen.

Kathi und Irmi machten sich auf zu den Nachbarn direkt gegenüber, die in den Siebzigern waren. Die Frau schien einen Dekowahn zu haben, jedenfalls war das Landhaus voller Vitrinen, Bilder und Setzkästen. Sie bat die Polizisten in die Küche, von der aus man Aussicht in den Garten hatte. Ihr Mann schien einer dieser Gärtner zu sein, die die heimische Natur mit Thuja, Buchsbaum und millimeterkurzem Rasen in den Untergang trieben. Der hatte das Volksbegehren sicher nicht unterschrieben, mutmaßte Irmi. Das

Paar hatte weder mit den Hessen noch mit da Silva viel zu tun gehabt. Man habe sich gegrüßt, und das sei es gewesen. Immerhin wussten sie von der Putzfrau zu berichten, die zweimal die Woche zu Herrn da Silva gekommen war. Eine Zentner Annamaria, die auch schon im Rentenalter sei.

»Sie bessert sich die Rentn auf«, bemerkte die Dame des Hauses – etwas hämisch, wie es Irmi vorkam. Immerhin gab sie ihnen die Adresse.

Frau Zentner wohnte in der Ortsmitte. Kathi und Irmi machten sich gleich auf den Weg.

»Was für ein Besen, diese Alte!«, rief Kathi im Auto. »Und was die uns für einen Spruch reingedrückt hat. Von wegen, sie bessert sich die Rente auf. Aus Spaß wird diese Frau Zentner kaum putzen.«

»Stimmt, das halte ich auch für abwegig«, meinte Irmi. Wer putzte schon freiwillig?

Sie hielten vor dem Mehrfamilienhaus an der angegebenen Adresse und klingelten an. Die Dame, die ihnen öffnete, war durchaus eine Erscheinung. Eher eine Zwei-Zentner-Annamaria. Irmi stellte sich und Kathi vor.

»Dürfen wir kurz reinkommen?«

»Sicher. Mögen Sie einen Kaffee?«

Die kleine Wohnung war peinlich sauber aufgeräumt, die Möbel waren vor allem praktisch. Nach dem überladenen Haus gerade eben war das hier erfrischend klar und bodenständig. Frau Zentner machte einen Kaffee im Porzellanfilter, der wirklich richtig gut war.

»Um was geht's?«, fragte sie, während sie in der Wohnküche den Kaffee servierte.

»Sie putzen beim da Silva?«, fragte Kathi.

»Ja, warum?«

»Es tut uns leid, Ihnen das sagen zu müssen«, sagte Irmi. »Herr da Silva ist tot.«

Frau Zentner zwinkerte. »Warum tot? Am Dienstag war er noch putzmunter.«

»Er wurde ermordet. Erschlagen. Mit dem Buddha«, sagte Kathi, die ja selten pietätvoll um den heißen Brei herumredete.

»Dieses hässliche Ding! Er hatte lauter so furchtbare Sachen rumstehen. Kunsthistorischen Sondermüll!«

Irmi hatte wahrlich schon vielen Menschen Todesnachrichten überbracht, so abgeklärt hatte allerdings selten jemand reagiert.

Frau Zentner schien ihre Gedanken zu lesen. Sie seufzte. »Wissen Sie, ich tue mir ein bisschen schwer mit dramatischen Reaktionen auf den Tod. Er ist überall, er ist nie schön. Er kommt nie zur richtigen Zeit. Wie kam's?«

»Wir nehmen an, es war ein Raubmord«, antwortete Irmi. »Es wurden Bilder entwendet und irgendwelche Kunstgegenstände, die auf den Säulen standen. Wobei Sie ja wenig von den Stücken hielten, oder?«

»Sehen Sie, ich war Intensivkrankenschwester, und ich habe lange Jahre bei Ärzte ohne Grenzen in Ländern gearbeitet, die wirkliche Probleme haben. Die wenigsten Leute hierzulande haben auch nur eine Ahnung davon, was Armut und Elend wirklich bedeuten. Bei einer solchen Tätigkeit lernt man Demut, man lernt große Menschen kennen – und auch ein bisschen darüber, was Touristen so angedreht wird und was echten Wert besitzt.«

»Und Herr da Silva hatte demnach nur Plunder?«

»Mehrheitlich. Zwei Bilder von James Francis Gill hängen da, die sind sicher was wert. Und es gibt eine Statue von Jud Bergeron, auch wertvoll. Der Rest sollte lediglich beeindrucken, der war Teil einer Inszenierung.«

»Er hat sich inszeniert?«, fragte Kathi.

»Sicher.«

»Alles Show, was er tat?«

»Nein, so würde ich das nicht sagen. Davide war im Grunde ein netter Kerl. Aber auch pfiffig genug zu merken, dass man auf einen Zug aufspringen konnte, der auf goldenen Gleisen fährt. Er sah gut aus, er hatte diesen gefälligen Akzent, er kam sehr gut an.«

»Bei Frauen?«, hakte Irmi nach.

»Auch bei einigen Männern. Aber Sie haben schon recht: Dieses ganze Selbstfindungswesen, der Diätwahn, der Versuch, mit Superfood zum Supermenschen zu werden, ist doch eher weiblich besetzt.«

»Er hat die Leute also verarscht, oder?«, fragte Kathi.

»Auch das würde ich verneinen, denn er verfügte über ein großes alternativmedizinisches Wissen. Es ist eher eine Ausprägung der Zeit, dass alles opulent verpackt werden muss.«

»Gute Sache, aber zu viel Marketing?«, fasste Irmi zusammen.

»So ähnlich.« Frau Zentner schenkte Kaffee nach.

»Danke. Der ist sehr gut«, lobte Irmi. »Entschuldigen Sie die Frage, aber Sie waren in der ganzen Welt unterwegs, und nun putzen Sie?«

»Sehen Sie, ich hatte sogenannte Brüche in meiner Erwerbsbiografie«, erklärte Frau Zentner lächelnd. »Ich bin geschieden, meine Tochter in München ist leider genetisch vorbelastet und auch Krankenschwester geworden, schlicht: Meine Rente reicht nicht, wenn ich ab und zu mal essen gehen oder verreisen will oder wenn mein rostiges Auto nach einer Reparatur ruft. Davide hab ich vor Jahren in Bangladesch getroffen, wir sind uns später zufällig in Murnau über den Weg gelaufen, und er hat mich gefragt, ob ich eine Perle wüsste. Ich hab kurz überlegt und mich selbst ins Spiel gebracht. Es war ja ein sehr pflegeleichtes Haus, und wie gesagt, ich mochte Davide.«

»Kein Grund zur Trauer?«

»Doch, aber das mache ich dann mit mir aus.«

»Frau Zentner, Sie haben einen Schlüssel zum Haus?«

»Ja.«

»Und wann waren Sie zuletzt da?«

»Ich komme immer dienstags und freitags. Ab und zu habe ich ihm geholfen, wenn er Seminare veranstaltet hat. Mal Getränke ausgeschenkt, die Leute begrüßt und in den Seminarraum geleitet, derlei Dinge eben. Und gelüftet und Blumen gegossen, wenn er länger weg war.«

»Sie waren also am Dienstag noch da. Wie lange?«

»Ich war bis etwa vierzehn Uhr vor Ort. Wir haben noch überlegt, ob wir wegen der Freinacht etwas wegräumen sollen. Aber die Statuen im Vorgarten sind fest verschraubt. Einmal hat sie jemand als Vogelscheuchen dekoriert.« Sie lachte. »Sah besser aus als vorher.« Sie wurde wieder ernst. »Wann starb er denn?«

»Wir nehmen an, eben in der Freinacht. Das muss die Rechtsmedizin klären.«

»Dann lag er allein im Haus? Ja, so kann es kommen.

Einsamkeit trifft auch die Umtriebigen«, sagte sie ganz ruhig.

»Wir wären auf Ihre Mithilfe angewiesen, um herauszufinden, was sonst noch fehlt. Also außer dem Offensichtlichen«, sagte Irmi.

»Sicher. Jetzt gleich?«

»Wenn es Ihnen passt?«

»Natürlich.«

Frau Zentner stand auf, nahm sich eine Wachsjacke vom Haken und ließ den beiden Kommissarinnen den Vortritt.

»Wir fahren Sie nachher gerne zurück«, sagte Irmi und hielt ihr die Tür auf.

Nach wenigen Minuten waren sie vor Ort, wo Sailer und Sepp bereits warteten. Über Sailers Gesicht zog ein Lächeln. »Annamirl, was machst du do?«

»Du bist einer der wenigen, die mich so nennen! Wie geht's der Petra?«

»Guat. Ois so weit klar. Annamirl, du schaugst guat aus!«

»Schmeichler«, erwiderte sie grinsend. »Ich bin sechsundsechzig, da fängt das Leben eben nicht mehr an.«

Irmi hatte amüsiert zugehört. Sailer kannte wirklich jeden und jede. Und nur selten ging er so aus sich heraus. Annamirl sah wirklich gut aus. Sie hatte eine besondere Ausstrahlung, die sie attraktiv machte – auch oder gerade mit sechsundsechzig Jahren.

»Ihr kennt euch?«, fragte sie.

»Die Annamirl war amoi Stationsleitung bei meiner Petra ihrer Station, die beste Leitung, die wo es je gegeben hot!«

Richtig, Sailers Frau war auch Krankenschwester. Kreise schlossen sich.

Annamaria machte eine angedeutete Verbeugung. »Danke dir!«

»Sie is dann weg, weil s' die Welt hat rettn meng«, fuhr Sailer fort.

»Das ist mir nicht gelungen«, bemerkte Annamaria Zentner.

»Und du host bei dem da Silva g'arbeitet?«

»Ja, Putzen ist eine feine Beschäftigung. Allein die Tatsache, dass genug Wasser vorhanden ist und es Mittelchen gibt, die gut riechen. Alles ist purer Luxus. So, und nun lasst uns reingehen. Ist er noch da?«, fragte sie, während sie das Haus betraten.

»Ja«, sagte Irmi zögerlich. Da Silva lag noch am Tatort, zugedeckt mit einem Tuch.

»Darf ich?«, fragte Frau Zentner.

Irmi nickte. Die große Frau ging überraschend elegant in die Knie. Sie zog das Tuch weg. Murmelte ein paar Worte in einer Sprache, die Irmi nicht verstand. Malte ein Kreuz auf seine Stirn. Erhob sich.

»Ich denke, es schadet nicht, wenn man Sanskrit mit katholischen Symbolen vereint«, sagte sie. Dann sah sie sich um. »In der Tat, es fehlen alle Bilder und Statuen.« Sie öffnete einen Küchenschrank und griff in eine große Teetasse. »Hier sind immer zweihundert bis dreihundert Euro drin, die sind auch weg.« Der Blick in eine Schublade zeigte, dass das Silberbesteck ebenfalls fehlte.

Im Erdgeschoss gab es noch ein kleines Büro, wo der PC und der Drucker unangetastet dastanden. Frau Zentner konnte nichts Ungewöhnliches feststellen.

»Soll ich oben auch mal schauen?«

Irmi nickte.

Das Obergeschoss wurde von einem opulenten Bad mit Terrakottafliesen und Steinwaschtischen dominiert. Zwei kleine, gefällig möblierte Gästezimmer gab es, mit dezent karierter Bettwäsche von guter Qualität. Irmi hätte schwarzen Satin erwartet. Frau Zentner zog im Schlafzimmer ein paar Schubladen auf. »Ich denke, hier fehlt nichts. Haben Sie sich den Safe schon angesehen?«

»Safe?«

»Ja, im Untergeschoss, wo der Seminarraum ist.«

Sie folgten ihr die Treppen hinunter ins Souterrain. Vom Seminarraum aus ging eine gewaltige Glastür auf eine Terrasse hinaus, die ihrerseits von zwei Sphinxstatuen flankiert war. Fünfzig Stühle in zehn Reihen waren aufgestellt, mit dem Blick nach vorn zu einem schweren Holztisch, der mit allerlei hinduistischen Motiven verziert war. Auch hier roch es süßlich.

»Der Laptop und der Beamer, die sonst hier auf dem Tisch stehen, sind weg.« Frau Zentner stellte sich unter die weiße Beamerleinwand, die aufgerollt war. »Normal ist die immer unten. Ich denke, jemand hat dahinter den Safe gesucht.«

Da war aber nur eine blütenweiße Wand.

»Und wo is der Safe dann?«, fragte Sailer und sah sich im Raum um.

Annamaria Zentner ging durch eine der Stuhlreihen, schob einen Stuhl zur Seite, bückte sich, und wie durch Zauberhand schob sich der Boden beiseite, der aussah wie jeder andere Parkettboden auch.

»Des is jetzt aber sehr James Bond«, meinte Sailer leise.

»Der Vorbesitzer des Hauses war ein Phobiker. Er dachte, der Atomkrieg stünde bevor, und hat sich einen Bunker gebaut. Tja, und wenn dann alles in Schutt und Asche liegt und völlig verstrahlt ist, kommt er samt seinem Dackel hinausgetreten in eine tote Welt.« Sie zuckte mit den Schultern. »Jedem Tierchen sein Pläsierchen. Bitte schön.«

Eine Treppe führte nach unten, wo man in einen Betonraum mit Regalen und einem Stahlschrank gelangte. Frau Zentner rief: »Mumukshu!«, und der Sesam öffnete sich.

»Ach, du Scheiße!«, rief Kathi. »Das ist aber mehr als Bond!«

»Schauen Sie, so eine Zahlenkombination vergisst man ja leicht. Voice Control ist da besser.«

»Mumu was?«

»Auch Sanskrit, die Sehnsucht nach Befreiung in etwa.«

»Na, des passt ja zum Safe«, murmelte Sailer.

Im Safe lagen die Geldbörse des Herrn da Silva, gut fünftausend Euro, ein paar Schmuckstücke und eine Dokumentenmappe. Außerdem zwei Ordner.

»Wissen Sie, was das alles ist?«

»Zum Teil Seminarunterlagen, denke ich. Ich hab ihm, wie gesagt, ab und zu bei den Seminaren mit Handreichungen geholfen. Er hat immer gesagt, dass er alles sehr gewissenhaft versteuern würde, dass Deutschland aber ein gieriger Krake sei und ihm fast nichts bleibe. Als gelernter Bankkaufmann hat man immer einen Anteil korrekten Spießer in sich.«

Dass ihm nichts blieb, wagte Irmi zu bezweifeln. »Was hat er denn so verdient?«, fragte Irmi.

»Je nachdem.«

»Heißt?«

»Je nachdem, wie viele Seminare er hielt. Die Bücher haben ihm auch einiges an Einkünften gebracht, und er hat außerdem Superfoodprodukte verkauft. Ich habe da keinen konkreten Einblick. Ich war nur die Putzfrau.«

»Na ja«, sagte Irmi. »Sie waren ihm doch wohl mehr. Gab es denn eine Frau oder Freundin?«

»Schauen Sie, er war ein attraktiver Mann. Wenn Sie aber nach einer konkreten, langfristigen Partnerin fragen, dann durfte ich eine solche Dame nie kennenlernen.«

»Er hat also alle beglückt?«, fragte Kathi.

»Alle nein, die eine oder andere bestimmt.« Annamaria Zentner ließ sich weder provozieren noch aus der Fassung bringen. »Er war ein normaler Mann mit Bedürfnissen. Wie viele andere auch. Und er war zudem sehr gewinnend.«

»Für Sie aber zu jung?«

Sie lachte. »Liebe Frau Reindl, wenn es etwas in meinem Leben gibt, was mich wirklich nicht interessiert, dann ist es eine Beziehung mit einem Mann! Ich hatte ein paar davon, deren Ausgang fragwürdig war, und seit ich keine Männer mehr habe, bin ich so zufrieden wie noch nie.«

Damit hatte sie Kathi ausgeknockt.

»Waren seine Seminare denn immer ausgebucht?«, übernahm Irmi.

»Ja, es gab sogar lange Wartelisten.«

Die Lebenshilfeszene schien einen Leuchtturm verloren zu haben. Irmi bat Sailer, den PC im Büro abzubauen, und nahm die Unterlagen aus dem Safe mit. Dann stiegen sie aus der Unterwelt wieder hinauf in die Helle des Wohnraums.

»Gibt es denn Familie? Leben seine Eltern noch?«, fragte Irmi.

»Seine Mutter war in einer Pflegeeinrichtung in Tirol untergebracht, wo er sie regelmäßig besucht hat. Er hat auch den Großteil der Kosten für das Heim übernommen. Sie war am Ende dement und ist am 31. Dezember letzten Jahres gestorben. Ihn hat das sehr getroffen. Im Pflegeheim wurde schon um sieben Uhr abends ein Silvesterfeuerwerk organisiert, wenige Minuten vorher war seine Mutter gestorben. Tod und Leben, Tränen und Lachen, Abschied und Aufbruch nur wenige Minuten voneinander getrennt.« Sie stutzte kurz. »Ich glaube, er hat eine Schwester im Ausland, aber Genaueres weiß ich nicht. Das Verhältnis zur Schwester war nicht so ganz einfach, ließ er mal durchblicken.«

Die Schwester würden sie ausfindig machen, auch um feststellen zu können, wer erbte. Vielleicht gab es in der Mappe ein Testament.

»Sollen wir Sie heimfahren, Frau Zentner?«, fragte Irmi.

»Danke, ich laufe gern. Wenn Sie noch etwas brauchen – Sie wissen ja, wo Sie mich finden.«

»Und du kimmst amoi auf an Kaffee, Annamirl!«, rief Sailer. »Die Petra mechet di sicher sehn.«

»Mach ich«, versicherte Annamirl Zentner und ging davon.

Was wussten Sie nun? Dass sicher viele Frauen um da Silva trauern würden, und das alles wegen ein paar eher wertloser Kunstgegenstände, ein bisschen Bargeld, Silber und eines Laptops.

3

Es war fast Mittag, als sie schließlich nach Garmisch zurückfuhren. Irmi bat die Kollegen um die Unterlagen zu den letzten Einbrüchen. Es waren fünfzehn Fälle in fünf Monaten gewesen. Irmi studierte die Akten und war irritiert. Nie hatten Nachbarn irgendetwas bemerkt, man hatte weder Autos noch Transporter gesehen. Keiner war jemals zu Schaden gekommen. Die Einbrecher schienen fast rücksichtsvoll vorgegangen zu sein, sie hatten selten etwas durchwühlt, Sachen umgestoßen oder Schränke aufgerissen. Auffällig war bei der Einbruchserie, dass immer nur Bargeld, Schmuck oder kleinere Antiquitäten aus Gold und Silber gestohlen worden waren. Und nun hatten die Einbrecher auf einmal einen Menschen mit so einer Brutalität erschlagen? Da musste in der Tat etwas schiefgelaufen sein. Vermutlich hatte es die Einbrecher provoziert, dass der Hausbesitzer sich mit einem Messer bewaffnet hatte. Da hatte der Hase wohl recht.

»Es fällt auf, dass bei den Einbrüchen mehrere teure Fernseher und Computer nicht mitgenommen worden sind. Bei da Silva waren der Flatscreen und der PC auch noch da«, sagte Irmi nachdenklich.

»Mei, i dat des aa so machn«, sagte Sailer. »Do brauchst koan Hehler ned und musst ned ins Internet zum Verticken.«

Das hatte was, fand Irmi. Und Sailer setzte noch einen

drauf: »Und du brauchst koa Fluchtfahrzeug. Stopfst was in die Taschen, und der Kas is bissn.«

»Sailer, Sie haben ja echt kriminelle Energie.«

»Sehen S', drum hob i aa den Job hier.«

Kathi legte den Kopf schief. »Ich weiß nicht, heute kommt doch jeder Depp ins Darknet, da könnte man auch was anbieten! Selbst das Soferl weiß das.«

»Muss ich mir Sorgen um deine Tochter machen?«, entgegnete Irmi grinsend.

»Nein, aber sie hat einen Kumpel, der ihr erklärt hat, wie sie den Tor-Browser runterladen kann und dass sie doch lieber im Darknet ihre Klamotten bestellen soll, weil man dann anonym ist. Er hat ihr den Floh ins Ohr gesetzt, dass schließlich Whistleblower und auch Menschenrechtsorganisationen dieses Recht auf anonyme Kommunikation nutzen und die Gleichstellung von Kriminalität und Darknet voll ungerecht sei.«

»Das stimmt ja auch«, sagte Andrea.

Kathi starrte sie an.

»Lars veranstaltet Schulprojekte zum vernünftigen Gebrauch des Internets und insbesondere von sozialen Netzwerken«, fuhr Andrea fort. »Heutzutage haben Zwölfjährige den Tor-Browser auf dem Smartphone, das sie … ähm … von der Oma bekommen haben.«

Andrea, das brave Bauersmadl, suchte eine Diskussion mit Kathi? Vor noch gar nicht so langer Zeit hatte sie sich einfach weggeduckt und gehofft, Kathi sähe sie nicht. Inzwischen unterbrach sie ihre Reden weit seltener mit »äh« und »ähm«, und sie hatte Lars, den Kollegen aus NRW. Irmi musste in sich hineinlächeln. Kathi hatte früher immer bemängelt, Andrea wäre vor allem »untervögelt«. Es war anzunehmen, dass von ihnen dreien Andrea am meisten Sex hatte. Kathi pflegte nach wie vor eine merkwürdige On-off-Beziehung mit einem Tiroler Kollegen – und sie selbst? Irmis Magen verkrampfte sich etwas, denn sie hatte immer noch nicht mit Jens geredet. Ihn seit Monaten nicht getroffen. Ihm nicht einmal erzählt, dass sie umgezogen war. Zum Magenkrampf kam Herzklopfen. Irmi versuchte sich wieder auf ihre Arbeit zu konzentrieren.

»Egal, wie die Diebe das Zeug verticken – sie sind jedenfalls sehr heimlich unterwegs. Bitte, Sailer und Sepp, fragt mal die Nachbarn von da Silva nach Fahrrädern, unauffälligen Spaziergängern oder dergleichen. Die werden zu den Einbruchsstätten ja nicht hingeflogen sein.«

Sailer nickte, wirkte aber irgendwie abwesend. »Mei, und jetzt hot die Annamirl koan Job mehr als Putzfrau«, brummte er.

»Zugehfrau, Perle, Haushaltshilfe – Putzfrau sagt man nicht mehr«, entgegnete Andrea lächelnd.

»Dann hoit Perle. Es is doch a Schand! Do buckelt die Frau im Krankenhaus und jahrelang bei die armen Kinder, und was bleibt? A Rentn, die ned reicht!«

Andrea nickte. »Wie bei meiner Tante. Immer gearbeitet. Jetzt hat sie knapp siebenhundert Euro, wie will man davon leben? Und ihr gehört ihre Wohnung, aber was, wenn du Miete zahlen musst?«

Ja, als Beamtin mit der Pension vor Augen befand man sich auf der Insel der Glückseligen, an deren Gestaden sanfte Wellen plätscherten, dachte Irmi. Nichts war selbstverständlich, nix war fix im Leben. Man tat gut daran, sich von Zeit zu Zeit an dem zu freuen, was man hatte. Schlimmer ging immer!

»Andrea, versuch bitte, diese Schwester vom da Silva ausfindig zu machen, und ich ruf bei seinem Verlag an«, sagte Irmi. »Vielleicht gibt es da noch etwas Erhellendes zu erfahren.«

Der Großteil seiner Bücher war bei ein und demselben Verlag erschienen, der Lebenshilfe, Gesundheitsbücher und Tierratgeber im Programm hatte. Irmi kannte den Verlag und wusste, dass allein die Bücher zum besseren Verständnis des eigenen Hundes ein halbes Regal gefüllt hätten, von *Welcher Hund passt zu dir?* über *Hilfe, mein Hund pubertiert!* und *Waldi allein zu Hause* bis zu *Der Hundeführerschein in zehn Schritten*. Ob das Herrchen von Rasso diese Ratgeber gelesen hatte? Wenn, dann hatte die Lektüre zumindest wenig gebracht.

In Irmis Familie hatte es immer Hunde gegeben, die die Befehle »Sitz«, »Platz« und »Bleib« kannten und gekommen waren, wenn man nach ihnen gerufen hatte. Meistens jedenfalls. Ansonsten hatten sie am Hof zu tun gehabt oder im Halbschatten gedöst. Selbst Raffi, der ihnen auf der Alm zugelaufen war, hörte manchmal. Ob da eine Hundeschule geholfen hätte? Wie oft hatten Irmi und Bernhard in Schwaigen gesehen, wie Hundebesitzer ihre Tiere aus dem SUV luden, der widerrechtlich irgendwo in einer Wiese geparkt wurde, und sie dann frei laufen ließen. Hinterher hatten gerissene Rehe im Wald gelegen, denn Tierschutz und das Recht auf Unversehrtheit galt anscheinend nicht für Wildtiere. Immer weniger Rücksichtnahme machte den Wildtieren Angst und trieb sie in lebensgefährliche Fluchten. Ein Hundeführerschein für alle, wäre das eine Lösung?, dachte Irmi. Ob es für alles und jedes eine Bescheinigung geben musste? Es gab ja auch keine für Kindererziehung, dabei wäre das in vielen Fällen dringend nötig. Irmi seufzte und wählte die Nummer des Verlags.

Die Programmdirektorin hieß Dr. Elena Wilhelmsen, und es dauerte eine geraume Weile, bis sie sich angesichts der Todesnachricht wieder gefasst hatte. Sie wollte es gar nicht fassen.

»Aber er war so vital und hat vor Ideen nur so gesprüht! Was für ein sinnloser Tod!«

Gab es sinnvolle Tode?, überlegte Irmi und schwieg.

»Ein Einbruch, sagen Sie?«

»Ja, wir klären gerade die näheren Umstände. Momentan stehen wir noch am Anfang. War denn ein neues Projekt in Ihrem Verlag geplant?«

»In der Tat! Ein reich bebildertes Werk, das *DETOX* geheißen hätte. Unterzeile: *Detect, Energize, Train, Oxygen = X-Factor.*«

»Aha.« Etwas anderes oder gar Besseres fiel Irmi gerade nicht ein.

»Erst Defizite entdecken, dann Energie zuführen, das Gelernte vertiefen und das Ganze draußen an der frischen Luft, das ergibt den unwiderstehlichen X-Faktor«, trällerte Frau Dr. Wilhelmsen ins Telefon. Dann stockte sie. »Haben Sie das Manuskript gefunden? Die Dateien? Er muss schon relativ weit gewesen sein, der Abgabetermin wäre in sechs Wochen gewesen. Wenn wir die Dateien hätten, vielleicht könnten wir … also …?«

Das Buch posthum herausgeben? Mit großem medialem Brimborium? Tote Künstler wurden ja gern wertvoll.

»Wir haben den Computer mitgenommen und den Inhalt seines Safes. Das ist aber alles noch nicht freigegeben. Wir müssen abwarten, ob es ein Testament gibt. Eventuell hat da Silva auch festgelegt, wer seine Tantiemen bekommt. Ich bitte da noch um etwas Geduld. Wissen Sie etwas über seine familiäre Situation?«

»Er war, ja, er war alleinstehend. Er hat sich ganz seiner Arbeit verschrieben. Seine Droge war sein Schaffen, könnte man sagen.«

»Vater? Mutter? Geschwister?«

»Ich weiß, dass er eine Schwester hat. Der Vater ist schon lange tot, aber seine Mutter ist erst kürzlich verstorben, glaube ich. Wir spüren ja nicht dem Privatleben unserer Autoren nach. Das sind sehr delikate Menschen. Wenn einer etwas erzählen will, höre ich zu. Wenn nicht, schweige ich. Was privat ist, ist privat.«

Es trat eine kleine, bleierne Gesprächspause ein, die Irmi schließlich füllte. »Auf manchen seiner Bücher steht Dr. Davide da Silva, auf anderen wurde der Doktortitel weggelassen. Warum?«

»Auf den früheren Büchern stand immer der Doktor mit dabei. Davide hat ja in Norditalien studiert …«

»Ach, der Brennerdoktor?«, unterbrach Irmi lächelnd.

»Es ist nun einmal so, dass man in Italien den Titel Dottore führen darf, wenn man ein Studium auf Bachelor- oder Masterniveau abgeschlossen hat.« Die Stimme der Lektorin wurde etwas pampiger.

Und deshalb wimmelte es nur so von Dottores und Dottoressas in Italien. Gerade im Tourismus hatte jede noch so junge Marketingmaus eine Dottoressa im Briefkopf. Mit einem deutschen Doktortitel hatte das nichts zu tun, und schon gar nicht mit einem Doktor der Medizin. Es gab, das wusste Irmi, ein Gerichtsurteil, dass man den italienischen Dottore nicht in einen deutschen Doktor übersetzen durfte, aber wen focht das schon an? Im deutschsprachigen Südtirol hatten alle Bachelor- und Masterabsolventen, Magister und Diplom-Ingenieure einen Doktor, den Brennerdoktor eben. Und so ein Detox-da-Silva klang mit Doktor doch weit seriöser.

»Sie haben auf den Titel verzichtet, weil diese Eins-zueins-Übersetzung ja nicht ganz korrekt ist?«, hakte Irmi nach.

»Genau. Es gibt überall Neider, die Übles wollen.«

»Und Ihr Doktortitel?«, konnte sich Irmi jetzt nicht verkneifen.

»Eine deutsche Promotion in Germanistik. Paul Celan im Spiegel der europäischen Rezeptionsästhetik«, konterte sie spitz.

Irmi verabschiedete sich von ihr und versicherte ihr noch einmal, sie bei Auftauchen des Manuskripts sofort zu informieren. *Energize* – gute Idee! Jetzt würde sie sich erst mal einen Kaffee holen. Und einen Joghurt essen.

Nach dem Energieschub beauftragte sie Andrea, den Inhalt des Safes und den PC zu überprüfen. Vielleicht konnte sie ja etwas über seine letzten Seminare herausfinden, insbesondere über die Teilnehmer. Womöglich hatte der Einbrecher erst mal die Lage gecheckt und sich als Detox-Anhänger eingeschlichen.

Irmi wollte sich gerade dem liegen gebliebenen Schreibkram widmen, als ihr Handy läutete. Auf dem Display sah sie, wer anrief.

»Lissi, meine Beste!«

»Irmi! Irmi!« Lissi klang so gehetzt, als stünde sie mitten im Weltuntergang oder in einem überfluteten Keller und bekäme kaum noch Luft.

»Lissi, atme erst mal tief durch. Was ist los?«

Lissi redete – schnell und abgehackt, Irmi musste ab und zu nachfragen. Kathi, die gerade hereingekommen war, runzelte die Stirn.

»Wo genau, Lissi? Ich hab dich schon richtig verstanden? Du redest von eurem Wald im Eschenlainetal? Wir kommen. Sag Alfred und Felix, sie sollen auf keinen Fall etwas verändern. Klar?«

Irmi legte auf.

»Ja was?«, fragte Kathi. »Kuhfehlgeburt? Der Kuchen angebrannt? Der Prosecco ausgegangen? Felix hat 'nen Sechser auf der Landwirtschaftsschule? Oder was hat Lissi auf einmal so aus der Ruhe gebracht?«

»Alfred hat eine Frau erschlagen. Quasi.«

»Lissis Mann? Das ist doch der Tropf, der etwas einfach gestrickt ist? Und der soll wen erschlagen haben?«

»Na ja, nicht wirklich. Ein Baum hat sie erschlagen. Die Fichte, die Alfred gerade gefällt hatte. Sie haben alles richtig gemacht, abgesichert, der Felix hat ›Baum fällt!‹ gebrüllt, und laut Lissi ist der Baum auch genau an die Stelle gefallen, wo er hinsollte. Sie waren schon beim Entasten, da haben sie die Frau gesehen. Erschlagen. Unter dem Baum.« Irmi stockte. »So hat es Lissi jedenfalls erzählt. Oder ich hab das so verstanden. Lissi war ziemlich von der Rolle.«

»Ach, du Scheiße!«, rief Kathi voller Inbrunst. Sie stutzte. »Und das heißt jetzt, dass wir wieder mal in die Bergnatur müssen? Als hätte das letztes Jahr auf deiner Alm nicht gereicht!«

Irmi sagte dazu mal nichts. Kathi hatte nicht ganz unrecht. »Ihre« Alm war zu einem einzigen Albtraum geworden. Sie hatte eine Auszeit geplant, sich als Sennerin beworben und war letzten Sommer mit erhobenem Herzen auf die Alm gegangen, wo bald schon die Toten nur so über die Almwiesen gepurzelt waren. Wieder einmal hatte sie feststellen müssen, dass man Menschen nur vor die Stirn sah und dass auch sie, trotz ihrer Erfahrungen als Ermittlerin, manipulierbar war und bisweilen versagte, was Menschenkenntnis betraf.

»Ja, müssen wir. Ich kenne das Waldstück, es liegt dicht am Forstweg, dein sportlicher Einsatz wird sich also in Grenzen halten. Da käme ich sogar mit meinem Cabrio hin, aber wir nehmen den Dienstwagen mit dem Allrad. Heute hab ich eh kein Auto dabei.«

Kathi stutzte. »Wieso hast du dein Auto nicht dabei? Willst du es in Schwaigen holen? Sollen wir da vorbeifahren? Auch um Lissi abzuholen?«

»Nein.«

»Was nein?«

»Wir fahren da nicht vorbei. Lissi ist eh schon vor Ort, und mein Auto steht auch gar nicht in Schwaigen.«

»Wieso? Kaputt? Wundert mich nicht, dass die Mühle hin ist.«

»Die ist nicht hin, ich hab nur neulich vergessen zu tanken. Deshalb steht der Wagen auf dem Parkplatz vor dem Haus.«

Irmi war morgens mit ihrem neuen Vermieter mitgefahren und hatte auf dem Weg einen Kanister Benzin besorgt. Sie musste sich einen Ruck geben, ehe sie fortfuhr: »Ich wohne nicht mehr in Schwaigen.«

»Wie? Du wohnst nicht mehr in Schwaigen? Was ist das denn für ein Schmarrn?«

»Brüll nicht so laut! Ich wohne nicht mehr in Schwaigen. Kein Schmarrn.«

»Und bevor ich dir jetzt alles einzeln aus der Nase ziehen muss: Wo bitte wohnt die Frau Hauptkommissar denn nun? Im Hotel? Am Campingplatz?«

»Nein. In Bad Kohlgrub. Sehr idyllisch am Waldrand.«

»Du wohnst in Kohlgrub? Diesem im Sterben begriffenen Kurbad, wo man allein im Kurpark wegen der Steigung schon Alpinist sein muss?«

»Ja.«

»In einer Wohnung?«

»Das tun die meisten Menschen.«

»Und jetzt musst du täglich zweimal den Ettaler Berg fahren, den du hasst wie kaum etwas anderes? So wie Dracula den Knoblauch?«

»Ja, zugegeben, der Ettaler Berg ist ein Nachteil. Ich fahre aber ab und zu illegal über die gesperrte Straße und über Grafenaschau.«

Denn irgendwie war sie ja auch noch Bürgerin und damit Anliegerin von Schwaigen, sie hatte sich bisher nicht umgemeldet.

»Irmi, du willst mir verklickern, dass du zur Miete wohnst, oder was? Du?«

»Ja.«

»Aber du bist Landwirtin! Du brauchst Tiere. Du musst mit einer Motorsäge spielen können. Du musst das Murnauer Moos zu deinen Füßen haben. Du hast dein ganzes Leben in Schwaigen verbracht, du bist doch so eine Heimaturschel, so eine, die … also …« Kathi war wirklich aus dem Takt geraten.

»Manchmal kommt es eben anders. Und ruhig ist es da auch, wo ich jetzt wohne.« Etwas Wehmut schwang mit. Heimaturschel, schönes Wort.

»Aber warum?« Kathi Stimme explodierte regelrecht.

»Es ist Bernhards Hof. Und sein Leben. Er hat nun eine Frau, die will noch ein Kind mit ihm. Ich kann nicht das Leben anderer leben.«

»Aber es ist deine Heimat. Ihr Mangolds lebt da seit Generationen. Ihr seid so Schollentypen. Schwerer Boden, du weißt schon!«

»Heimaturschel und Schollentyp? Kathi, du Wortschöpferin! Manchmal muss man die Heimat und die Scholle verlassen!«

»Aber Zsofia ist cool! Sie mag dich. Du magst sie doch auch? Warum kannst du nicht mit deiner Schwägerin unter einem Dach leben? Ihr habt doch genug Platz!«

»Es gibt eben Zäsuren«, erwiderte Irmi. Sie hatte keine Lust, Kathi allzu viel Einblick in ihre inneren Welten zu gewähren. Es war ein langer Prozess gewesen, einer mit vielen dunklen Gedanken. Es hatte immer mehr Verluste in ihrem Leben gegeben. Das lag in der Natur desselben, und doch taten sie weh. All die toten Tiere, Menschen, Orte. Die Hoffnungen, die sich als Luftnummern erwiesen hatten.

»Und es gibt auch Vermieter, die händeringend nach einer solventen Mieterin gesucht haben – Beamtenstatus, Nichtraucherin, ruhig«, sagte der Hase, der eben zur Tür hereingekommen war, und sah Irmi an.

»Sie, ihr …?« Kathi war erschüttert.

»Dass ich das noch erleben darf, Frau Reindl! Sie sind sprachlos. Schier unglaublich. Ich muss den Tag im Kalender rot markieren«, bemerkte der Hase.

Irmi brachte ihn auf den aktuellen Stand, und er versprach, gleich mit seinen Leuten zum Tatort aufzubrechen.

»Bis gleich.« Er hob die Hand lässig zum Gruß und grinste Kathi an. Ein gewisser Triumph lag in seinem Blick.

Kathi sah ihm nach. Dann starrte sie ihre Kollegin ungläubig an. »Du wohnst beim Hasen? Nicht wirklich!«

»Doch, in seiner Einliegerwohnung.« Nun war es raus. Sie wohnte bei Fridtjof Hase.

»Seid ihr jetzt zusammen? Der ist ja penetrant gut drauf. War er früher nie! Gibst du ihm Kreide zu fressen?«

»Ach, Kathi!«

»Ernsthaft, Irmi! Was ist das? Sex oder WG? Oder was?«

»Ich habe lediglich eine Wohnung bei Fridtjof gemietet. Hell und mit großer Dachterrasse oben auf der Garage. Die Kater finden es auch toll.«

»Du hast deine Kater mitgenommen? Das waren Hofkatzen!«

»Mäuse hat's da auch. Mein Bett steht da genauso gut

wie in Schwaigen. Sogar besser. Ich hab ein Dachfenster und kann Sterne gucken. Und wie du weißt, schlafen Katzen rund achtzehn Stunden am Tag.«

»Du hast echt deine Kater entwurzelt?«

»Kathi, jetzt werd mal nicht dramatisch! Seit wann interessierst du dich für Tiere? Lass uns endlich fahren, Lissi ist sicher schon am Durchdrehen.«

4

Wenig später saßen sie im Auto. Kathi war immer noch unzufrieden.

»Warum hast du nichts gesagt?«

»Jetzt weißt du es doch.«

»Pfft!«

Irmi fuhr in Eschenlohe über die Brücke. Hier hatte ihr Bruder seine alkoholreiche Hochzeit gefeiert. Mit etwas Abstand fand sie den Ort richtig schmuck. Als sie am Tonihof vorbeifuhr, schimpften ein paar Gänse herüber. Nach einem kurzen Waldstück weitete sich die Szenerie, und sie kamen an einer Weide vorbei, auf der Ponys grasten. Noch war die Straße asphaltiert, doch dann ging sie in einen Schotterweg über, der leicht abwärtsführte.

Es schien eine beliebte Mountainbike-Route zu sein, und zwei Radler mussten ganz schön Staub schlucken, als das Auto vorbeigefahren war.

»Die schauen ziemlich z'wider«, meinte Irmi.

»Ja, das haben sie aber schon getan, bevor du sie eingestaubt hast. Weil die motorlos sind.«

»Was?«

»Die Elli und das Soferl haben einen Citizen-Science-Versuch gemacht.«

»Du würdest jetzt ›Hä?‹ brüllen«, bemerkte Irmi und sah Kathi mit gerunzelter Stirn an.

»Citizen Science bedeutet Bürgerwissenschaft. Das

heißt, Projekte werden unter Mithilfe von interessierten Laien durchgeführt, die Beobachtungen melden oder auch mal Messungen durchführen«, erklärte Kathi.

»Das weiß ich auch! Aber was hat das mit deiner Mutter und deiner Tochter zu tun? Und den Staub schluckenden Radfahrern?«

»Die Elli und das Soferl beobachten Mountainbiker. Und stellen fest, dass die E-Biker immer grinsen und plaudern und grüßen. Die ohne Motor schauen immer z'wider.«

Irmi lachte. »Echt, Kathi?«

»Kein Schmäh. Das ist doch hetzig, oder? Das Soferl schreibt in Sport eine Seminararbeit über den Einsatz von E-Bikes im Rehabereich. Und da fällt ihr so was eben auf. Sie will nämlich Medizin studieren und Orthopädin werden.«

»Super. Da wird sie nie arbeitslos. Alle werden immer älter und kreuzlahmer.« Irmi lächelte und wich zwei weiteren Bikern aus, die sich in der Tat lachend miteinander unterhielten.

»Siehst du, mit Motor!«

Schließlich tat sich eine Furt vor ihnen auf, die mit Beton ausgegossen war.

»Da willst du durchfahren? Spinn i?«, rief Kathi.

»Sicher«, meinte Irmi und chauffierte vorsichtig hindurch.

Der Weg wurde urplötzlich steil und extrem schotterig. Da war es wirklich gut, dass sie den Dienstwagen mit dem Allradantrieb genommen hatten.

»Sag mal, Irmi, wie hättest du da mit einem Cabrio fahren wollen? Pass auf, fahr nicht in die Schlucht!«

Kathi war nicht wirklich entspannt. Irmi übrigens auch nicht, denn der Weg war schmal, rechts wuchs ein Felsen empor, links war die Schlucht. Sie gewannen Höhe, und schließlich tauchte Lissi vor ihnen auf, die hektisch winkte. Sie sprang Irmi fast vors Auto.

Kathi stieg als Erste aus. »Lissi, wir sind nicht blind. Und du bist eh kaum zu übersehen.«

Lissi ignorierte sie und packte Irmi am Handgelenk. »Irmi, komm! Es ist so furchtbar. Der Felix hat alles richtig gemacht. Er …«

»Schnauze!«, kam es von Kathi. »Mütter finden immer, dass ihre Kinder toll sind. Wo ist Alfred?«

Lissi begann zu weinen. Irmi versuchte, Kathi zu stoppen, aber die lief schon in Richtung des Bulldogs davon, der etwas weiter oben auf einem steilen Abzweig stand. Irmi warf Lissi noch ein »Wird schon!« zu und rannte hinterher.

Zunächst machte sie sich ein Bild von der Situation. An Alfreds Bulldog waren Rückeschild und Seilwinde angebracht, zwei Motorsägen lagen am Boden, Kraftstoffgeruch hing in der Luft. Eindeutig Aspen, Alfred hätte nie einen Billigsprit verwendet. Auf der Erde neben dem Traktor lagen drei Bäume, zwei davon komplett entastet, der dritte war noch angehängt und erst am Wipfel von Ästen befreit. Kathi stolperte in den Daxen herum, und Irmi holte sie rechtzeitig ein, bevor sie wie eine Furie auf Alfred niederfahren konnte.

»Wo?«, fragte Irmi.

»Da.« Alfred wies auf den erst zum Teil entasteten Baum. Die Tote lag unter dem Stamm, der sie in Höhe der Taille zu Boden gestreckt hatte. Der eine Arm war auf dem Boden ausgebreitet, die Handfläche mit nur vier Fingern nach oben gedreht. Die Frau schien sie irgendwie verdutzt anzuschauen.

»Wow!«, brachte Kathi hervor und schwieg dann ausnahmsweise.

»Was war hier los?«, fragte Irmi.

Und Alfred erzählte in seiner behäbigen, wortkargen Art, wie sie den Baum angesprochen, angehängt und gefällt hätten. Wie sie zu entasten begonnen hätten und er dann plötzlich das Blut gesehen habe. Dann den Finger. Wie Felix weiter freigeschnitten habe und wie sie dann diese Frau entdeckt hätten. Alfred war blass, und Felix sah aus, als müsse er sich gleich übergeben. Das schien auch Kathi aufzufallen.

»Speib uns bloß nicht auf den Tatort! Geh! Verschwind!«, verscheuchte sie ihn.

»Und ihr habt wirklich niemanden gesehen, Alfred? Da vorn ist ja gleich der Weg, kann die Frau nicht eben erst hergewandert sein?«

»Ich hab beidseitig abgesperrt. Mit einem Band und einem Warnschild.«

Das hieß natürlich wenig. Die Leute ignorierten solche Sperren einfach. Sie und Bernhard hatten beim Baumfällen auch schon mal einen Radfahrer fast erlegt, der einfach unter den Absperrbändern durchgekrochen war. Es hatte ihm zu lange gedauert …

»Irmi, da war koaner.« Er schluckte. »Koane.«

»Schau, da kommt der Hase mit seinen Leuten. Wir lassen die mal arbeiten, und du gehst zu Lissi und wartest auf uns. Verstanden? Ich komme gleich nach.«

Alfred trollte sich.

»Dieser Lapp!«, schimpfte Kathi. »Das gibt's doch nicht, dass man die Frau nicht gesehen hat!«

»Jetzt wart erst mal!«

»Ja was? Der Mai ist gekommen, und die Bäume schlagen aus?«

»Sehr witzig, Kathi!«

Nachdem Irmi den Hasen und seine Kollegen eingewiesen hatte, stapfte sie langsam zu Felix, Alfred und Lissi hinüber. Lissi redete leise auf ihren Sohn ein. Sie tat Irmi leid. Felix war der Kleine, ihr Ein und Alles. Ihr Seelenkind. Die beiden waren sich sehr nahe.

Der Hase und seine Teamkollegen Hansi und Margit krochen währenddessen fluchend durch den Tann und freuten sich besonders über die stachligen Brombeeren, die hier alles überzogen. Was sie fanden, war ein kleiner Rucksack, der wohl der Toten gehört hatte. Schließlich wurde beschlossen, dass Alfred den Baum wegheben sollte.

»Aber ohne die Frau noch mehr zu beschädigen«, konnte sich Kathi nicht verkneifen zu sagen.

Das Unternehmen gelang. Der Baum wurde angehoben, schwankte zur Seite und sank ein paar Meter weiter wieder hinab. Die Frau lag in einer leichten Kuhle auf dem Waldboden zwischen den abgeschnittenen Ästen. Ihr Kopf zeigte zur Schlucht. Margit und Hansi nahmen den Rucksack genauer in Augenschein, während der Hase ein Stück den Abzweig hinaufstieg, der vom Hauptweg abging.

»Kommt ihr mal her?«, rief er nach einer Weile und wedelte mit etwas Langem, das aussah wie eine Brombeerranke.

»Was soll das sein?«, fragte Kathi, als sie und Irmi vor ihm standen.

»Draht, liebe Frau Reindl. Ich würde es für eine Art Falle halten.«

Irmi zuckte innerlich zusammen. Bitte keine Fallen mehr. Letzten Sommer auf der Alm hatten sie es mit einer bizarren Wolfsgrube zu tun gehabt, ihr Bedarf an Fallen und Fallenstellern war mehr als gedeckt.

»Wenn Sie mir folgen wollen?« Der Hase genoss es anscheinend, eine kleine Demoshow abzuziehen.

Sie stolperten ein Stück weiter bergauf zu einer Fichte, die von einem feinen Draht umschlungen war.

»Da hat jemand einen Stolperdraht über den Weg gespannt?«, fragte Irmi.

»Ganz genau. Ich wäre selber fast drübergepurzelt. Ein Stück weiter den Weg hinauf bietet sich dasselbe Bild. Noch ein Draht ziert da die Natur. Und ein dritter hat die Rückegasse im Wald überspannt, jede Menge Drähte hier in der Einsamkeit.«

Kathi überlegte. »Die Frau geriet ins Stolpern, und deshalb konnte der Baum sie erschlagen? Weil sie nicht mehr rechtzeitig wegkam?«

»Nicht ganz.«

»Jetzt aber kein Rätselraten, Herr Hase! Das können Sie von mir aus mit Ihrer neuen Mitbewohnerin machen, der Frau Hauptkommissarin!« Kathis Augen funkelten.

Irmi zuckte zusammen. Kathi brüllte derart durch den Wald, dass nun jeder zwischen Walchensee und Loisachtal wusste, dass sie beim Hasen wohnte.

»Frau Reindl, der Baum hätte diese Dame nur erschlagen, wenn er aus Gummi gewesen wäre«, sagte der Hase unbeeindruckt.

»Hä?«

»Ich würde den Baum als Übeltäter ansehen, wenn er mehr Profil hätte.« Der Hase zwinkerte Irmi zu, die etwas schneller schaltete als Kathi.

»Du meinst, die Frau wurde vorher von Gummireifen mit Profil überfahren?«

»Ja. Und zwar nicht von einem zierlichen Auto, sondern etwas Martialischerem. Ich würde auf ein landwirtschaftliches Nutzfahrzeug tippen. Bulldog, Unimog, etwas in der Art. Grobstollig und schwer.«

»Aber …«, setzte Kathi an.

»Frau Reindl, wenn Sie darauf abheben, dass ein solches Fahrzeug nicht sonderlich schnell fahren kann, zumal hier im Wald, dann gebe ich Ihnen recht. Und ja, man könnte so einem Fahrzeug normalerweise ohne Weiteres entfliehen. Es sei denn …«

»… man ist gestolpert, hat sich verheddert und lag vorher schon am Boden«, ergänzte Kathi. »Beine gebrochen? Bänder ab? So was? War sie bewusstlos?«

»Könnte sein, das müsste ein Arzt feststellen.«

In diesem Moment klingelte das Telefon des Hasen. Offenbar war es einer seiner beiden Teamkollegen.

»Ach, und ihr habt keine Ausweispapiere im Rucksack oder in der Kleidung der Toten gefunden?«, sagte er. »Danke, bis später!«

Dann wandte er sich wieder an Kathi.

»Ich glaube, dass es sich ein bisschen anders zugetragen hat. Frau Reindl, einen Versuch haben Sie noch.«

»Mir ist jetzt nicht nach einem Quiz!«

»Gut, diese Dame ist wohl tatsächlich gestolpert. Ich glaube aber nicht, dass die Folgen gravierend waren. Der Draht ist gerissen, er war dünn. Ich glaube auch, dass sie noch ein paar Meter weitergegangen ist. Dann hat sie sich hingesetzt, vielleicht den Knöchel begutachtet. Aber«, der Hase blickte in die Runde, »sie hat nichts gehört. Hat das herannahende Ungeheuer einfach nicht gehört.«

»Ach, sind Sie auch noch HNO-Arzt? Können Sie einfach mal so eine Taubheit diagnostizieren?«, maulte Kathi.

»Die Geheimnisse des Lebens liegen oft im Banalen: Die Dame hatte Ohrstöpsel drin, und zwar solche, die Geräusche wirklich komplett ausblenden.«

»Stopp!«, rief Irmi. »Noch mal von vorn. Die Frau kriecht hier in der Nähe des Wegs umher. Dann stolpert sie und rappelt sich auf.«

»Ja, und ich denke, sie hat dann einfach weiter Hölzchen und Moose gesammelt. Irgendeine bodennahe Tätigkeit.«

»Bodennah, oder? Was für ein Schmarrn!«, rief Kathi. »Und dabei hatte sie Ohrstöpsel drin?«

»Ja, das nehme ich an.«

»Und hat weder den Bulldog noch die Motorsägen gehört?«

»Die Sägen konnte sie nicht mehr hören, aber dazu später«, entgegnete der Hase. »Ich würde den Ablauf folgendermaßen zusammenfassen: Die Frau stolpert, das irritiert sie aber wenig. Sie sammelt weiter Holz. In ihrem Rucksack haben die Kollegen zwar keine Ausweispapiere, aber dafür einige fein geformte Äste …«

»Nochmals stopp! Was mach ich mit fein geformten Ästen?«, fragte Irmi.

»In einer Rückegasse, zumal einer so sonnigen, nehmen die Äste bald den bleichen Charakter von Schwemmholz an. Das perfekte Ausgangsmaterial zum Basteln!«

»Basteln?«, rief Kathi.

Der Hase schaute treuherzig. »Sie basteln nicht, Frau Reindl? Oder die Frau Mutter?«

Kathi schnaubte, schwieg aber.

»Ich fahre fort: Die Frau lag auf dem Rücken, die Arme im Nacken verschränkt. Ich glaube, sie hat diese Kuhle gewählt, weil es da sonnig und trocken war und die alten Gräser sie sanft umspielten.«

»Sanft umspielten?«, echote Kathi ungläubig.

»Ja, sie liegt da, die Sonne kitzelt sie, und dann wird sie von einem landwirtschaftlichen Nutzfahrzeug überfahren. Ich nehme an, das Fahrzeug hat hier gedreht. Wahrscheinlich, weil der Weg noch schlechter wird. Sie jedenfalls bleibt tot liegen. Später kommen der Herr Alfred und sein Sohn Felix und sind einzig auf ihren Baum fokussiert. Was ja auch gut ist. Die Waldarbeit birgt viele Gefahren. Und der Baum im Fokus der beiden Herren stürzt dann eben auf die Frau.«

»Das würde also bedeuten, sie war schon tot, als der Baum fiel?«, überlegte Irmi.

»Das ist nur meine Annahme.«

»Ein Hellseher, der Herr Hase!«, kam es von der verschnupften Kathi. »Und warum ist die Frau überhaupt mit Ohrstöpseln im Wald unterwegs und legt sich einfach auf die Erde? Das ist doch total verrückt!«

»Ich hätte eine Ahnung, warum sie das getan hat. Warum sie die absolute Stille im Kopf suchte. Aber, die Damen, das ist ja nicht mein Part. Ich verabschiede mich zu Fabrikpreisen.« Er deutete eine Verbeugung an. »Irmi, ich nehm dich nachher mit, und wir gehen heute Abend noch eine Runde?«

»Klar. Bis dann.«

Der Hase und sein Team nahmen noch die Abdrücke von den Reifen rund um die Leiche. Dann machten sie sich auf den Weg.

Kathi war augenscheinlich erschüttert, aber weniger wegen der ohrverstöpselten Frau. »Na, der Hase ist ja geradezu euphorisch. An so viel Mutterwitz muss ich mich erst gewöhnen, wo der sonst immer so z'wider war. Du wirkst ja Wunder am Hasen. Und du gehst mit ihm spazieren?«

»Vor allem gehen wir mit Raffi spazieren.«

»Diesem weißen spitznasigen Grinsehund? Den hast du auch mitgenommen von der Alm?«

Raffi war ihr letzten Sommer auf der Alm zugelaufen, und er konnte wirklich grinsen. Aus seinen Knopfaugen blitzte der pure Schalk. Am Ende des turbulenten Almsommers hatten die drei Almhirten auf Zeit, Irmi, Luise und Tobi, überlegt, was aus Raffi werden sollte. Denn den ganzen Sommer und Herbst war kein Besitzer aufgetaucht. Das Tier war auch nirgends als vermisst gelistet. Tobi war als Wissenschaftler viel unterwegs, seine Wohnung in Freising war winzig, und für ein freiheitsliebendes Tier wie Raffi wäre das kein gutes Zuhause gewesen. Luise hätte ihn auch mit nach Niederbayern genommen, also hatten sie Raffi quasi vor die Wahl gestellt, mit wem er mitgehen wollte. Er war zu Luise gegangen, hatte seine spitze Schnauze in ihre Hand geschoben und sie tief angesehen. Dann war er aufgestanden und hatte sich zwischen die Kater gelegt. Die Entscheidung war gefallen. Für die Kater und damit für Irmi. Raffaelo von der Bäckenalm, ganz ohne Ahnentafel, aber doch mit absoluter Sicherheit ein reinrassiger Mittelspitz, zog zu Irmi. Er hatte ihre Entscheidung, den Bauernhof ihres Bruders in Schwaigen zu räumen, noch beschleunigt, denn Raffi hasste Kicsi, Bernhards Chihuahuadame. Und sie ihn. Eine abgrundtiefe Antipathie von der ersten Sekunde an, die es bei Tieren eben auch gab.

Raffi jedenfalls lebte nun mit den beiden Katern und mit Irmi in Bad Kohlgrub. Und dem Hasen, irgendwie. Luise wollte demnächst zu Besuch kommen. Sie hatten kürzlich telefoniert, und Luise hatte sofort nach dem Hasen gefragt. »Läuft da jetzt endlich was?«

Irmi hatte abgewiegelt und in den Spiegel gesehen. Sie war einundsechzig, und neulich erst hatte sie am Nachbartisch in einem Gasthof einigen Gästen zugehört, die Mitte vierzig und der Überzeugung gewesen waren, dass man über fünfzig sowieso weg sei von allen Begehrlichkeiten. War das so? Irmi beobachtete in der letzten Zeit häufiger als bisher ihre Altersgenossinnen, die alle immer gleicher wurden. Grau durchwirkter Kurzhaarschnitt, randlose Brille, Witt-Weiden-Chic mit gruseligen Mustern, gern in Lila oder Pastell. Musste man so enden? Standen ihr Trekkinghosen und Fleecejacken in Türkis nicht mehr zu? Sie war nie ein Fashion Victim gewesen, immer sportlich-lässig, immer in Hosen, aber für Witt Weiden fühlte sie sich zu jung. Man wurde alt, wenn man solche Kataloge bekam und wenn einem in der Apotheke die *Rentner-Bravo* gereicht wurde.

Der Hase hatte sicher noch Chancen am Best-Ager-Markt, aber was sie selbst betraf, war sie sich nicht ganz sicher. Aber wollte sie überhaupt Chancen haben? Und wenn ja, bei wem? Bei Jens? Beim Hasen?

»Was machen wir jetzt?« Kathis Stimme holte sie in die Gegenwart zurück.

»Ins Büro fahren. Wir dürfen gespannt sein, was die Rechtsmedizin sagt und ob Fridtjof wirklich recht behält. Aber erst mal muss die Bergwacht die Frau abholen.«

»Dass der Hase einen Vornamen hat, daran muss ich mich auch noch gewöhnen«, meinte Kathi.

»Wie jeder Mensch. Wir müssen erst mal herausfinden, wer diese Frau war. Gibt mir bitte mal ihren Rucksack.«

Irmi wühlte bleiches Holz heraus, ein Halstuch, aber es steckte weder ein Handy noch ein Portemonnaie darin.

»Der Rucksack enthält wirklich gar nichts Erhellendes. Seltsam«, meinte sie.

»Das ist ja auch echt exotisch, ohne Handy unterwegs zu sein in Zeiten, wo die Leute ihre Urlaubsziele nur noch danach aussuchen, ob sie auf Instagram gut wirken. Am besten beschreibst du alles, was du postest, auf Englisch. *Nice. Amazing place.* Dann klingt das voll international.«

»Kathi, von dir derlei Gesellschaftskritik?«, erwiderte Irmi lachend.

»Meine Gute, ich bin auch schon Mitte dreißig«, erklärte Kathi. »Und außerdem weiß ich das alles vom Soferl. Die hat zusammen mit drei Freundinnen beschlossen, handyzufasten, und ist mit der Laura auch ganz raus aus Instagram. Das Soferl hat die ultimative Urlaubsidee: Dorthin fahren, wo man schlecht Fotos machen kann, da ist es dann ganz ruhig.«

»Kluges Kind!«

»Hat es von der Mutter!«

»Hm? Meist überspringt der Erbgang eine Generation. Ich seh ja darin eher eine Ähnlichkeit mit Elli. Und das ist dann sehr gut fürs Soferl ausgegangen.«

»Nuss, dumme! Und mir nicht zu sagen, dass du umgezogen bist! Echt!«

»Kathi, ich gelobe Besserung. Wenn ich wieder umziehen sollte, erfährst du es als Erste.«

Anschließend gab Irmi Alfred und seiner Familie grünes Licht, nach Hause zu fahren, und schärfte Lissi ein, Ruhe zu bewahren. Felix tat ihr wirklich leid. Der Junge war gerade achtzehn geworden, ein behüteter Bub mit einer feinen Seele. Ein solcher Todesfall konnte das Gemüt schon arg durchrütteln. Lissi fuhr mit Felix im Auto nach Hause, Alfred rumpelte mit dem Bulldog davon.

Irmi und Kathi wollten selber gerade losfahren, als eine Gruppe E-Biker vom Walchensee kommend auf sie zuhielt. Der Mann an der Spitze der Truppe bremste scharf ab.

»Tun Sie endlich mal was?«, fragte er grußlos.

»Grüß Gott!«, schmetterte Kathi. »Sie sind wer? Und was sollen wir tun?«

In solchen Situationen war Kathi großartig. Sie konnte ohne jede Zeitverzögerung reagieren.

»Na, wegen der Anschläge auf meinen Betrieb.«

»Was haben Sie an meiner Frage, wer Sie sind, nicht verstanden?«

Der Radler zwinkerte etwas irritiert. Irmi schätzte ihn auf Mitte fünfzig. Er war groß, zäh, die Wadenmuskeln wirkten überdimensioniert. Der Mann trug ein gelb-blaues Radltrikot mit durchgängigem Reißverschluss, der bis zum Bauch geöffnet war, darunter befand sich aber noch ein Unterleiberl aus irgendeiner High-Definition-Faser. Bestimmt konnte er stundenlang Vorträge über First und Second Layer halten. Der oberste Layer jedenfalls trug diverse Werbeaufdrucke, der größte lautete: HJM Bike Adventure.

»Hans Jochen Müller ist mein Name, und ich werde sabotiert. Das hab ich auch schon mehrfach bei der Polizei angezeigt.«

»Sehr verehrter Herr Müller«, entgegnete Irmi. »Wir sind die Mordkommission und über aktuelle Anzeigen wenig informiert. Würden Sie uns bitte kurz erklären, worum es geht?«

Mordkommission kam normal immer gut, die Überraschung war stets auf ihrer Seite, dieser Müller aber reagierte merkwürdig.

»Aha, ist endlich jemand zu Tode gekommen? Das war ja zu erwarten!«

»Herr Müller, mit Verlaub, Sie haben einen Todesfall erwartet?«

»Ja, über die Wege, auf denen wir biken, sind öfter mal Stolperdrähte gespannt. Auf Hütten sind mehrmals die Akkus meiner Leihräder gestohlen worden, bei mir im Depot wurde schon zweimal eingebrochen, und einmal wurden an den Rädern die Bremsen manipuliert. Diese Drähte sind lebensgefährlich, tödlich! Also, wen hat er getroffen?«

»Keinen Biker, weder E noch anders«, sagte Kathi.

»Herr Müller, wir haben einen Draht hier am Bergweg gefunden«, fuhr Irmi fort. »Und weiter oben auch noch einen. Da stehen im Übrigen Baumstümpfe, und da liegt Altholz zum Schutz des Bodens, der schwere Maschinen tragen soll. Außerdem gibt es dort ein Meer aus Brombeerranken. Und da biken Sie?« Irmi sah ihn scharf an, sie hatte ein bisschen geflunkert, aber das schadete ja nicht.

»Auch. Ich mache unter anderem Fahrtechnikkurse.« Er blickte Beifall heischend in die Runde, die aus drei Männern und zwei Frauen bestand. Alle trugen ein HJM-Trikot, das wegen des engen Schnitts nicht allen stand. Es setzte jeden Hüftring gekonnt in Szene und machte aus einem eher beleibten Mann eine gelbe Presswurst. »Bei diesen Kursen brauchen wir halt Singletrails und *rough terrain*. Und drum sind wir auch hier. Der Weg wird hinter der Gachen-Tod-Klamm sehr *challenging*. Felsen spitzen aus dem Untergrund, der Kies ist locker. Nicht wahr, Ursula? Das war ein Abenteuer!«

Ursula, die ziemlich verschwitzt aussah, nickte. Gachen-Tod-Klamm, das passte ja gut.

Irmi überlegte, was ihr Bruder dem Herrn Müller erzählt hätte, wenn der in Bernhards Wald mit seinen Eleven *rough terrain* gesucht hätte.

»Es gibt Eigentümer, Herr Müller«, erklärte Irmi vorsichtig.

»Was wollen Sie in diesen Schneisen der Verwüstung, die die Harvester gezogen haben, denn noch kaputt machen?«

Zustimmendes Gemurmel kam von den Hüftringen und Presswürsten.

Hier heroben war zwar kein Holzvollernter gewesen, aber es war sicher müßig, mit Herrn Müller über Respekt und Rücksichtnahme zu philosophieren.

»Ich fasse zusammen: Sie denken, jemand sabotiert Biker. Oder E-Biker. Haben Sie denn jemanden in Verdacht?«

»Natürlich. Es gibt da so einen Bauern! Der hasst uns. Der hat uns sogar einmal eine Kette hinterhergeworfen. Gar nicht weit von hier!«

»Wie sah der denn aus?«

»Na, wie Bauern eben aussehen! Latzhose, Hut, leicht debiler Blick.«

Seine Truppe lachte.

»Herr Müller, wir kommen sicher später noch auf Sie zurück. Ihr Depot liegt …?«

»Mein Adventure Center befindet sich in Eschenlohe. Schnappen Sie den Irren! So, Burschen und Madels, mir packen es.« Die Räder rollten von dannen. Irmi und Kathi sahen ihnen hinterher.

»Madels, mir packen es!«, kopierte Kathi den bemühten Dialekt des Guides. »Ich hasse Menschen, die Dialekt imitieren!«

»Der kommt sicher aus NRW, also ursprünglich«, meinte Irmi.

Es waren häufig die Zuagroasten, oft vergnügte, sportliche, gut situierte Rentner aus Ballungsgebieten, die sich aus den unterschiedlichsten Motivationen heraus engagierten, während der Einheimische lieber dahoam oder am Stammtisch herumgrantelte und über den Ausverkauf der Hoamat schwadronierte. Aber darüber leider vergaß, dass die Welt sich weiterdrehte und er selber rein gar nichts tat, um seiner geliebten Heimat einen sanften Tritt in den Hintern zu geben – ohne gleich alles umzuschmeißen.

»Ich finde deinen Gesichtsausdruck eigentlich gar nicht so debil«, bemerkte Kathi augenzwinkernd, als sie wieder im Auto saßen.

»Vergelt's Gott, Kathi, das rettet meinen Tag! Und ich hoffe, dieser HJM hat uns nicht Alfred beschrieben.«

»Na ja, Waldbesitzer, Latzhose, Hut.« Kathi verzog das Gesicht. »Glaubst du ernsthaft, diese Frau ist in eine Mountainbikerfalle gestolpert und dann noch überfahren worden? Von Alfred? Der sie da liegen lässt und später seinen Baum draufdonnert? So viel Dumpfheit oder auch Chuzpe trau ich nicht mal Alfred zu.«

»Wenn Fridtjof recht behält, dann war das eine Verkettung von sehr unglücklichen Zufällen.«

»Zufällen steh ich eher skeptisch gegenüber.«

Bald waren sie wieder im Büro. Vor morgen würden sie kein Ergebnis aus der Rechtsmedizin in München bekommen. Irmi steckte nur schnell den Kopf in Andreas Büro.

»Wenn du mal was Handfesteres recherchieren möchtest: Ich hätte noch einen Hans Jochen Müller im Angebot mit einem Adventure Center, der organisiert Biketours und so was.«

Dann sah sie auf die Wanduhr. Es war halb sieben geworden.

»Lass uns mal für heute aufhören«, sagte sie. »Mir waren das heute schon ein paar Tote zu viel.«

»Alles klar«, sagte Andrea nur und schaute weiter in den PC.

»Ich hau ab«, erklärte Kathi. »Bis morgen – und viel Spaß beim Spazierengehen!«

»Haben wir bestimmt. In Kohlgrub gibt es ja schöne Wege.«

Kathi zeigte Irmi einen Vogel und trampelte davon.

Dabei stimmte das mit den feinen Wanderwegen ebenso wie die Tatsache, dass Kohlgrub schon mal bessere Tage gesehen hatte. Hier hatte einst auch Katja Mann gekurt und ihrem Mann lange Briefe über ihre Kurerlebnisse geschrieben, plastisch, drastisch und voller Elan. Thomas Mann hatte das Talent seiner Frau genutzt: Das Erzählte hatte in ein Werk der Weltliteratur Eingang gefunden, den *Zauberberg*. In den 1980er-Jahren musste man in den Kurhäusern von Kohlgrub und im benachbarten Bad Bayersoien teils schon frühmorgens um fünf in die Moorbadewanne, so ausgebucht waren die Termine damals gewesen, als die Krankenkassen noch zahlten. Heute mussten die Leute ihre Medical Wellness selbst zahlen. Deshalb musste den Gästen auch immer wieder etwas Neues geboten werden: bayerische Bergkräuter, römische Bäder, asiatische Bewegungen und Themenwege. Einfach nur wandern – das war nicht mehr attraktiv genug heutzutage.

Daher war auch Irmi öfter auf dem Mythenweg und dem Timberlandtrail unterwegs, auch wenn Letzterer in ihren Ohren arg neumodisch klang. Aus Raffis Hundesicht war der Weg allerdings genial: Dort traf er auf andere Hunde, die er immer ganz toll fand, sofern sie nicht kleiner waren als er. Und er liebte diese Wildnisliegen. Wenn Irmi sich nämlich darauf legte, konnte er ihr auf den Bauch springen und sie abschlecken. Irmi hatte sich beim ersten Mal hektisch umgeschaut: Hoffentlich sah sie keiner, sie benahm sich ja wie eine Touristin.

Nachdem Irmi mit dem Hasen nach Hause gefahren war und sich umgezogen hatte, gingen sie, der Hase und Raffi am lauschigen Bächlein entlang bergaufwärts. Sie hatten nicht über die Tote gesprochen, was Irmi sehr schätzte, sie brauchte erst mal eine Atempause.

Für die Wanderer gab es an diesem Weg diverse Stationen: Man konnte Klänge hören und ausprobieren, wie lange Wasser im Waldboden gehalten wird, wie schnell es hingegen durch Kies rinnt. Es gab einen Balken über den Bach, über den man balancieren durfte, und man konnte sich an einen Ahorn lehnen, der einem den Rücken stärken sollte. Was Irmi nun wirklich ziemlich albern vorkam.

»Du musst die Menschen an die Hand nehmen und ihnen die Natur in mundgerechten Happen vorsetzen«, sagte der Hase. »Das kann man bewerten, wie man will, aber es ist so.«

»Jaaa«, sagte Irmi gedehnt. »Apropos mundgerecht. Ich hätte Hunger.«

»Der Frau kann geholfen werden. Ich hätte von gestern noch einen Auflauf. Wenn der dir konvenierte?«

Der Hase konnte auch noch exzellent kochen. Und das tat er richtig gern, und zwar gesund und mit regionalen Zutaten. Mit Jens war sie immer in Restaurants gewesen, sie hatten weder füreinander noch miteinander gekocht. Irmi stellte etwas irritiert fest, dass sie nicht mal wusste, ob Jens kochen konnte.

Um dreiundzwanzig Uhr verabschiedete sich Irmi mit drei Küsschen auf die Wangen des Hasen und ging in ihre Wohnung hinauf. Der Abend hatte sich warm angefühlt. Genau wie ihr Bett, das bereits von den Katern vorgewärmt war.

5

Am Freitag kam Irmi um kurz nach acht ins Büro. Dass Andrea bereits da war, wunderte sich nicht weiter. Überraschenderweise war Kathi auch schon eingetroffen.

»Wissen wir inzwischen mehr über da Silva?«, fragte Irmi in der Morgenbesprechung.

»Ich weiß fast zu viel«, stöhnte Andrea. »Der ist halt so ein … ähm … echter Marketingprofi. Im Selbstvermarkten ganz groß.«

»Da lernst du noch was!«, bemerkte Kathi.

»Och, im Gegensatz zu dir hab ich eine sehr erfüllende Beziehung«, konterte Andrea.

Sailer japste.

Ja, Andrea hatte sich gemausert. Und wie! Sie bot Kathi die Stirn und war dabei sogar noch witzig.

Und Kathi war zwar ein menschlicher Tornado, aber auch gutmütig.

»Okey-dokey, der Punkt geht an dich. Also, was kann der da Silva alles? Seine Perle schien ihn ja wirklich zu mögen, obwohl sie ihn durchschaut hat.«

»Hm, er hat eher als Ernährungsapostel begonnen. In sozialen Netzwerken wie YouTube, Facebook oder Instagram gibt's jede Menge Filmchen und Fotos von ihm, wo er Chiasamen, Körner und Wunderbeeren isst. Das alles … ähm … sagt er, führt zu geistigen und körperlichen Höchstleistungen.«

»Mir hilft schwarzer Kaffee, ganz viel schwarzer Kaffee«, meinte Sepp.

»Genau, nachtschwarz, kein Zucker«, bestätigte Kathi.

»Das ist sicher nicht im Sinne von da Silva«, meinte Irmi lachend.

»Ich hatte den Eindruck«, fuhr Andrea fort, »dass er anfangs vor allem Abnehmseminare gegeben hat. In einem YouTube-Video macht er sich über die Weight Watchers lustig, das sei was für Muttis vierzig plus, sagt er. Eine Selbsthilfegruppe für alle, die keinen Biss haben und von noch fetteren Muttis gelobt werden wollen. Kollektives Wiegen für einen Milliardenkonzern, der es nur auf dein Geld abgesehen hat. Er regt an, sich von solchen pupsigen Konzepten zu emanzipieren.«

»Sagt er echt pupsig?«, hakte Irmi nach.

»Ja, pupsige Konzepte.«

»Schön! Und er selber verlangt gar nix dafür, sondern macht das für einen Gotteslohn?«, fragte Sepp grinsend.

Andrea lachte. »Nein, aber er vermittelt in seinem Filmchen, dass er nicht einfach nur weniger Pfunde will, sondern dass mit ihm die … ähm … ganzheitliche Erleuchtung kommt.«

Kathi mischte sich ein. »Elli war mal bei den Weight Watchers, weil unsere Nachbarin da hingegangen ist. Bei der ersten Sitzung hat Elli sich erkundigt, warum man nicht einfach Kalorien zählt, statt alles in Weight-Watchers-Punkte umzurechnen. Da war die Gruppenleiterin schon ziemlich angefressen. Als Elli dann auch noch hinterfragt hat, warum ein Apfel dieselbe Punktzahl haben soll wie eine gewisse Menge Pommes, war es ganz aus. Elli wollte sich auch keine grammgenaue Küchenwaage anschaffen. Sie hat sich schon bald von den Gewichte-Watchern verabschiedet, nicht ohne noch ein paar Sätze über Diätterror zu verlieren.« Kathi lachte. »Der direkte Weg zu einer Essstörung führt übers Punktezählen. Die Nachbarin hat fünfzehn Kilo abgenommen und in zwei Jahren wieder dreißig zugelegt. Alles ein totaler Schmarrn. Das Soferl hat der Nachbarin dann geraten, sich *Yazio*, *My Fitness Pal* oder *Noom* runterzuladen.«

»Wen?«, fragte Sailer.

»Das sind Apps zum Abnehmen. Die werden längst millionenfach heruntergeladen und können jederzeit den ganzen Körper überwachen – inklusive Blutzucker, Gewicht und Ernährung. Oder du lädst *Gymondo* runter, wo du gleich noch Videos mit Fitnessübungen zum Nachmachen hast.«

Das alles schien Sailer nicht anzufechten. »Des gab's in den Siebzigern aa. Do ham die Rosi und der Christian die Skigymnastik am Fernseher g'macht.«

Das war allerdings in einer fernen Vorzeit gewesen, als die Fernsehdinosaurier nur drei Programme gehabt hatten: das erste, das zweite und Bayern. Und am Sonntag zur besten Sendezeit hatte es Skigymnastik mit Rosi Mittermaier und Christian Neureuther gegeben. Am Schluss musste man in die Hocke gehen, der Oberschenkel brannte, im Hintergrund lief die Kamerafahrt einer Weltcup-Abfahrtspiste, und man kam sich vor wie der Klammer-Franze.

Und selbst Irmi, die nie ernsthaft Ski gefahren war, hatte ab und zu mitgemacht. Und sie hatte wie alle Mädchen Ende der Siebziger und Anfang der Achtziger Diäten versucht. Vor allem die Mayr-Kur, bei der man drei harte Semmeln am Tag bekam und Milch dazu. Das war auf einem Bauernhof auch gut machbar gewesen, Milch gab's im Überfluss und harte Semmeln auch, die der Mutter höchstens für Semmelbrösel gefehlt hatten. Laut Herrn Mayr diente die bockharte Semmel als Fitnessgerät für die Kaumuskulatur und die Speicheldrüsen. Nach einer Woche hatte man natürlich abgenommen, schließlich hatte man am Tag nur etwa achthundert Kalorien zu sich genommen. Schon damals hatte Irmi geahnt, dass das keine ausgewogene Ernährung war, und den lieben Himmelpapa verflucht, dass sie nun mal in eine eher gewichtige Familie hineingeboren worden war.

Die Mangolds waren alle eher groß gewachsen und fester. Irmis Mama war mit einer Größe von einem Meter zweiundsiebzig für ihre Zeit eine Riesin neben all den kleinen Hutzelweibchen gewesen – nie fett, aber eben auch nie schmal. Irmi hatte ihre Schulkolleginnen gehasst, die eins sechzig groß gewesen waren, knapp fünfzig Kilo gewogen und in Jeansgröße sechsundzwanzig gepasst hatten.

Doch was sagte es über eine Zivilisation aus, wenn man vor allem darüber nachdachte, was man *nicht* aß? Früher waren arme Menschen dünn gewesen und reiche dick. Kalorien waren teuer gewesen. Heute verhielt es sich genau umgekehrt. Menschen mit höherem Bildungsgrad und höherem Einkommen waren tendenziell dünner. Was war das für ein Fortschritt, wenn auch schon die Menschen in Schwellenländern zu dick waren und nun Apps brauchten, um das Fett wieder loszuwerden? Was könnte man alles sparen! Nicht nur die Kosten für die Lebensmittel, die der

Körper gar nicht gebraucht hätte, sondern auch das ganze schöne Geld für die sauteuren Diätprodukte.

»Andrea, erzähl doch weiter aus dem Leben von da Silva. Du sagest, er sei zu Beginn eher Ernährungsguru gewesen?«

»Stimmt, aber dann wird alles … na ja … irgendwie ganzheitlicher. Er hat in letzter Zeit vor allem Detox-Seminare gegeben. Zum Entschlacken.«

Sailer horchte auf. »Was hoaßt überhaupt Schlacken? Wo san die? Hot je oaner im Körper a Schlacke entdeckt? I glaub, des is wie mit der Seele. Die find aa koaner.«

Das war in Sailers unbestechlicher Logik und Geradlinigkeit nur richtig, aber es gab sicher genug Leute, die irgendwelchen Heilsversprechen nachrannten.

»Andrea, du bleibst weiter dran?«, bat Irmi.

»Klar.«

Nach der Besprechung griff Irmi in ihrem Büro zum Hörer, erwischte den Rechtsmediziner und schaltete auf laut, damit Kathi mithören konnte.

»Das war Gedankenübertragung«, erklärte der Arzt. »Ich hab Ihnen gerade was durchgemailt, obgleich ich das ja wegen Datenschutz und anderem Sicherheitsshit gar nicht mehr darf.« Er lachte.

»Und?«

»Frau Mangold, Sie sind einfach die Kundin mit den unterhaltsamsten Aufgaben. Oder den erschreckendsten, wie man's nimmt.«

»Ich bin mir nicht sicher, ob das ein Kompliment sein soll.«

»In dem Fall war es für mich jedenfalls ein spannendes

Puzzle. Da Sie mir ja gleich zweimal Kundschaft geliefert haben, hab ich die quasi en bloc abgearbeitet. Ich beginne mit Herrn da Silva. Nun, das ist etwas kompliziert.«

Es war fast immer kompliziert, dachte Irmi.

»Ich gehe davon aus, dass er in der Freinacht zwischen zweiundzwanzig und vierundzwanzig Uhr ums Leben gekommen ist. Höchstwahrscheinlich hat es vorher ein Handgemenge gegeben. Dafür sprechen Druckstellen und ein paar Kratzer. Vermutlich ist er gestürzt und hat sich die Stirn angeschlagen. Danach erfolgte der Schlag mit dem Buddha. Im Prinzip erfolgte der Schlag in die identische Verletzungslokalisation.«

»Das heißt, er ist nicht durch den Sturz gestorben?«

»Nein, er war höchstens bewusstlos.«

»Dann muss der Täter dem bewusstlosen Opfer mit voller Kraft die Statue auf den Kopf geschlagen haben. Das ist brutal.«

»Nun, die Auslegung ist wie immer Ihre Sache, Frau Mangold. Sie haben gesagt, es war ein Einbruch?«

»Ja.«

»Auch unsere Einbrecher werden immer wütender. Menschenleben zählen nicht mehr viel. Wir können ja mal spekulieren. Der Hausherr überrascht einen Einbrecher. Es war ein Messer im Spiel, sagten Sie? Das provoziert zusätzlich! Einer der beiden greift an. Handgemenge, der Hausherr wird umgeworfen und stürzt, der Einbrecher sieht rot, vielleicht weil er erkannt wurde, und schlägt mit einem schweren Gegenstand in die primäre Sturzverletzung.«

Irmi schwieg. Das war durchaus denkbar. Er hatte schon recht. Die Brutalität nahm zu.

»Noch interessanter für mich war die Dame«, fuhr der Rechtsmediziner fort. »Sie weist einen ganzen Reigen an Verletzungen auf, dabei ist die durch den Draht minimal. Am Knöchel ist nichts zu sehen, sie hatte ja auch Bergstiefel an. Wahrscheinlich ist sie durch den Draht nicht einmal hingefallen. Gestorben ist sie, nachdem sie von etwas sehr Schwerem überrollt wurde. So, wie die Rippen und die Lunge aussehen, war sie sofort tot.«

»Das heißt, der Baum, der Finger …« Irmi war verwirrt.

»Der Finger wurde ihr post mortem abgeschnitten. Definitiv.«

»Wann ist sie denn gestorben?«

»Ich würde sagen, zwischen sechs und neun Uhr in der Frühe. Wann, sagen Sie, waren die Waldarbeiter zugange?«

»Die waren ab halb elf vor Ort. Nach der Stallzeit, dem Frühstück, der Anfahrt, den Vorbereitungen …«

»Das passt ja zeitlich.«

»Und sie hat das Fahrzeug wirklich nicht gehört?«

»Diese Ohrstöpsel sind schon sehr dicht. Offenbar lag sie am Boden und hat womöglich sogar geschlafen.«

»Wer schläft denn einfach mal so am Boden?«, rief Kathi dazwischen.

»Frau Reindl, enchanté! Es freut mich, Sie zu hören. Im Magen der Dame war viel Grünes, Löwenzahn, Bärlauch, Brennnesseln, ich würde auf eine Naturfanatikerin tippen. Vielleicht hat der Waldboden ihr ja etwas zugeraunt.« Er lachte.

Man verabschiedete sich, und Irmi legte auf.

»Die sehen den Wald vor lauter Bäumen nicht, oder?«, meinte Kathi. »Wald ist Wald, ein Ökosystem. Millionen

Blätter fallen im Herbst auf den Boden, die Regenwürmer zerkleinern sie, damit weitere Kleinstlebewesen davon leben können, und am Ende gibt's Humus. Was ist daran so sexy?«

Irmi lachte. »Woher hast du dieses Wissen?«

»Heimat- und Sachunterricht vierte Klasse?«, konterte Kathi grinsend.

Irmi wurde wieder ernst. »Zumindest können Alfred und Felix nun erst mal aufatmen«, meinte sie. »Und Lissi auch.«

»Aber was, wenn Alfred die Frau überfahren hat, bevor der Baumstamm auf ihr landete?«, entgegnete Kathi.

»Das Profil am Fundort wird sich ja mit dem Profil des Bulldogs abgleichen lassen. Und Alfred hat bestimmt auch ein Alibi. Da gibt es doch Abläufe am Hof.«

»Es wird aber nicht reichen, wenn ihm eine Kuh ein Alibi gibt. Wir müssen ihn in jedem Fall überprüfen! Egal, ob Lissi deine Nachbarin ist – oder war. Was für eine dämliche Geschichte ist das eigentlich: Da hockt oder liegt eine Frau am Boden, hört nichts und wird vom Bulldog überrollt. Und der Fahrer hat gar nichts bemerkt? Das gibt's doch nicht. Wir müssen unter Hochdruck rausfinden, wer die Frau ist. Die muss doch bald mal einer als vermisst melden!«

»Bestimmt, lass uns mal Andrea fragen, was sie noch herausgefunden hat.«

Vorher wollte Irmi noch schnell bei Lissi anrufen, um ihr Entwarnung zu geben. Lissi saß sicher auf den sprichwörtlichen heißen Kohlen, sie ging aber nicht ran, der Anrufbeantworter sprang auch nicht an. Irmi würde sie später erwischen, eine Bäuerin hatte immer zu tun, doch zur Abendessenszeit hatte Lissi hungrige Männer zu verköstigen und würde im Haus sein.

»Und der Einbruch bei da Silva«, überlegte Kathi. »Auch so eine fiese Nummer. Es hätte doch gereicht, mit der Beute abzuhauen. Warum musste der Täter außerdem so brutal zuschlagen?«

»Sicherungen durchgebrannt vielleicht?«

»Scheißwelt«, brummte Kathi und marschierte in Andreas Büro.

Andrea hatte über den Radlguide nachrecherchiert, der in der Tat ursprünglich aus Nordrhein-Westfalen stammte, aus Radevormwald. In jungen Jahren war er wettkampfmäßig Mountainbike gefahren, hatte diverse Titel aufzubieten und lebte seit mittlerweile zwanzig Jahren in Bayern. Als Frührentner mit fünfundfünfzig hatte er vor fünf Jahren seine Bike-Schule eröffnet.

»Super, Frührentner mit fünfundfünfzig und mit sechzig fit wie ein Turnschuh. Was hat der beruflich gemacht?«, fragte Kathi.

»Postbeamter.«

»Na, Irmi, dann könntest du auch in Rente gehen. Das ist doch deine Altersklasse«, bemerkte Kathi leichthin.

Ein Schmerz breitete sich in Irmi aus wie konzentrische Kreise auf einem See, wenn jemand einen Stein geworfen hatte. Zum Glück verebbte er bald wieder. Kathi hatte wie so oft gar nicht gemerkt, welche Steine sie warf.

Aus Andreas Augen sprach Mitgefühl, aber weil Irmi nichts sagte, unterließ auch sie einen Kommentar.

»Er hat wirklich dreimal Anzeige gegen Unbekannt erstattet, es kam aber nie was dabei heraus. Solche Übergriffe auf Mountainbiker und ihre Routen gibt es übrigens öfter. Ich hab Vorkommnisse im Karwendel-, Ammer- und Estergebirge gefunden.«

»Was ja eher gegen einen Mann wie Alfred spräche. Der mag seinen eigenen Bereich schützen, würde aber sicher nicht am Alpenrand entlangziehen, um Biker zu ärgern. Oder was meint ihr?«

Andrea nickte.

»Es gibt nichts, was es nicht gibt«, sagte Kathi. »Wir behalten das im Auge. Und der Detox, hast du da noch was Neues?«

»Ich hab angefangen, die Papiere aus seinem Safe anzusehen. Steuerunterlagen sind dabei. Er hat im Jahr zwischen hundertzwanzigtausend und hundertfünfzigtausend Euro verdient.«

»Nicht schlecht. Ich mach auch in Detox!«, rief Kathi.

»Ein Testament war auch dabei. Besser gesagt, eine Kopie. Das Original liegt wohl bei einem Notar in Innsbruck. Da kümmer ich mich noch weiter drum. Na ja, ähm, man weiß ja nicht, ob das die letzte Version war, also …«

»Wer erbt denn nach diesem Testament?«, fragte Irmi.

»Fast alles geht an eine Julia Eberhardter. Annamaria Zentner erbt sein Auto und dreißigtausend Euro.«

Kathi pfiff durch die Zähne. »Nicht übel. Da wird der Stundenlohn fürs Putzen plötzlich höher.«

»Du glaubst aber nicht, dass das Annamirl ihren Chef ermordet und das Ganze als Raubmord getarnt hat?«, fragte Irmi.

»Nein, eigentlich nicht. Ob sie überhaupt von der Erbschaft gewusst hat? Das müssen wir auch noch klären.« Kathi sah Andrea an. »Und wer ist diese Julia Eberhardter?«

»Auch da bin ich dran.«

»Okay, denn diese Dame hätte gute Gründe für einen Raubmord. Das Haus ist locker eine Million wert. Und dann die Tantiemen. Womöglich gibt es noch irgendwelche Aktien oder so. Vielleicht war diese Frau eine Klientin von da Silva?«

»Das ist ein ganzer Wust an Unterlagen, auch zu seinen Kunden, den muss ich mir noch genauer anschauen. Aber was auch interessant ist …«

»Ja, Andrealein? Was ist interessant?«

»Also, dieser da Silva sagt den Leuten, man müsse entgiften, und zwar mit teuren Produkten, die er praktischerweise selbst im Verkauf hatte. Schaut mal hier, das ist die Rezeptur seines patentierten Detox-Drinks. Die war auch im Safe.«

Andrea reichte Irmi ein Blatt. Der Drink trug den Namen »REFRESH – Green Detox by Dr. Davide da Silva«, die Herstellerfirma hieß myhappydetox inc. und hatte ihren Sitz in Bulgarien. Die Rezeptur war im Prinzip ein Smoothie auf der Basis von pürierten Gurken mit Apfel, Himbeeren, Zitrone, Löwenzahn und Brennnessel, Ingwer und Zimt. Ein Fläschchen kostete 4,99 Euro – ein stolzer Preis für so einfache Zutaten.

Andrea schien ähnliche Gedanken zu haben. »Die Gurke besteht nur aus Wasser und kostet nix. Den Apfel kann ich auch so essen, und, na ja, aus jungem Löwenzahn und Brennnesselspitzen macht meine Tante Salat.«

»Marketing, alles eine Sache von Marketing«, sagte der

Hase, der ins Zimmer getreten war. »Refresh by Dottore klingt doch molto importante!« Er lächelte die Kolleginnen an. »Sie schweigen? Nun, ich würde in jedem Fall einmal einen Mediziner hinzuziehen. Prinzipiell muss ein gesunder Körper nicht entgiftet werden. Das meiste, was der gesunde Mensch an belastenden Stoffen über die Ernährung aufnimmt, kann er ohne fremde Hilfe wieder ausscheiden. Und wenn ein Mensch tatsächlich vergiftet sein sollte, dann hilft die Klinik, sicher nicht das Säftchen da.«

Irmi versuchte, sich zu sortieren. »Na gut, wir müssen herausfinden, mit welchem Labor da Silva zusammengearbeitet hat und inwieweit das seriös ist. Ich will mehr über seine Ausbildung erfahren, und ich würde gern mit jemandem reden, der oder die in seinen Seminaren war, Andrea. Ein Mensch, der uns eventuell etwas über ihn und seine Arbeit erzählen kann.«

»Ja, das mach ich«, versprach Andrea. »Ich hab schon versucht, den Buchungen Namen und Adressen zuzuordnen. Es sind sogar Leute aus den Staaten hierhergepilgert.«

»Ein Ruf wie Detox-Donnerhall«, kommentierte Kathi. »Die Teilnehmer waren hinterher bestimmt verstrahlter als vorher.«

Als die anderen alle draußen waren, lehnte sich Irmi in ihrem Bürostuhl zurück. Sie bezweifelte, dass alle Kunden rundherum glücklich mit da Silva gewesen waren, aber momentan gab es keinerlei Hinweise auf Kritiker. Auf den ersten Blick schienen sie eine große glückliche Familie von Detox-Jüngern gewesen zu sein. Irmi war das alles viel zu esoterisch unterbaut, sie sehnte sich nach Konkretem, nach guter alter Polizeiarbeit, und nahm sich die Akten von den

Einbrüchen vor. Die Serie war wirklich beeindruckend. Da Sepp mehrfach vor Ort gewesen war, rief Irmi über den Gang nach ihm, und er stand wenig später auf der Matte.

»Hör mal, Sepp, ich bin auf der Suche nach einem Muster, einem gemeinsamen Nenner all dieser Einbrüche, komm aber nicht so recht weiter.«

»Ja mei. Die eine Hälfte der Häuser war gar nicht gesichert, bei der anderen Hälfte gab es schon Alarmanlagen.«

»Ach was? Und die gingen nicht?«

»Sie kennen das doch: Die waren nicht eingeschaltet, da hat jemand wohl vergessen, auf den Knopf zu drücken, bevor er das Haus verlassen hat. Warten Sie, da war der Herr Eberle, an den erinner ich mich gut. Der war felsenfest davon überzeugt, dass seine Anlage eingeschaltet gewesen ist, als er seine Tochter besucht hat. Er tät die immer einschalten. War sie aber nicht. Hat ja nix getutet oder geheult, das haben die Nachbarn bestätigt. Der Mann war ein bisserl wirr, war ja auch schon recht alt.«

Irmi überlegte. Da Silva war während des Einbruchs zu Hause gewesen, bei ihm dürfte die Anlage also ausgeschaltet gewesen sein. Dennoch folgte Irmi einem Impuls. »Sepp, können Sie rausfinden, wo die Anlagen jeweils gekauft wurden? Wer sie installiert hat?«

»Sie moanen …?«

»Momentan meine ich gar nichts.«

Sepp machte sich auf den Weg, und Irmi versuchte noch einmal vergeblich, Lissi zu erreichen. Dann überflog sie im Internet ein paar Artikel über Detox. Nicht wenige bezweifelten wie Sailer das Vorhandensein dieser bösen Schlacken.

Nach einer Dreiviertelstunde war Sepp wieder da.

»Wissen Sie, was komisch ist, Frau Mangold? Bei den Häusern, die gesichert waren, stammte die Alarmanlage von der Firma Werdenfels Secure. Inhaber ist der Vinzenz Staudacher. Eine alteingesessene Familie, die machen schon lange in Alarm.«

Irmi lächelte.

»Sie moanen aber ned …?«

»Zumindest wird es nicht schaden, den Herrn Staudacher mal zu besuchen. Können ja auch Fehler in der Wartung sein oder veraltete Anlagen. Ich schau da mit Kathi mal vorbei. Wohl eher am Montag, freitags fällt ja den meisten Gewerken um zwölf Uhr alles aus der Hand.«

»Bloß uns ned.«

Das stimmte allerdings. Irmi öffnete den Internetauftritt der Werdenfels Secure. Die Eintrittsseite zeigte eine selig schlummernde Frau mit einem Baby auf dem Bauch. Der Slogan lautete: »Sicher ist sicher. Ihr entspannter Schlaf ist unser Lohn.« 1970 war das Unternehmen vom Ingenieur Gregor Staudacher gegründet worden, der sich laut Homepage mehr und mehr auf dem Sektor Alarm- und Brandmeldeanlagen weiterbildete. Die Firma warf jede Menge Zertifizierungen nach irgendwelchen DIN- und ISO-Normen in den Ring und warb um das Vertrauen der Kunden. Der jetzige Chef Vinzenz Staudacher hatte fünf Mitarbeiter: zwei Fernmeldeelektromeister und zwei Kommunikationselektroniker sowie einen Auszubildenden. Die einzige Frau war die durchaus attraktive Firmenchefin. Die sechs Herren und die stark geschminkte Dame lächelten freundlich in die Kamera. Sie alle trugen dieselben Poloshirts mit Firmenlogo. Die Firma betreute Privathaushalte sowie kleine bis mittlere Betriebe. Allein bei der Lektüre fühlte man sich schon um einiges sicherer.

Kathi kam hereingestolpert.

»Irmi, ich hatte eben eine Frau am Telefon, die vermisst ihre Meisterin. Ist völlig aufgelöst, die Dame. Und total verstrahlt.«

»Wen vermisst die?«

»Ihre Meisterin! Und sie steht jetzt in etwa da, wo wir die Tote gefunden haben. Also im Eschenlainetal. Bisschen weiter Richtung Walchensee. Ich hab ihr zugesagt, dass wir kommen.«

»Hat sie gesagt, wie sie heißt?«

»Gesine Utzschneider. Die war aber so durch den Strahlenwind, dass ich wenig mehr aus ihr herausbekommen konnte. Aber sie bleibt vor Ort. Hat sie zumindest gesagt.«

6

Irmi bat Sailer und Sepp, ihr und Kathi mit einem zweiten Dienstfahrzeug zu folgen. Schließlich konnte man nicht wissen, was sie vor Ort erwartete. Wenig später erklommen sie wieder rumpelnd die Höhe und erreichten jenes Waldstück, wo Lissis Männer geholzt hatten. Sie schepperten weiter, bis sie zu einer kleinen Brücke kamen, die über die Klamm führte.

»Halt! Du fährst da nicht drüber!«, rief Kathi.

»Das reicht für sechs Tonnen.«

»Nein!«

»Bitte schön.« Irmi machte den Wagen aus. Hinter ihr stellte Sailer den zweiten Wagen ab. An der Brücke hing ein Schild von einer Forstfirma.

»Mangold! Verwandtschaft?«, fragte Kathi.

»Nicht, dass ich wüsste.«

Unter und neben ihnen stürzte das Wasser tosend in die Klamm. Jenseits der Brücke, hinter der Klamm talaufwärts, weitete sich das Bachbett und wurde fast so breit wie ein See. Am Ufer waren ein paar von diesen albernen Steinmännchen aufgebaut.

Daneben stand eine Truppe von fünf Frauen. Irmi bemühte sich stets darum, keine Vorurteile zu haben, aber sie hatte sich immer schon mit Frauen schwergetan, die komplett in Filz oder Jute gewandet waren. Sie selbst hatte auch nie eine Ökophase mit Palästinensertüchern und Jutetaschen gehabt und hatte nie Wert darauf gelegt, durch ihren Stil ein persönliches Statement abzugeben. Eine dieser Frauen war jedenfalls ein Traum in Filz, alles an ihr war schreiend bunt und sicher eigenhändig gefilzt. Eine andere schien einen Bundeswehr-Shop geplündert zu haben, denn sie steckte von oben bis unten in Tarnkleidung. Eine dritte trug eine Auswahl exklusiver Outdoormarken. Die vierte hatte sich in eine beige Jeans gezwängt, die für einen Waldspaziergang nur farblich passte. Die Fünfte hatte ihre Klamotten eindeutig im Eine-Welt-Laden erworben, inklusive der Inkamütze. In Irmi erklang eine Panflötenmelodie, *El Condor Pasa* – schon faszinierend, was das Gehirn für Verknüpfungen schuf. Die Frau panflötete aber nicht, sondern stürmte auf Irmi und Kathi zu.

»Es muss etwas passiert sein. Sie ist nicht da! Sie ist sonst die Zuverlässigkeit in Person.«

»Grüß Gott, wären Sie so lieb, mir erst mal zu sagen, wer Sie sind und wen genau Sie vermissen?«, entgegnete Irmi. »Und warum ausgerechnet hier?«

»Ich bin Gesine Utzschneider. Ich hab vorhin angerufen.«

»Aha, und wer fehlt?«, fragte Kathi.

»Die Angie!« Gesine Utzschneiders Ton war mehr ein Wimmern, wie von einem Kleinkind, das seine Mami im Wald verloren hatte.

Kathi rollte mit den Augen. »Wer ist die Angie?«

»Angie Nobel, unsere Waldbademeisterin.«

Eigentlich schade, dass keiner sie filmte, denn die Blicke von Irmi, Kathi, Sailer und Sepp waren unbezahlbar.

»Eine was? Eine Waldmeisterbowle?« Kathi starrte die Frau an.

»Wir machen bei Angie eine Ausbildung. Und hier haben wir einen einzigartigen Kraftplatz gefunden. Wo sich Wasser und Wald treffen. Wo die Elemente zusammenklingen.«

»Hä?«, machte Sepp.

Gesinde Utzschneider schaute mitleidig. »Wir alle wollen Waldbademeisterinnen werden. Angie war eine der ersten in Deutschland, sie hat sich fortgebildet, sie war in Japan bei den großen Meistern, und nun bildet sie selber aus.«

»Wo woits denn da baden? Do in der kalten Lache? Des is doch ned tief gnug!«, bemerkte Sailer.

Gesine Utzschneider sah ihn strafend an. »Baden im übertragenen Sinne natürlich. Schon mal vom japanischen Shinrin Yoku gehört? Baden in Waldluft heißt das. Beim Waldbaden der Japaner geht es darum, sich treiben zu lassen und den Wald bewusst im gegenwärtigen Moment wahrzunehmen.« Die Frau schaute sich um. »Nehmen Sie zum Beispiel ein paar Steine vom Weg und bauen Sie einen Steinkreis oder ein Steinmännchen. Dabei legen Sie einfach alle Kümmernisse ab, Stein für Stein.«

»Na, des wenn funktionieren tät«, stieß Sailer aus, »dann brauchets koan Doktor mehr und koan Psychiater.«

»So ist es auch. Wer im Einklang mit sich ist und seiner Natur, wer achtsam ist, braucht keinen Arzt.«

Die anderen Frauen nickten zustimmend. Die Filzfrau mischte sich ein. »Einfach wieder schlendern, nirgendwohin denken, in die Himmel sehn. Und die Bäume nicken dir vertraulich zu. Und in ihren Blicken findst du deine Ruh. Die Zeilen sind aus einem Lied von Konstantin Wecker. Gar nicht japanisch und doch so wunderbar wahr.«

Die Bäume nickten wirklich, denn es war kühl heute, und ein frischer Wind strich durch die Kronen. Der Boden war feucht. Es hatte in der Nacht geregnet. Die Filzfrau hatte ein Stück Rinde in der Hand und hielt es Kathi unter die Nase.

»Riechen Sie! Riechen Sie!«

»Ja, es modert«, erwiderte Kathi und versuchte, den Faden wieder aufzunehmen. »Also, Sie machen einen Kurs in Waldbaden. Und die Oberbadetussi fehlt?«

»Angie ist nicht gekommen! Wir waren hier verabredet. Wir waren vor zwei Tagen schon einmal hier, wir sollten selber Ideen entwickeln und sie heute präsentieren. Mit Blättern zum Beispiel kann man ein ganz herrliches Mandala legen. Das sind alles Achtsamkeitsübungen.«

»Herrlich«, echote Sailer.

»Haben Sie denn schon bei Frau Nobel angerufen?«, wollte Irmi wissen.

»Ja, mehrfach sogar. Sie geht aber nicht hin. Dabei ist sie extrem zuverlässig. Da muss etwas passiert sein.«

»Kein Netz?«

»Wir haben ein Gruppenhandy dabei, und sie hat auch ein Notfallhandy. Und ich habe hier sehr wohl Netz.«

»Okay, und wo wohnt diese Frau Nobel?«, fragte Kathi.

»In einer Ferienwohnung. Sie stammt ursprünglich aus Hessen, wird aber weltweit gebucht mit ihren Kursen. Nach unserem Kurs fährt sie in die Schweiz weiter.«

Oder eben nicht, dachte Irmi. »Haben Sie zufällig ein Bild von Frau Nobel dabei?«

Der Outdoor-Kleiderständer wühlte im Rucksack und

zog ein Notizbüchlein heraus, in dem ein paar Fotos steckten. Zwei Gruppenbilder und ein Porträt, das eindeutig die Frau zeigte, die sie tot aufgefunden hatten.

Die Frau mit der Tarnkleidung erklärte: »Ich hab auch ein Foto auf dem Handy, aber wir verzichten hier weitgehend auf Mobiltelefone.«

»Danke, das Old-School-Papierfoto reicht«, meinte Kathi.

Stille senkte sich herab. Nur das Rauschen der Wipfel war zu hören.

Schließlich machte Irmi einen Vorstoß:

»Würde Frau Nobel mit Ohrstöpseln durch den Wald gehen?«

»Ja, das sind Übungen. Es geht drum, mit den anderen Sinnen wahrzunehmen. Achtsam zu sein. Einen Sinn auszuschalten. Wir gehen manchmal auch mit verbundenen Augen.«

»Da hauts di doch auf die Fresse!«, wandte Sailer ein.

Kathi konnte sich ein Lachen nicht verkneifen.

»Das ist nicht lustig! Sie wissen doch etwas!«, rief Gesine Utzschneider. »Sie fragen doch nicht einfach so!«

»Wir sind uns ziemlich sicher, dass Frau Nobel tot ist«, fuhr Irmi fort. »Es tut uns wirklich sehr leid.«

»Tot? Wie denn tot?«

»Tot wie tot!« Kathi war sichtlich genervt.

»Zu den Umständen ihres Todes würden wir Sie alle gern bei uns in der Polizeiinspektion hören«, erklärte Irmi. »Ich glaube, hier ist kein geeigneter Ort, um sich auszutauschen.«

»Aber, aber …«

Die Filzfrau begann zu weinen, und auch in Gesine Utzschneiders Augenwinkeln sammelten sich Tränen.

»Könnten Sie nach Garmisch kommen?«, fragte Irmi. »Wie sind Sie denn alle überhaupt hierhergekommen?«

»Gelaufen, vom Parkplatz aus.«

»Dem am Tonihof?«

»Nein, vom oberen.«

Stimmt, da hatten einige Autos gestanden. Irmi erinnerte sich.

»Wir würden Sie alle mit ins Tal zu Ihren Autos nehmen. Wäre das in Ordnung?«

Diese Gesine, offenbar die Wortführerin und Leitbadende, nickte, und die fünf Frauen packten ihre Taschen zusammen.

Es war nicht ganz einfach, auf dem engen Weg zu wenden. Irmi fuhr dann doch über die Brücke und drehte halb im Bachbett der Eschenlaine um. Dann wurden die Frauen auf die zwei Autos verteilt. Im Rückspiegel sah Irmi, dass die drei Frauen in ihrem Wagen sich am Haltegriff eingekrallt hatten. Ja, es war schon etwas *rough terrain* hier.

»Aber sie kann doch nicht tot sein? Warum?«, stieß eine der Frauen im Fond aus.

»Wir versuchen, das alles zu klären. Wenn Sie sich vorher frisch machen wollen, gerne. Sehen wir uns in einer Stunde in Garmisch? Könnten Sie das bitte organisieren, Frau Utzschneider?«, fragte Irmi.

Es kam ein gehauchtes »Ja«. Schließlich erreichten sie den Parkplatz.

»Da steht Angies Auto«, flüsterte Gesine Utzschneider.

Es war ein Audi Q5 mit dem Kennzeichen HEF –

Hersfeld-Rotenburg in Hessen, wie Kathi mit wenigen Klicks auf ihrem Smartphone herausfand. Man schien nicht schlecht zu verdienen im Waldbadewesen.

»Wir kümmern uns später drum«, sagte Irmi.

Die Waldbaderinnen stiegen aus und starteten ihre Autos. Auch der Sailer und Sepp machten sich auf den Weg in die Polizeiinspektion. Irmi und Kathi blieben noch eine Weile stehen und sahen ihnen nach. Dann spähte Kathi in den Audi, doch außer einer Jacke auf dem Beifahrersitz war da nichts zu sehen.

»Unsere Tote war eine Waldbademeisterin!«, rief Kathi. »Spinn i?«

»Du nicht, aber die vielleicht. Immerhin haben wir jetzt einen Namen und eine Identität. Angie Nobel.«

»Ich hab davon schon öfter gelesen, dass die Leute heutzutage waldbaden. So am Rand von Berlin oder Frankfurt mag das ja sinnvoll sein, aber hier bei uns?«

»Na, die Münchner müssen ja auch wo baden«, entgegnete Irmi lächelnd.

»Sollen die doch in den Ebersberger Forst gehen. Da werden sie wenigstens von einer Rotte Wildsauen niedergetrampelt!«

»Na, das wäre immerhin ein ureigenes Erlebnis mit dem Wald.« Irmi lachte. »Lass uns fahren.«

Im Büro angekommen, gaben sie »Angie Nobel« in die Suchmaschine ein und landeten auf der Homepage der Waldbademeisterin. Angie Nobel hatte als Qigong- und Tai-Chi-Lehrerin begonnen, sich weitergebildet, in Japan diverse Kurse absolviert und zuletzt selbst unterrichtet. Sie stammte aus Bad Hersfeld, wo sie auch die meisten Kurse gegeben hatte. Und wie Frau Utzschneider gesagt hatte: Sie war quasi auf Tournee gegangen.

»Bad Hersfeld? Das ist Nordhessen. Bisschen Fachwerk, viel Wald. Zonenrandgebiet«, fasste Kathi zusammen.

»Du wirst doch wohl nicht wie der Heimatminister dreißig Jahre Einigung verdrängt haben? Das liegt mitten in Deutschland, ganz in der Nähe vom grünen Thüringen!«

»Da hätte sie besser bleiben sollen, die Frau Nobel. Wäre auch gesünder für sie gewesen!«

Mittlerweile war auch Andrea hereingekommen. »Ihr wisst, wer die Tote ist?«

»Ja, eine Waldbademeisterin, die auch Kurse zum Thema angeboten und andere zu Waldbademeistern zertifiziert hat. Schau mal hier, das ist ihre Website.«

»Angie Nobel«, las Andrea laut vor. »Klingt irgendwie wichtig.«

»Nein, das spricht man anders aus. Nicht Nobel wie in Nobelpreis, sondern wie nobel«, erklärte Irmi.

»Unter diesem Waldbaden kann ich mir aber nichts vorstellen«, meinte Andrea und blickte ratlos.

»Das ging uns bis vor Kurzem auch so. Wir sind offenbar nicht auf dem aktuellen Stand dieser schönen neuen Welt!«, meinte Irmi. »Man badet jetzt jedenfalls Wald. Gleich kommen die Kursteilnehmerinnen von Frau Nobel hierher. Wir müssen herausfinden, wo sie gewohnt hat. In einer Ferienwohnung, sagte uns eine gewisse Gesine Utzschneider.«

»Utzschneider?«

»Ja.«

»Die kenn ich. Ähm, wohnt gar nicht weit weg von uns. Eine Heilpraktikerin.«

»Seriös?«

»Ja, schon. Meine Tante geht zu der mit ihrem Rheuma. Und die Utzschneider hat so merkwürdige Pflästerchen, die sie draufpappt. Außerdem macht sie Akupunktur. Und der Tante hilft es in jedem Fall.«

Wer heilt, hat recht, dachte Irmi. Dieser Fall verdiente allmählich den inoffiziellen Titel »Das Sterben der Heiler«. Der Raubmord an da Silva und nun eine tote Waldbademeisterin? Aber war das nicht ganz oft so im Leben, dass bestimmte Phasen quasi unter einem gewissen Motto standen? Zeiten der Krankheit, in denen gleich mehrere Krankheiten heranbrandeten. Zeiten der Verluste, in denen liebe Menschen oder liebe Tiere kurz nacheinander starben. Zeiten des Erfolgs, in denen die Dinge einem auf einmal ganz locker von der Hand gingen. Das waren allerdings die seltenen Phasen, fand Irmi. Sie konzentrierte sich wieder auf ihr Team.

»Ich schau gleich mal, ob ich was wegen der Ferienwohnung rauskriege«, verkündete Andrea. »Meine Schwester arbeitet ja bei der Kurverwaltung in Garmisch. Und jetzt, wo ihr davon geredet habt, fällt mir noch was ein: Sie hat mir mal erzählt, dass man dort sogar eine Dame ausbilden lässt, die die Gäste durch den Wald führen soll.«

Mittlerweile war auch der Hase aufgetaucht. »Im grünen Wald, dort wo die Drossel singt und im Gebüsch das muntre Rehlein springt, da schlendern neuerdings die Waldbadenden. Der Wald zieht ja seit jeher die Menschen in seinen grünen Bann.«

»Aber doch ned so!«, rief Sailer entrüstet.

»Ich hab das mit meiner Schwester … ähm … auch diskutiert. Sie findet das natürlich alles ganz toll. Muss sie auch, ist ja ihr Arbeitgeber. Dabei müsste sie eigentlich wissen, dass dann noch mehr Idioten bei uns in den Wald … ähm … in den Wald kacken!«, kam es von Andrea.

Irmi sah sie erstaunt an. Auch Andrea stammte aus der Landwirtschaft, ihr Bruder hatte einen Forstbetrieb und arbeitete nicht nur mit modernen Maschinen, sondern setzte in Steillagen auch die Kaltblutpferde der Familie ein, um Holz zu rücken.

»Ja stimmt doch!« Andrea sah in die Runde. »Überall flacken Tempos rum! Ich meine, wenn man schon unbedingt muss, dass könnte man sich den … ähm … Hintern doch auch mit Blättern abwischen. Oder die Tempos ein bisschen eingraben. Mein Bruder sagt immer, dass er statt in Rehköttel oder Hundehaufen nur noch in … ähm … Menschenkacke tritt.«

Andrea hatte recht. An Wochenenden und Feiertagen, vor allem aber in den Ferien drängten sich die Freizeitmenschen in den ohnehin schon übernutzten Wäldern, wo die Mitarbeiter der Staatsforsten, die Jäger und die privaten Forstbesitzer ihre Aufgaben hatten und auch abarbeiten mussten. Neben Wanderern, Radlern, Schwammerlsuchern und Hundespaziergängern tauchten nun anscheinend auch noch die Waldbader auf. Die alle auch mal austreten mussten …

Es war Kathi, die Andrea beisprang. »Ja, völlig richtig. Bei uns im Außerfern auch. An jedem Wanderweg liegen Berge von verschissenen Tüchern. Und abseits der Wege zerlatschte Moose und kleine Bäumchen, die grad den Winter überstanden haben und dann von einem depperten Münchner niedergetrampelt werden!«

»Kathi, du interessierst dich für die Natur? Für dich ist doch jeder Sport Mord!«, rief Irmi lachend.

»Hör mal, ich bin doch die einzige echt Achtsame unter uns! Ich weiß so etwas von Elli, die eigentlich Kräuter sucht, aber in Kacke watet. Ich betrete, wie du richtig sagst, keine Wanderwege und stille Wälder oder so. Ich lass Blümlein und Tierlein völlig in Ruhe.«

Im Grunde hatte Kathi ganz recht. Wahre Achtsamkeit bestand darin, die Natur ganz einfach Natur sein zu lassen und nicht seinen Freizeitaktivitäten zu unterwerfen.

»Ja, genau, kloane Bäume niedertreten und die Viecher no mehr stören. Da eiert der Stadtmensch durch den Wald, um sei g'störtes G'müt wieder in Balance zu bekommen. Des soll er doch im Englischen Garten machen oder in Augsburg im Siebentischwald.«

Irmi war überrascht. Für Sailer war das eine beachtlich lange Rede. Bei diesem Thema lagen die Emotionen dicht unter der Oberfläche. Sie alle waren Landeier, sie alle spürten, dass der Ausverkauf von Heimat eine neue Dimension gewonnen hatte. Es ging nämlich schon lange nicht mehr um den echten Ausverkauf, wo geldige Zuagroaste Häuser und Wohnungen kauften und zu Preisen vermieteten, die dem Einheimischen absolut astronomisch vorkamen. Es ging um eine Vereinnahmung auf einer neuen Ebene, nämlich der emotionalen.

In Zeiten von Verkehrskollaps, Feinstaub und Lichtverschmutzung nahmen die Städter wahr, dass das auf die Dauer nicht guttun konnte. Und horchten in sich hinein oder surften in Lifestyleblogs herum, wo ihnen wahnsinnig schöne Menschen erklärten, wie sie mehr mit sich selbst ins Reine kämen – durch Yoga oder Detox.

Und weil der Job und die Schule der Kinder nun mal in der Stadt waren und weil man ja in einem hippen Viertel lebte und am liebsten auch in coolen Läden shoppen ging, konnte man natürlich nicht aufs Land ziehen – aber am Wochenende konnte man mit seinen Blechkisten hinausfahren und einzig und allein an sich selber denken. Dass dort auch Menschen und Tiere lebten, die mit ganz eigenen Problemen zu kämpfen hatten, das interessierte die Wochenend-Invasoren nicht … Irmi hatte mehr und mehr den Eindruck, dass die wahre Kluft in Deutschland sich schon lange nicht mehr zwischen arm und reich, gebildet und bildungsfern auftat, sondern zwischen Stadt und Land.

»Ich glaube, dieses ganze Waldbaden steht und fällt damit, ob diese Waldbademeister …« Irmi stockte, das Wort war wirklich zu blöd. »Na ja, ob sie die Leute anhalten, den Wald zu achten und auch den Privatgrund …«

»Vergiss es!«, rief Andrea. »Die verweisen sofort auf das Bayerische Naturschutzgesetz und das Betretungsrecht.«

»Wir werden es nicht verhindern können. Aufklärung und Verbote scheinen nicht zu fruchten. Da helfen nur noch saftige Geldstrafen«, erklärte der Hase.

Irmi fiel wieder einmal auf, wie einnehmend er war in seinem ruhigen und klugen Auftreten.

»Früher bin i hoit spaziern ganga und hob durchgschnauft«, brummte Sailer.

»Ganz richtig, Herr Sailer, aber das urbane Leben bringt einen ganz anderen Rhythmus mit sich«, entgegnete der

Hase. »Es ist nie ganz dunkel, es ist nie ganz leise, der Mensch ist ständig hoch konzentriert und muss erfolgreich sein. Gerade in Japan ist das so, in einem sehr dicht besiedelten Land, das zugleich noch starr in Traditionen verharrt. Der Japaner braucht Entspannungstechniken und Atemübungen wie Tai-Chi, und aus dieser Ecke kommt eben auch Shinrin Yoku. Selbstredend will der moderne Japaner, wenn er den Arbeitsplatz verlassen hat, seinen Fun. Am Rande jeder Stadt gibt es große Sportparks, wo man sich Tennisschläger und Golfsets ebenso ausleihen kann wie ein Pferd. Im Fall des Golfschlägers weniger fatal als für das Pferd, das gänzlich ungeübte schlaffe Menschen auf dem Rücken hängen hat.«

Die Kollegen hatten dem Hasen mit wachsendem Interesse zugehört. Noch immer staunten sie über seine plötzliche Verwandlung – im Gegensatz zu Irmi, die ihn schon letzten Sommer auf der Alm so erlebt hatte statt in der Rolle der süffisanten Mimose, die er so lange Jahre gegeben hatte.

»Warn Sie scho auf Japan?«, wollte Sailer wissen.

»Ja, mehrfach.«

»Und do badet ma echt im Wald?«

»Ja, weil Studien aus Japan und auch den USA belegen, dass sich bereits nach einem fünfzehnminütigen Waldspaziergang der Herzschlag normalisiert, der Blutdruck sinkt, das Immunsystem gestärkt wird. Verantwortlich dafür sind pflanzliche Duftstoffe, die sogenannten Terpene. Das ist erwiesen, nicht Neues – aber es dauert halt immer, bis solche Tendenzen uns erreichen.«

»Na ja, etliche Dinge aus den USA oder Japan haben dem

zivilisatorischen Fortkommen in Deutschland nur sehr bedingt geholfen«, sagte Irmi und dachte an fettes Fast Food und bunte Manga-Scheinwelten.

»Das zivilisatorische Fortkommen in Deutschland, meine liebe Irmi, befindet sich längst im Sturzflug. Bald gehen wir unter. Saturiert. Arrogant. Sehenden Auges.«

»So, meine liebe Irmi«, meinte Kathi grinsend, »ich würde euren philosophischen Betrachtungen zum Untergang der mitteleuropäischen Kultur gerne weiter folgen, allerdings haben wir mittlerweile eine Tote mit Namen. Und ich höre die waldbadenden Grazien herannahen.«

In der Tat waren auf dem Gang aufgeregte Stimmen zu hören. Während Irmi sich noch kurz ein paar Unterlagen in ihrem Zimmer ausdruckte, wurden die Damen ins Besprechungszimmer gebeten. Kaffee wurde abgelehnt, stilles Wasser jedoch angenommen. Dann setzten sich die fünf Waldbaderinnen an einen Tisch mit Irmi, Kathi und Sailer.

»Was ist mit Angie passiert?« Gesine Utzschneider schien wieder die Regie zu übernehmen.

»Sie wurde von Waldarbeitern gefunden, unweit der Stelle, wo Sie heute waren. Die Ermittlungen laufen erst an. Es sieht so aus, als hätte ein Fahrzeug sie überrollt.«

»Überrollt?«

»Das sie womöglich nicht gehört hat, weil sie diese Ohrstöpsel in der Hörmuschel hatte«, warf Kathi ganz locker ein.

An den Gesichtern der Damen war abzulesen, wie bizarr das klang. Im Kommissariat fiel es ihnen kaum noch auf, so, wie sie sich in ihrem Job ja generell an so manch Bizarres und Düsteres gewöhnt hatten. Es kam ein Raunen auf, das dann wieder abflaute.

»Für uns wäre es wichtig zu wissen, wann Sie Frau Nobel zum letzten Mal gesehen haben«, fuhr Irmi fort.

»Am 1. Mai, als das Wetter so golden war«, berichtete die Filzfrau. »Wir haben einige Achtsamkeitsübungen im Wald gemacht, etwas weiter unten, wo der Waldweg abzweigt. Dann sind wir bergwärts gestiegen. Es war sehr inspirierend.«

»Und gestern hatten Sie einen Tag frei?«, erkundigte sich Kathi.

»Sie wollen mich wohl provozieren? Wir haben nicht frei! Wir leben immer in uns. Es war Inhalt des Kurses, dass wir einen Tag Übungen erarbeiten und diese dann anderntags im Plenum testen, darüber sprechen, modifizieren, denn wir wollen ja später auch andere anleiten. Angie hat Zertifizierungskurse gegeben. Das hatte ich doch erwähnt.« Filzi wurde zunehmend verschnupfter.

»Wie lang dauert so ein Kurs?«, fragte Irmi.

»Er begann Dienstagabend mit einem Get-together, Mittwoch war der Einführungstag, Donnerstag Vertiefung in Eigenarbeit, Freitag und Samstag Kurs und Sonntag eine kleine Prüfung. Abreise dann am Sonntagnachmittag.«

Das war ja mal Waldbaden intensiv, dachte Irmi.

»Könnten Sie uns nachher Ihre Namen und Kontaktdaten dalassen?«, bat sie.

»Meinen Sie etwa, wir hätten Angie getötet?«, rief Gesine Utzschneider empört. »Sie sind doch meschugge! Angie war uns allen eine solche mentale Stärkung, sie hat uns inspiriert, sie hatte eine alte Seele, sie …«

»Danke, Frau Utzschneider«, unterbrach Irmi sie. »Heute waren Sie also alle im Eschenlainetal verabredet. Hatte jemand dazwischen noch Kontakt mit Frau Nobel?«

Fünffaches Kopfschütteln.

»Wissen Sie, wo die Ferienwohnung sich befand?«

»Ich glaube, sie hat irgendwas erwähnt mit Ober…«, sagte die Frau in der superengen Jeans.

»Oberau? Oberammergau?«

»Ich weiß es nicht.«

»Und Sie anderen alle?«, fragte Kathi. »Wo sind Sie untergebracht? Oder sind Sie alle von hier? Ich meine, außer der geschätzten Frau Utzschneider.«

»Rita, Sabine und ich logieren im Wengener Hof. Schön ist es da«, meinte die Jeansträgerin.

»Ich komme aus Landsberg und fahre täglich her«, berichtete der Traum in Filz. »Was können wir denn jetzt tun?«

Irmi lächelte sie an. »Momentan wenig. Weiß jemand etwas über das Privatleben von Angie Nobel?«

»Sie hat eine Tochter. Aber wo die lebt – keine Ahnung«, sagte Gesine Utzschneider. »Sie studiert jedenfalls. War es Berlin? Oder doch Hamburg?«

»Gibt es weitere Kinder? Und einen Mann?«

»Wir haben uns nur über den Wald ausgetauscht und ihn geatmet.«

Diese Utzschneider war wirklich eine Nervensäge. Aber sie sprach mit ihrem teils betulichen, teils theatralischen Wesen bestimmt so manch andere Sinnsuchende an.

»Aber ist das in dem Fichtenstangerlwald, wo Sie heute waren, denn sinnvoll?«, fragte Kathi. »In einem Mischwald lass ich mir das noch eingehen, aber Fichten sind doch öde?«

»Sie müssen das wirklich nicht ins Lächerliche ziehen! Gerade die Fichte sondert besonders viele Terpene ab. Wir müssen hier keine Diskussionen über Waldschäden, Monokulturen, Harvester oder Rückegassen führen! Waldbaden bedeutet, ganz bewusst vom Denken ins Fühlen zu kommen. Und es unterscheidet sich auch ganz massiv von der Walderlebnispädagogik, die Waldwissen vermitteln will. Wir sind einfach nur da!«

»Sie sind aber einfach auch auf fremdem Grund«, sagte Irmi.

»Es gibt ein Betretungsrecht im Wald, das ist auch im Naturschutzgesetz verankert. Das Bayerische Naturschutzgesetz sagt schon in Artikel 26, Absatz 1: Jedermann hat das Recht auf den Genuss der Naturschönheiten und auf die Erholung in der freien Natur. Und dieses Recht ist auch gemäß Artikel 141, Absatz 3 der Bayerischen Verfassung garantiert.«

»Schön zitiert«, konterte Irmi lächelnd. »Da steht aber auch, dass bei der Ausübung dieses Rechts nach Absatz 1 jedermann verpflichtet ist, mit der Natur und Landschaft pfleglich umzugehen und auf die Belange der Grundstücks- und Nutzungsberechtigten Rücksicht zu nehmen. Und Rücksichtnahme ist ja ein sehr dehnbarer Begriff, nicht wahr, Frau Utzschneider? Recht bedeutet ja nicht, dass man quer durch die Schonungen rennen soll. Gerade jetzt, wenn die Tiere ihre Jungen aufziehen.«

»Wir sind immer achtsam. Wir bauen keine Hütten oder Unterstände, um dort zu übernachten. Wir veranstalten ja kein Survival Camp! Das sind die wahren Frevler oder diese Geocacher, die sogar mit Steigeisen auf die Bäume steigen und dort oben ihre Kästchen festnageln! Dabei verblutet doch der Baum! Wir hingegen legen nur mal ein Mandala aus Blättern oder einen Steinkreis, ganz behutsam«, erklärte sie triumphierend.

Was antwortete man so jemandem? Irmi gab sich alle Mühe, die Contenance zu wahren.

»Das Betretungsrecht gilt nur im Rahmen von Tier- und Naturschutz. Das ist das eine. Aber soweit ich weiß, ist das Ganze etwas anders gelagert, wenn es um kommerzielle Interessen geht. Die Kurse kosten doch etwas?«

»Das ist doch kleingeistig!«

»Nun, Gesetze sind gerne etwas kleingeistig«, versetzte Irmi.

Gesine Utzschneider war für den Moment sprachlos, legte dann aber nach. »Ich war auch mal Wanderführerin. Wissen Sie, am Ende des Tages haben sich die Leute maximal an den Wurstsalat bei der Einkehr erinnert, nicht an die Naturerlebnisse. Als Waldbademeisterinnen hingegen wollen wir den Leuten zeigen, wie man achtsam mit der Natur umgeht. Und da sollen sich die Waldbesitzer mal ganz still verhalten. Diese Massaker mit der Kettensäge, das schadet dem Wald weit mehr. Einfach diese stolzen Bäume zu töten.«

Irmi hätte jetzt so einiges zu Thema Windbruch, Klimawandel und dramatisch zunehmendem Borkenkäferbefall erklären können, aber das schien ihr vergebliche Liebesmüh zu sein.

»Ja, da umarmt man sie besser!«, rief Kathi.

»Darum geht es nicht. Man muss keinen Baum umarmen, man darf aber.«

»Dem Baum wird es wurscht sein, oder? Was kümmert es die stolze Eiche, wenn sich eine Wildsau an ihr reibt?«

Irmi musste lachen, und auch Sailer gab ein leises Glucksen von sich.

»Sie sind ja so witzig! Ihre reaktionären Ansichten interessieren aber nicht!« Diese Utzschneider wich keinen Millimeter von ihrer Position ab.

»Des is aber scho so a Weiberding?«, warf Sailer ein.

»Was?«

»Männer gehn aa waldbaden?«

Utzschneider schaltete. »Natürlich gehen auch Männer waldbaden. Unser Kurs ist nur zufällig rein weiblich besetzt. Ich war auch schon in einem Kurs, da war das Verhältnis fifty-fifty.«

Filzi meldete sich wieder zu Wort. »Am 1. Mai ist ein älterer Mann vorbeigekommen und auf uns gestoßen. Er war sehr interessiert und hat den halben Tag mitgemacht. Der war weitaus offener als Sie.«

Es entstand eine kleine Gesprächspause.

»Wir werden weitermachen«, versicherte Utzschneider schließlich. »Jetzt erst recht. Auch wenn böse Bauern uns aufhalten wollen.«

Irmi stutzte. Schon wieder Bauern?

»Wollte Sie jemand aufhalten? Ich meine, ganz konkret?«

»Ja, das war auch am 1. Mai. So ein unflätiger Bauer.«

»Wie sah der Herr denn aus?« Irmi wünschte sich inständig, dass Gesine Utzschneider ihn nicht auch mit den Worten »Latzhose, Hut und debiler Gesichtsausdruck« beschreiben würde. Utzschneiders Steckbrief war allerdings etwas detaillierter und klang ziemlich nach Alfred.

»Wir werden Ihren Hinweisen nachgehen. Ich danke Ihnen, dass Sie hergekommen sind. Und nochmals unser aller herzliches Beileid.«

Als die Damen ihre Kontaktdaten notiert hatten und gegangen waren, fragte Kathi: »Wieso kennst du das Naturschutzrecht?«

»Ich hab mit dem Argument gerechnet und mir vorhin, bevor die Weiber kamen, die einschlägigen Seiten ausgedruckt.«

»Sehr clever, Frau Hauptkommissarin!« Kathi grinste und setzte sich an ihren Computer. »Na, dann schauen wir doch mal, woher die Damen kommen. Die Utzschneiderin ist aus Grainau. Filzi hat doch gesagt, sie kommt aus Landsberg. Dem Dialekt nach war die Dame in der quietschengen Jeans die aus Augsburg. Dieses gerollte R ist ja typisch. Dann waren die beiden weitgehend Sprachlosen aus München und Landshut. Wer war wer?«

»Die im Military-Look war Sabine Waibl aus München, also muss die mit den fabrikneuen Outdoorklamotten Rita Zimmermann aus Landshut sein.«

»Wie kommst du darauf?«

»Weil auf dem Rucksack der Militaryfrau ›Bine‹ stand.« Irmi genoss den Triumph. »Wir sollten uns die Damen alle mal genauer ansehen. Zur Sicherheit. Ob eine von ihnen doch noch eine andere Verbindung zur Nobel hatte – außer dem Kurs.«

»Du glaubst also nicht an einen Unfall?«

»Ich finde das alles so merkwürdig. Würde ein Traktorfahrer nicht merken, dass er jemanden überfährt? Oder wäre jemand so abgebrüht, einen Verunglückten einfach liegen zu lassen?«

»Ich kann mir das schon vorstellen. In so unwegsamem Gelände holpert es doch eh schon. Ob ich da einen fetten Ast oder einen Menschen platt drücke, das spür ich doch nicht, wenn ich im Bulldog sitze. Da müsste man ja die Prinzessin auf der Erbse sein.«

Andrea kam in den Raum.

»Ich hab was für euch. Also, ähm, eigentlich heißt die Tote Angelika Nörpel. Unter dem Namen hat sie jedenfalls in Bad Hersfeld in der Physioabteilung des dortigen Klinikums gearbeitet. Vor fünfzehn Jahren hat sie da aufgehört und mit diesen japanischen … ähm … Entspannungssachen begonnen. Und in den letzten fünf Jahren hat sie sich mit Waldbaderei befasst.«

»Ist Nobel ein Künstlername, oder hat sie einen Herrn mit diesem Namen geheiratet? Damit badet es sich im Wald bestimmt besser als mit dem profanen Namen Nörpel. Nobel klingt echt nobler«, kommentierte Kathi.

»Und wie war das mit dieser Tochter?«, fragte Irmi. »Gibt es die?«

Andrea nickte. »Ihre Tochter heißt Sarah und dürfte jetzt vierundzwanzig sein. Angelika Nörpel war nie verheiratet. Wer Sarahs Vater ist, habe ich bisher nicht rausgefunden. Wie auch? Im Melderegister steht: Vater unbekannt. Die Tochter such ich auch noch. Ich bin aber mit Bad Hersfeld in Kontakt. Das wird kein großes Problem sein.«

»Aber nicht wieder einen Kollegen anbaggern. Sonst

musst du über Bad Hersfeld nach Velbert fahren. Ganz schöner Umweg«, entgegnete Kathi grinsend.

»Keine Sorge, Lars reicht mir. So – und die Adresse der Ferienwohnung wäre in Oberau. Hab ich euch aufgeschrieben.«

»Wie hast du das alles so schnell herausgefunden?«, fragte Irmi.

Vor zwei, drei Jahren wäre Andrea rot geworden und hätte sich gewunden. Heute sagte sie ganz schlicht: »Ich bin halt gut.«

Kathi sah ihr nach. »Die Andrea! Donnerwetter. Vom Mäuschen zum Menschen. Sollen wir mal hinfahren zu der Wohnung?«

»Ja, machen wir.«

Die Wohnung lag in einem gediegenen Landhaus, schwere Balkone, Rauputz, grüne Fensterläden, ein großer Garten. Am Zaun hing ein Schildchen mit der Aufschrift: »Ferienwohnung besetzt«. Die Vermieterin bepflanzte Töpfe im Garten, was vor den Eisheiligen vielleicht eher kühn war, aber Irmi hatte eh keinen grünen Daumen.

»Frau Heiland?«

»Ja, wer frogt?«

»Die Polizei.« Als Kathi den Ausweis zückte, quoll der Frau die Neugier und Sensationslust quasi aus den Augen.

»Kemman S' wegen die Nachbarn, weil die immer am Sonntag Rasen mähen? Ruhestörung is des, des sag i scho lang.«

»Nein, wir kommen, weil Ihre Mieterin tot ist und wir uns gerne die Ferienwohnung ansehen würden«, sagte Kathi.

»Wie tot?«

»Tot. Im Sinne von tot. Nicht mehr am Leben. Wären Sie so nett, uns die Wohnung aufzusperren?«

»Woher woaß i, dass des stimmt? Und Sie ned Spione oder so was san?«

»Liebe Frau Heiland, wir können natürlich auch mit einem Durchsuchungsbeschluss kommen«, erklärte Irmi. »Ich fürchte nur, das weitet unseren Blick auf Ihre Verstöße gegen das Tierschutzgesetz. Und dann erst der Artenschutz!« Sie fixierte einen erschlagenen Maulwurf. Die Waffe, ein Klappspaten, lag noch daneben. »Maulwürfe sind reine Fleischfresser, sie würden den Wurzelchen also gar nichts antun! Und sie dürfen nach dem Bundesnaturschutzgesetz in Deutschland nicht gefangen oder getötet werden. So ein armes Tierchen! Ist kaum zehn Zentimeter groß, gehört nicht zu den hübschesten Tieren, sieht schlecht und ist doch sehr friedfertig! Und dann gerät es an eine Gärtnerin im Blutrausch! Gar nicht gut, gar nicht gut!«

Frau Heiland zwinkerte irritiert. Ihr Blick ging zwischen Irmi und dem toten Maulwurf hin und her.

»Die Ferienwohnung ist im ersten Stock. I hol an Schlüssel. Warten S'.«

Kathi konnte sich ein Lachen nicht verkneifen, als Frau Heiland im Haus war. »Irmi, du schaffst es immer wieder, mich zu verblüffen.«

»Weil ich halt gut bin – um Andrea zu zitieren.«

Bald darauf war die Maulwurfmörderin zurückgekehrt.

»Dann kemmen S' mit«, sagte sie und führte sie in die erste Etage. An den Wänden hingen Bilder der Zugspitze und des Eibsees zu allen Jahreszeiten. Im Gang standen bemalte Milchkannen mit Trockenblumen, die es sich offenbar zum Ziel gesetzt hatten, den Staub zu fangen. Frau Heiland sperrte die Wohnung auf.

»Danke, Sie können draußen warten«, sagte Irmi.

»Ich bin mir sicher, die geht in die Wohnung, wenn die Gäste vom Hof sind«, flüsterte Kathi.

»Darauf würd ich wetten«, raunte Irmi zurück.

Die Wohnung bestand aus einem Wohnraum mit einer Ausziehcouch, einem Schlafzimmer, einer Küche und einem Bad. Die Einrichtung war, wollte man es positiv formulieren, Vintage. Offenbar war das ausrangierte Mobiliar der Vermieterin aus den Jahren 1950 bis 1980 in die Ferienwohnung gewandert. Die Badezimmerfliesen in Curry verursachten Augenkrätze, und der riesige Röhrenfernseher hatte fast schon Antiquitätswert. In Irmis neuer Nachbarschaft gab es ein Betonhaus, das in Kohlgrub wüst diskutiert worden war, und darin befand sich eine Ferienwohnung mit riesigen Fenstern und Sichtbeton. Ob man Beton nun mochte oder nicht, dort herrschte wenigstens Klarheit. Hier hingegen wimmelte es nur so von kitschigen Staubfängern. Andererseits – sie hatten nachgesehen – kostete die Wohnung für ein bis maximal vier Personen am Tag nur vierzig Euro. Ein Retroschnäppchen, gewissermaßen.

In der Wohnung befanden sich einige Kleidungsstücke, ein paar Bücher und Kosmetika von Angie Nobel, außerdem eine Schachtel mit diversen Tabletten und ein Laptop. Ein Handy fanden sie nicht. Auf dem Balkon hing eine Jacke zum Trocknen über der Lehne eines Plastiksessels, der an einigen Stellen Blasen warf. Hier war nichts zu holen.

Keine Überraschung, keine Erleuchtung! Irmi und Kathi packten den Laptop ein und begutachteten die Medikamente. Es waren Allerweltstabletten gegen Kopfschmerzen, Jodtabletten und ein Magenmittel gegen Sodbrennen.

Sie traten wieder auf den Gang, wo Frau Heiland stand, die Arme in die Hüften gestemmt.

»Und Sie derfen des mitnemma?«

»Ja.«

»Und wer zahlt mir mei Wohnung?«

»Wie lange hat Frau Nobel denn gebucht?«

»Zwoa Wochn, bis zum 11. Mai.«

»Na, dann ist ja noch Luft, gell, Frau Heiland!« Irmi lächelte. Im Hause Heiland konnte man sicher nur von Samstag zu Samstag buchen. Bettenwechsel samstags, andere Tage ausgeschlossen! »Sie lassen bitte alles so, wie es ist, und betreten die Wohnung auch nicht!«

»Wos?«

»Wie ich es gesagt habe. Die Wohnung ist tabu. Sonst machen wir da so einen Aufkleber drauf, Sie wissen schon, wie im Fernsehen! Und ein herzliches Vergelt's Gott. Und denken Sie auch an meine Worte bezüglich des Maulwurfs. Die Polizei hat Sie auf dem Schirm.«

Frau Heiland nickte beeindruckt.

Irmi und Kathi gingen davon, ohne eine Miene zu verziehen. Erst als sie im Auto saßen, lachte Kathi los. »Die Polizei hat Sie auf dem Schirm. Echt, Irmi!«

»Sie hat mich jedenfalls verstanden!«

»Bestimmt. Und nun?«

»Ich schlage vor, wir gehen am Montag zu dieser Security-Firma, und ich fühle am Wochenende Alfred mal auf den Zahn, ob er die Waldbaderinnen wirklich getroffen hat.«

»Gute Idee.«

Als Irmi zu Hause ankam, waren weder der Hase noch Raffi in Sicht. Einer der Kater hatte halb verdaute Mausreste vor die Couch gekotzt. Nachdem sie die weggeputzt und eine lediglich angefressene Wühlmaus aus der Küche entfernt hatte, war ihr mehr nach Nichtstun.

Erneut probierte sie es bei Lissi, aber auch jetzt ging niemand ans Telefon. Sie würde morgen einfach mal vorbeifahren.

Dann schlug sie ihr Buch an der eingemerkten Stelle wieder auf. Es war Thomas Manns *Zauberberg* – Irmi hatte beschlossen, ein paar Werke der Weltliteratur erneut zu lesen. Und wegen Kohlgrub war es eben der *Zauberberg* geworden. Irmi tat sich stellenweise schwer mit der altmodischen Sprache und den bisweilen berüchtigt langen Sätzen, obwohl sie noch mit gutem Deutsch und nicht mit SMS und Twitter aufgewachsen war. Aber nach so vielen Jahren war sie doch ein wenig aus der Übung.

Irgendwann schlief sie über dem Buch ein. Als sie wieder aufwachte, war es sieben Uhr morgens. Tatsächlich hatte sie die ganze Nacht auf der Couch geratzt. Sie machte sich eine Tasse Kaffee und warf einen Blick aufs Handy. Der Hase hatte ihr eine SMS geschrieben: »Guten Morgen, Raffi hat hier unten geschlafen. Wir sind laufen gegangen. LG.« Irmi lächelte.

7

Es war Samstag gegen halb zehn, als Irmi aufbrach, um Alfred und Lissi zu besuchen. Vor dem Dorfladen in Grafenaschau standen ein paar Fahrradfahrer – mit Motor –, ein Huhn querte die Straße. Es war eine weite, anmutige Landschaft hier, eingerahmt durch die Berge und das Moor mit seinen Streuwiesen, die so früh im Mai noch nicht bunt waren.

Es war ein komisches Gefühl, als Besucherin nach Schwaigen zu fahren. Nicht zu ihrem Hof abzubiegen, der nicht mehr ihrer war.

Irmi stellte ihr Auto ab und ging ins Haus, den Gang entlang in die Küche, wo Lissi gerade einen Kuchen backte.

»Irmi, das ist ja schön! Kaffee? Prosecco?«

»Lissi, um die Zeit! Kaffee, bitte.«

Lissi schenkte ihr ein, stellte Milch auf den Tisch.

»Weißt du was Neues? Wir stehen hier alle noch unter Schock. So was in unserem Wald! Felix ist ganz durch den Wind.«

Irmi berichtete von den Ergebnissen der Rechtsmedizin.

»Aber das ist doch gut!« Lissi schlug sich auf den Mund. »Also, nein, ich meine …«

»Lissi, ich versteh dich ja. Alfred hat die Frau sicher nicht mit dem Baum erschlagen. Sie wurde überrollt. Aber er könnte sie natürlich vorher überfahren haben.«

»Irmi!«

»Lissi, schau, mir ist das auch sehr unangenehm. Drum bin ich auch privat hier. Ich habe zwei Zeugen, die mir von einer Begegnung mit einem Bauern in der Nähe des Tatorts erzählt haben, und die Beschreibung passt recht gut auf Alfred. Es handelt sich um einen Mountainbike-Guide und eine Frau, die bei der Dame, die wir tot aufgefunden haben, einen Waldbadekurs machen wollte. Hat Alfred dir nie erzählt, dass er solche Leute getroffen hat?«

»Was für ein Kurs war das? Da ist doch gar kein See.«

»Nein, Lissi, Waldbaden meint, sich im Wald zu entspannen. Das kommt aus Japan, und das Problem daran scheint mir zu sein, dass die Leute eben nicht auf den Wegen bleiben, sondern für die volle Waldpackung mittenrein müssen in den Tann. Verstehst du? Ich kann mir schon vorstellen, dass Alfred es nicht besonders mag, wenn irgendwelche beseelten Damen seine kleinen Fichten platt treten.«

Es war eine Weile still. Die Kaffeemaschine gab eine Art Seufzer von sich. Schließlich sagte Lissi: »Mir hat er nichts erzählt. Weder von Radlern noch von Frauen, die waldbaden. Wie das klingt! Aber Irmi, du kennst Alfred, das heißt ja nichts.«

Das hieß nichts. Durchaus. Alfred war keiner, dem die Worte nur so aus dem Munde quollen.

»Ich ruf ihn.«

Lissi ging hinaus und brüllte über den Hof. Und Alfred kam zügig.

»Frau, was schreist denn so?«

»Irmi ist da. Jetzt mach aber!«

Lissi hatte den Laden wirklich im Griff, dachte Irmi.

»Griaß di, Irmi«, sagte Alfred. »Und?«

Sie brachte ihn rasch auf den neuesten Stand. »Weißt du, Alfred, die Damen sagen, dass du sie ziemlich angegangen bist, vorher schon, weil sie in deinem Wald gebadet haben.« Auch wenn man es öfter aussprach, klang es dämlich.

Alfred schwieg.

»Und da ist ein Mountainbike-Guide, der behauptet, von dir bedroht worden zu sein. Also?«

Alfred schwieg.

»Jetzt red halt mit der Irmi!«, rief Lissi.

»Die spinnen doch alle!«, brummte Alfred. »Gehen waldbaden, umarmen zu jeder Unzeit Bäume und machen nachts auch noch a Fackelwanderung! Das Wild wird immer noch heimlicher. Und i soll meine Abschusszahlen erfüllen? Immer mehr Störungen! Ja, ich hab die Weiber einmal vom Grund runterg'staubt. Erzählt mir die eine was von Betretungsrecht. Ich lieg bei der doch auch nicht im Garten rum. Wenn sie überhaupt einen hat.«

Wahrscheinlich hatte sie keinen, drum musste sie ja im Wald baden. Irmi sah Alfred weiter scharf an.

»Und du hast die Frau nicht erkannt? Als sie am Boden lag? Nicht gesehen, dass das eine von den Waldbaderinnen war?«

»Naa! Wie auch, der Baum war drüber g'legen, und es flackt ja nicht jeden Tag eine Tote vor dir rum. Bei dir vielleicht.«

Auch nicht jeden Tag, dachte Irmi.

»Okay, Alfred. Und dann sind da noch die Biker. Was ist mit denen?«

»Ja spinn i! Die fahrn auch in Rückegassen hoch. Legen extra Äste in die regulären Wege, um drüberzumhupfen.

Gibt ja wohl genug andere Forstwege. Des is doch a Seuche mit denen. Die haben alle zu viel Zeit, das sag ich dir, Irmi.«

»Hast du sie beschimpft und bedroht?«

»Mei, was heißt schon beschimpft ...«

»Und hast du die Drähte gespannt?«

Alfred starrte Irmi an. »Was für Drähte?«

»Drähte, um Mountainbiker zu Fall zu bringen. Um sie umzulegen. Zu bestrafen, dass sie ausgerechnet deinen Grund und Boden zu ihrem Spielplatz erkoren haben.«

»Naa!«

Felix war vor einigen Minuten hereingekommen und hatte schweigend zugehört. Nun mischte er sich ein.

»So was macht der Papa nicht.«

Lissi schenkte ihm einen warmen Blick.

»Papa, sag der Irmi halt, dass wir die Kameras haben! Da sind bestimmt Beweise drauf!«

»Was für Kameras? Alfred?«

»Wildkameras.«

»Du hast Wildkameras installiert?«

»Ja, des derf i. Das muass i als Jäger sogar. I muass mei Revier im Blick haben, die Kameras sind an den Wechseln, bei der Fütterung, an einem Malbaum. I muass an Überblick über die Bewegungen im Revier bekommen, über die Zusammensetzung der Rudel und über dene ihren Gesundheitszustand. So schaugt das aus.«

Alfred hatte also Kameras. Bernhard hatte auch mal eine aufgehängt, um einen renitenten Fuchs zu beobachten, den sie in einer Lebendfalle einfangen wollten, um ihn unauffällig wegzufahren und wieder freizulassen. Eine gängige Methode, die man gerne an Flüssen praktizierte, wo man das Tier auf der anderen Flussseite wieder rausließ. Der Mangold-Fuchs, der inoffiziell schon Foxi hieß, ging nie in die Falle. Eines Tages hatte er tot an der Straße gelegen, überfahren. Autos waren der Wildtierkiller Nummer eins. Und Irmi hatte um Foxi getrauert, denn die Wildkamera auf privatem Boden hatte sie jeden Morgen vergnüglich unterhalten mit Foxis kleinen Scherzen. Es gab kein Gesetz, das den Einsatz von Wildkameras explizit verbot oder erlaubte. Auf Privatgrund war das auch kein Thema, allerdings musste man Familienmitglieder, Bekannte, Handwerker, Postboten und den Mann vom Paketdienst darauf hinweisen, dass man eine Wildkamera zur Überwachung installiert hatte. Komplizierter wurde das Thema »Überwachung im öffentlich zugänglichen Raum«. Und als Polizistin wusste Irmi, dass man das je nach Auslegung streng oder eben ein bisschen lockerer sehen konnte. Die Kernfrage war ja: Was war öffentlich, was privat? War Alfreds Wald privat?

Weil Irmi nichts sagte, meinte Felix: »Wir wissen schon, dass wir keine Personen ablichten dürfen, dass die Kameras nicht auf Straßen und auf bewohnte Gebiete zeigen dürfen und dass man sie in der richtigen Höhe aufhängen muss.«

»Tja, Felix, und da sind wir wieder beim freien Betretungsrecht. Es ist eben nie zu hundert Prozent auszuschließen, dass jemand auf einem Foto erscheint, wenn er sich abseits von befestigten Wegen im Unterholz befindet.« Irmi überlegte kurz. »Es kommt doch immer mal vor, dass jemand aufgenommen wird, womöglich in verfänglicher Begleitung. Und so was gehört gelöscht. Der Gesetzgeber stellt im öffentlich zugänglichen Raum eindeutig das Persönlichkeitsrecht von Privatpersonen vor das Recht, seinen eigenen Wald oder sein Jagdrevier zu beobachten.«

»Aber vielleicht ist da ja was drauf, was euch hilft!«, sagte Felix.

Und damit traf er natürlich ins Schwarze. Wenn darauf der Drähtespanner zu sehen war oder gar die Frau, womöglich sogar das Fahrzeug, das sie überfahren hatte, wäre das großartig. Das könnte ja ein Quantensprung in der Ermittlung werden.

»Okay, Leute. Ihr holt diese Kameras oder auch nur die Speicherkarten und bringt sie mir. Am besten noch heute. Klar?«

Felix nickte beflissen, Alfred brummte irgendwas, dann verließen die beiden Männer die Küche. Lissi sah Irmi an.

»Ach Irmi, es ist alles so kompliziert geworden. Wir verdienen kein Geld mehr mit unserer Milch. Also vermieten wir Ferienwohnungen, aber dann beschweren sich die Gäste, dass die Möbel nicht den alpinen Loungecharakter haben, so, wie sie das letztes Jahr in Südtirol hatten. Da bezahlen sie am Tag allerdings hundertfünfzig Euro, bei uns fünfundsechzig. Wir ertrinken in Käferbäumen, kommen kaum nach mit dem Umschneiden. Dann noch der ganze Windbruch. Wir haben echt andere Probleme, als waldbaden zu gehen. Alfred kann seine Abschussquote gar nicht erfüllen. Dass der da mal sauer wird, Irmi, das muss man doch verstehen!«

»Ich verstehe das, Lissi.«

»Wir buckeln alle viele Stunden am Tag. Zu viele. Und andere nutzen den Boden unserer Arbeit für ihre Freizeitspielereien. Ich komm mir manchmal vor, als wären wir nur noch Kulisse und Staffage für irgendwelche blöden, arroganten Städter. Wir sind Fotomotive, die letzten Wilden.«

Irmi sah Lissi verblüfft an. So etwas hatte sie von ihr noch nie gehört. Lissi war immer die Liebe, die Ausgleichende, die Positive.

»Stimmt doch, Irmi!«

Ja, es stimmte. Die Menschen waren einfach uferlos in ihren Bedürfnissen.

»Lissi, das wird schon werden. Ich glaub ja auch nicht, dass Alfred jemanden umbringt, aber ich hab halt gewisse Vorgaben.«

»Ja, ich weiß. Ach Irmi, jetzt bist du auch noch so weit weg!«

»Übertreib mal nicht! Zu mir sind es doch nur zehn, zwölf Kilometer, lass es fünfzehn Minuten sein!«

»Ja, schon, aber es ist was anderes. Jetzt hab ich keine Nachbarin mehr.«

»Du hast noch einige Nachbarn, wir sind doch nicht in Kanada. Und du hast jetzt Zsofia.«

»Aber ich will dich!«

Der Satz war lieb in seiner Schlichtheit. Irmi umarmte Lissi spontan. Und verabschiedete sich.

»Fährst du noch rüber zu euch?«, fragte Lissi.

»Nein.« Irmi würde nicht rüberfahren zu Bernhard. »Und ihr bringt mir die Speichermedien! Bitte noch heute oder morgen, bevor ich am Montag wieder ins Büro fahre.«

Lissi nickte. Als Irmi die Zufahrt zu ihrem Hof passierte, lag keine Traurigkeit über ihren Gedanken. Es war eher ein graues Tuch aus Melancholie. Gewöhnte man sich mit zunehmendem Alter an die Verluste? War sie zu müde geworden für die ganz große Dramatik?

Noch immer war es merkwürdig, eine Treppe hochzugehen in ihr neues Reich. Irmi war immer durch die schwere Holztür des Bauernhauses getreten, hinein in einen dämmrigen Gang. Ihre neue Wohnung war so hell, es war so viel Licht. Sie trat hinaus auf die schöne Dachterrasse und blickte Richtung Hörnle. Der Kleine kam über die Holzleiter, die der Hase sofort installiert hatte, und sagte: »Auia.« Was »Hunger« bedeutete. Irmi grinste. Miau konnten die Kater beide nicht.

Sie hörte eine Autotür klappern. War der Hase schon zurück? Er hatte Raffi sicher mitgenommen zu irgendeinem seiner Bergläufe. Der Spitz hatte trotz der kurzen Beine erstaunlich viel Kondition.

Sie beugte sich über die Balkonumrandung.

»Wo wart ihr?«

»Am Osterfeuerberg. Kleine Runde. Ich würde am frühen Abend etwas kochen. Würdest du mir die Ehre geben mitzuessen?«

»Ehre, du bist lustig! Dein Essen ist göttlich. Ich hab schon ein schlechtes Gewissen, dass ich mich bei dir durchfress!«

»Unsinn. Passt halb sechs?«

»Ja, wunderbar.«

»Bis später.«

Wärme stieg in Irmi auf. Nie hatte jemand bisher für sie gekocht. Sie lächelte. Und begann mit samstäglich Banalem. Wohnung putzen. Wäsche waschen. Endlich einen Karton auspacken, den sie immer noch im Gang stehen hatte.

Es war kurz vor fünf geworden. Etwas schrillte. Es dauerte, bis Irmi begriff, dass das ihre Klingel war. Sie drückte den Türsummer, auch eine für Irmi gänzlich neue Errungenschaft.

Brauchte der Hase etwas für sein Essen?

Schritte kamen die Treppe herauf, und da stand – Jens.

»Jens?«

»Du erinnerst dich an meinen Namen. Hallo, Irmi!«

»Natürlich erinnere mich an deinen Namen. Was soll das? Ich bin nur etwas überrascht. Warum hast du nicht angerufen?«

»Es liegt im Wesen der Überraschung, dass sie überrascht«, sagte Jens ziemlich kühl.

Irmi wartete.

Er gab ihr je ein Küsschen rechts und links auf die Wange, sah sie mit gerunzelter Stirn an.

»Irmi, ich war in Schwaigen. Du aber nicht! Da erfahre ich von Zsofia, dass du bereits seit Februar dieses Jahres hier wohnst. Warum sagst du denn nichts?«

»Als wir uns im Januar zuletzt gesehen haben, in München im Theater, da war das mit dem Umzug noch nicht spruchreif.«

»Das war Januar. Nun ist Mai!«

Sie hatten ab und zu gesimst, aber es war wirklich schon Monate her, dass sie sich gesehen hatten.

Und weil Irmi nichts sagte, fuhr Jens fort: »Und was heißt spruchreif? Du musst deinen Umzug doch zumindest auf dem Schirm gehabt haben. Du teilst mir nur noch Ergebnisse mit?«

»Sind wir in der Mathematik? Soll ich dir auch den

Lösungsweg aufmalen?« Irmi merkte selbst, dass sie überreagierte.

»Irmi, ich bin dein Freund. Ich will doch an deinem Leben teilhaben!«

Er hatte all die Jahre an ihrem Leben teilgehabt. Er hatte sie beraten, ihr immer auch Halt gegeben. Er hatte zu Unzeiten mit ihr telefoniert, meist der Tatsache geschuldet, dass er irgendwo auf der Welt unterwegs war und die Zeitverschiebung ihre Telefonate in Nächte und frühe Morgenstunden verlegt hatte. Jens war nie lange an einem Ort, wurde klug und klüger, weil sein Leben und sein Job ihn vorantrieben und weil Reisen bildete. Auf den langen Flügen las er viele Bücher, er war ein Weltbürger mit Weltwissen und machte nur Stippvisiten in Deutschland. Bei seiner Frau, mit der er immer noch verheiratet war, und ab und zu traf er seine Töchter, die beide mittlerweile studierten: eine in Berlin, eine in Paris. Und manchmal stand eben Irmi auf seinem Schedule.

Sie wusste, dass ihre Gedanken ungerecht waren. Schließlich hatte sie nie etwas anderes gewollt. Sie hatte sich zurücklehnen können im Wissen, dass einer da war. Nicht leibhaftig, aber in Gedanken und Gefühlen. Das war für sie lange Zeit weitaus wertvoller gewesen als die Ödnis in so mancher Ehe, wo man sich jeden Abend traf und anschwieg. Aber etwas war doch anders geworden. In ihrem Inneren.

»Jens, ich hätte es dir gesagt. Aber ich fand es etwas unpassend, bei einem unserer seltenen Telefonate zu erwähnen: By the way, ich bin umgezogen. Ich dachte, das ergibt sich dann schon.«

»Wann haben wir denn zuletzt telefoniert?«

Musste er so mimosenhaft sein? Dabei hatte er natürlich recht … Das weitere Gespräch wurde unterbrochen, weil Raffi hereingestürmt kam und Jens ansprang. Raffi sprang jeden an, er war sehr begeisterungsfähig und stieß leider nicht immer auf Gegenliebe. Leute mit Hundephobie und die mit den eleganten Hosen waren nur bedingt froh. Auch Jens war kein Tiernarr, er hatte die Kater toleriert, die ältere Rechte in Irmis Bett hatten, und die Kühe von der Ferne betrachtet immer schön gefunden. Er hatte sich eher für die technische Seite des Bauernhofs begeistern können. Tiere hatte es in seinem Leben nur einmal gegeben: in Gestalt von vier Meerschweinchen, die aber dank der wenig passionierten Pflege bei seinen Töchtern nicht alt geworden waren.

»Raffi! Sitz!« Raffi gehorchte und grinste Irmi an. »Wo kommst du überhaupt her, du unerzogenes Vieh?«

»Von mir«, erklang eine Stimme von der Wohnungstür her. »Entschuldigung, ich wusste nicht, dass du Besuch hast.« Der Hase wandte sich an Jens. »Fridtjof Hase, angenehm. Wir haben uns schon mal gesehen, nicht wahr?«

Ja, und zwar am Parkplatz vor dem Büro. Irmi war sich sicher, dass der Hase sehr genau wusste, wen er vor sich hatte.

»Herr Hase, der Kollege von Irmi?«, fragte Jens.

»Exakt.« Der Hase suchte Irmis Blick. »Ich hätte einen Coq au Vin im Rohr, der reicht sicher auch für drei. Aber nur, wenn das zeitlich konveniert.«

Es war überhaupt nichts Besonderes, dass der Hase Coq au Vin machte, er konnte noch weit erlesenere Speisen, aber das Angebot klang in diesem Kontext ziemlich exaltiert.

Irmi wäre am liebsten einfach so verpufft. Oder durch die Wand diffundiert.

Jens kam ihr zuvor: »Gerne, wenn das hier so Usus ist.«

Irmi hoffte wirklich, der Boden würde sich öffnen.

»In fünfzehn Minuten.« Der Hase lächelte Jens gewinnend an. »Weiß oder Rot?«

»Rot.«

»Frankreich oder Italien?«

»Wenn es kein Chianti ist, dann Italien.«

»Ich bevorzuge auch einen Barolo. Bis gleich.«

Der Hase verließ das Feld.

»Ein Vermieter mit Gourmetkoch-Attitüde. Das ist aber sehr praktisch.« Jens' Tonfall gefiel Irmi ganz und gar nicht.

»Hör mal, Jens, ab und zu kocht Fridtjof für mich mit. Weil es fad ist, für nur eine Person zu kochen.« Warum versuchte sie, sich zu rechtfertigen?

»Ja, schön, sogar ich darf partizipieren. Ich habe in der Tat Hunger. Wo wäre denn in deiner neuen Bleibe das Bad?«

Irmi machte eine Handbewegung zur Badezimmertür. Jens griff nach seinem Necessaire und verschwand. Irmi starrte den kleinen Koffer an. Mehr ein Köfferchen, das für eine oder zwei Übernachtungen ausreichte.

Jens blieb lange im Bad. Irmi hätte flüchten können, die beiden Herren konnten doch zu zweit dinieren. Ohne sie. Die würden bestimmt ein Gesprächsthema finden. Aber sie blieb.

»Na dann!«, sagte Jens, und es klang wie: Auf in den Kampf!

Sie gingen die Treppe hinunter, ums Haus herum, und Irmi läutete an Fridtjofs Tür.

»Kein Schlüssel?«, murmelte Jens leise.

Irmi schluckte schwer.

»Hallo, nur herein«, sagte der Hase fröhlich. Raffi, der ebenfalls mitgekommen war, folgte der Einladung als Erster.

Der Tisch war gedeckt, weißes Porzellan, bauchige Gläser, Wassergläser dazu. Alles ganz zurückgenommen. Die Wohnung war schlicht gehalten, ohne dabei ungemütlich zu sein. Irmi wusste, dass der Hase sie komplett umgestaltet hatte. Er hatte sein altes Leben mit den alten Möbeln verabschiedet.

Als Vorspeise gab es eine Spargelsuppe, die allein schon ein Gedicht war. Jens schien sich auf seine weltläufigen Umgangsformen zu besinnen. Er lobte die Suppe und machte Konversation. Gerade kam er aus Vancouver, die beiden sprachen über ein Restaurant in der Robson Street. Irmi fühlte sich wie das Landei, das sie weitgehend auch war. Aber so ganz pazifistisch war Jens dann doch nicht eingestellt.

»Und sonst redet ihr über eure Fälle, am Abend beim Coq au Vin?«, fragte er in einem Tonfall, in dem Provokation mitschwang.

»Manchmal, nicht immer. Es ist gut, die Toten in den Totenkammern zu lassen«, erklärte der Hase.

»Und manchmal ist es auch ganz gut, abseits von Büro und Tatorten Impulsen nachzugehen. Ein bisschen Brainstorming. Manchmal kommt man auf neue Ansätze«, sagte Irmi und warf Jens einen warnenden Blick zu. »Momentan reden wir gerade übers Waldbaden.«

»Ah, Shinrin Yoku, was für eine Duplizität der Ereignisse. Dass gerade das euer Thema ist, witzig! Ich hatte mit der Firma vor Kurzem einen solchen Kurs. Der CEO wollte unseren Rücken stärken. Man umarmt nicht mehr seinen Partner, sondern einen Baum, man geht nicht mehr zum Arzt, sondern lehnt sich an einen Stamm, um den Rücken zu stärken.«

Weder Irmi noch der Hase sagten etwas.

»Wir sollten uns einen Baum aussuchen, der uns entspricht. Ich habe mich für einen Ahorn entschieden.« Jens grinste. »Das war der einzige, der grad da war. Oder noch nicht besetzt. Besser: nicht belehnt. Und dann wurden dauernd Zeilen von Hermann Hesse zitiert: *Bäume sind Heiligtümer. Wer mit ihnen zu sprechen, wer ihnen zuzuhören weiß, der erfährt die Wahrheit. Sie predigen nicht Lehren und Rezepte, sie predigen, um das Einzelne unbekümmert, das Urgesetz des Lebens*.«

Der Hase war aufgestanden und holte ein Buch aus dem Regal. »Chapeau, Ihr Erinnerungsvermögen ist brillant. Ich muss ablesen. Wartet.« Er blätterte etwas. »*Bäume sind für mich immer die eindringlichsten Prediger gewesen. Ich verehre sie, wenn sie in Völkern und Familien leben, in Wäldern und Hainen. Und noch mehr verehre ich sie, wenn sie einzeln stehen. Sie sind wie Einsame. Nicht wie Einsiedler, welche aus irgendeiner Schwäche sich davongestohlen haben, sondern wie große, vereinsamte Menschen, wie Beethoven und Nietzsche. In ihren Wipfeln rauscht die Welt, ihre Wurzeln ruhen im Un-*

endlichen.« Er überflog den Text und fuhr fort: »*Nichts ist heiliger, nichts ist vorbildlicher als ein schöner, starker Baum. Wenn ein Baum umgesägt worden ist und seine nackte Todeswunde der Sonne zeigt, dann kann man auf der lichten Scheibe seines Stumpfes und Grabmals seine ganze Geschichte lesen.*«

»Puh!«, sagte Irmi. »Was für ein Pathos! Ich hab als Mädchen lediglich gelernt, dass das härteste Holz die engsten Ringe hat und vor allem im Gebirge wächst. Bei uns ging es bei Bäumen immer um Wirtschaftlichkeit. Aber das ist Hesse sicher zu profan.«

»Nein, nein, er schreibt auch, dass *hoch auf Bergen und in immerwährender Gefahr die unzerstörbarsten, kraftvollsten, vorbildlichsten Stämme wachsen*«, entgegnete der Hase lächelnd.

»Das scheint ja auch für die Menschen zu gelten«, sagte Jens. »Für diese Gebirgsmenschen.«

Irmis Fluchtreflex nahm zu. »Ich mochte Hesse nie. *Narziß und Goldmund* fand ich unerträglich. Alle haben es gelesen, sich und andere darin wiedergefunden. Es war ja fast schon anrüchig, als Teenie Hesse nicht zu mögen. Aber ich fand ihn … fand ihn …«

»Zu psychoanalytisch?«, warf der Hase ein.

»Ich weiß nicht, ja, vielleicht. Zu esoterisch. Zu kitschig?«

»Irmi unterstellt einem Nobelpreisträger Kitsch. Das ist fast schon kühn«, sagte Jens zum Hasen.

Irmi erbebte innerlich. Jens tat ja gerade so, als wäre sie gar nicht anwesend. Oder hätte das ein Kompliment sein sollen? Wenn ja, dann war es gänzlich misslungen.

»Ich finde, ich glaube … mein Kritikpunkt ist, dass er zu

viele Phrasen geschrieben hat, in allzu pathetischem Tonfall, Kitsch mit Gold überzogen. Er mutet uns Texte zu, die sich wie Gummi ziehen.«

»Irmi kenne ich gar nicht als Literaturkritikerin«, wandte sich Jens wieder an den Hasen.

»Auch Nobelpreisträger haben nicht in jeder Äußerung Großes geschaffen. Es gibt von allen Literaten auch schlechte Texte. Überschätzte Texte. Und solche, die sich wirklich dahinschleppen wie ein Faultier auf dem Weg zur Nahrung«, erwiderte der Hase.

Irmi gluckste kaum hörbar.

»Aber Hesse ist nun einmal der vortrefflichste Vertreter spätromantischer Literatur, das muss man anerkennen«, sagte Jens. »Diese ins Mittelalter versetzte Handlung, die Flüchtigkeit des Seins, die Dualität von Tod und Liebe, Asket versus Lebemann, das sind doch recht zeitlose Themen.« Jens sah Irmi an. »Es geht um zwei Menschen, die unterschiedlicher nicht sein können. Es geht ja auch um die Sehnsucht nach Ferne …« Jens machte eine Kunstpause. »Irmi hatte ja nie so viel Sehnsucht nach der Ferne.«

Irmi sah sich außerstande, etwas zu sagen.

Jens nippte an seinem Wein, und sie fand, dass das affektiert wirkte. Aber er hatte immer so getrunken. Und er wartete. Er hatte den Fehdehandschuh geworfen, den der Hase nicht aufnahm.

Ganz im Gegenteil, der Hase rettete die Situation. »Die Lust am Wald ist doch nichts Neues. Und seien wir mal ehrlich: Das romantische Landschafts- und Waldgefühl ist in den intellektuellen Eliten entstanden. Und in der Stadt. ›Die Schwärmerei für die Natur kommt von der Unbewohnbarkeit der Städte‹, hat schon Bert Brecht gesagt. Drum wahrscheinlich diese Begeisterung für den Wald. In früheren Zeiten konnte die Bevölkerung auf den Dörfern mit waldästhetischen Betrachtungen wenig anfangen. Brennholz, Bauholz, Waldhonig, Pilze, Beeren und jede Menge Dämonen, heimelig war das alles wahrlich nicht.«

»Tja, offenbar hat diese bäuerliche Unterschicht, also auch ich, keinen Blick für die Ästhetik. Tatsache ist für uns, dass mit den Waldbadern eine weitere Gruppe ihre Begehrlichkeiten am Wald anmeldet. Jagdpächter fühlen sich alleingelassen mit den Abschusszahlen für Wild, das es nirgendwo mehr gibt. Sie sind allein mit all den Störern, die das Wild vertreiben. Staatsforsten und Waldbauern argumentieren rein wirtschaftlich. Und am Ende werden wir alle mit dem Ofenrohr ins Gebirge schauen, ohne dass Bäume den Blick verstellen! Wenn das mit dem Klimawandel so weitergeht, wenn die Trockenheit der Sommer anhält, dann sterben die Bäume – und nicht bloß die verschmähte Fichte. Buchen, Erlen genauso. Und der Borkenkäfer potenziert das Problem. Der bildet längst drei oder gar vier Generationen aus. Die Waldbader müssen sich beeilen, bald ist das keine Badefläche mehr!«

»Irmi ist eine Frau klaren Gemüts«, stellte Jens fest.

»Richtig!«, entgegnete Irmi scharf. »Und als solche bemängelt sie den Waldkonsum. Diese Waldbadeweiber wollen vom Denken ins Fühlen kommen, dass ich nicht lache! Ein bisschen mehr Denken täte allen gut. Glaubt ihr, dass jemand noch mehr als zwei Baumarten kennt? Alles mit Nadeln ist eine Tanne. Wer kennt noch die Vögel oder gar ihre Stimmen? Und der Normalnutzer findet Bambi süß, lässt aber seinen Hund unangeleint lossausen. Und wenn er Bambi nicht frisst, sondern nur beschnüffelt, ist Bambis Schicksal dennoch besiegelt, denn Bambis Mama mag ihr Kind nicht mehr, wenn es nach Hund riecht. Die meisten denken doch, dass der Herr Hirsch der Mann von der Frau Reh ist. Heutiges Waldwissen gleich null! Nur diese pragmatischen Landeier haben noch so was wie eine alltägliche Naturerfahrung. Und diese Natur ist gar nicht immer romantisch. Auch grausam und immer aufs Überleben ausgerichtet. Das sagt mir mein ach so klares Gemüt!«

Jens schwieg. Ihre flammende Rede hatte ihn wohl etwas ausgeknockt.

Nach einer Weile sagte der Hase: »Irmi hat nicht unrecht. Bäume sind primär pflanzliche Lebensformen, die wachsen, sich vermehren und wieder absterben. Man könnte in der Tat die biologischen Gegebenheiten stärker in den Vordergrund stellen und die Emotionen etwas zurückfahren.«

»Aber es ist doch die neue Emotion am Wald, die diese Waldbadebewegung vorantreibt«, sagte Jens. Er klang nun wieder versöhnlicher. »Die haben wir auch dem Bestseller von Peter Wohlleben zu verdanken.«

»Haben Sie das Buch gelesen?«, fragte der Hase.

»Ja, auf einem Flug nach Kiew, während unter mir sehr viel Wald war.«

»Wie passend!«, warf Irmi ein. Sie klang aggressiver, als sie eigentlich wollte.

»Ich habe Ausschnitte davon gelesen. Es wurde mir dann aber doch zu blumig. Oder nadlig-blättrig«, entgegnete der Hase grinsend. »Einst war der Mann ein schlichter Förster, und dann schrieb er *Das geheime Leben der Bäume.* Darin gibt es in der Tat viel Wissenswertes, aber eigentlich erzählt Wohlleben ein Märchen, eine Waldutopie. Die einen finden seine Sprache poetisch, die anderen pathetisch, wenn dann der Mutterbaum morsch verstirbt und den Baumkindern und dem Licht für die Fotosynthese Platz macht. Mir ist das eindeutig zu viel Pathos. Also in bester Hesse-Tradition, was uns an den Ausgangspunkt unserer launig-philosophischen Waldtour zurückführt. Ich hätte noch ein Dessert zu offerieren.«

Er verschwand in der Küche. Irmis Inneres war ganz flattrig. Sie schwieg. Auch Jens sagte nichts.

Das Dessert war eine Mousse au Chocolat. Leicht, fluffig und dabei sehr schokoladig.

»Wirklich fein. Sie sind ein Künstler«, sagte Jens.

Irmi fand, das klang ein bisschen gönnerhaft.

Der Hase schenkte noch einen Grappa aus. Dann blickte er auf die Uhr. »Oh, es ist spät geworden. Kein Jetlag?« Er sah Jens an.

»Doch. Ich glaube, Irmi und ich ziehen uns zurück. Danke für den interessanten Abend.«

Das Wort interessant klang in Irmis Ohren ungut nach.

»Gerne, sehr gerne.« Der Hase behielt sein Pokerface.

»Danke für das gute Essen. Bis morgen«, sagte Irmi.

»Ich gehe ganz in der Frühe mit Raffi, wenn es recht ist. Ich behalt ihn hier unten. Du hast ja Besuch.«

Irmi stieg die Treppen zu ihrer Wohnung hinauf. Die Kater warteten schon vor der Tür.

»Ach, die mussten auch umziehen?«, sagte Jens.

»Ja, mussten sie.«

Irmi ging ins Bad. Sperrte die Tür zu, was sie sonst nie getan hätte. Sank auf die Toilette. Was war das gewesen? Sie blickte in den Spiegel und sah eine ältere Frau. Wache Augen, zwei neue Altersflecken, ein paar neue Härchen vom Damenbart. Sie zückte einen Rasierer. Schöpfte Wasser ins Gesicht. Cremte sich mechanisch ein. Putzte ewig die Zähne. Und als sie dann irgendwann das Bad verlassen musste, lag Jens auf der Couch und schlief. Irmi war unangemessen froh. Auf Zehenspitzen schlich sie in ihr Zimmer und hoffte, dass Jens nicht mitten in der Nacht aufwachen und das Bedürfnis nach Nähe verspüren würde.

8

Jens schlief noch, als Irmi um zehn nach sechs erwachte. Im Zehenspitzengang huschte sie nach draußen. Es war kühl und trocken, die Luft noch ganz unschuldig und rein. Kein Bulldog oder Moped knatterte wie an Wochentagen. Sie lebte am Waldrand, abseits des Zentrums. Wobei das Wort Zentrum bei Bad Kohlgrub etwas hoch gegriffen war.

Irmi setzte sich auf den Holzzaun. Und rief Luise an. Am Sonntag um Viertel nach sechs. Das konnte man bei den wenigsten machen.

»Also, wenn mich früher eine Freundin zu einer so unchristlichen Zeit angerufen hatte, Irmi, war sie entweder ungewollt schwanger oder hatte gerade ihren Mann in flagranti erwischt. Beides, nehme ich an, entfällt bei dir.« Luise lachte und klang gar nicht müde.

»Ja, ich glaub, ich bin durch die Menopause durch.«

»Siehst du! Aber es geht um Männer, oder?«

»Warum denkst du das?«

»Weil du eine hervorragende Ermittlerin bist und in beruflicher Hinsicht bestimmt keinen Rat brauchst. Und bei einem Tiernotfall würdest du wohl eher den Tierarzt rufen. Also: Jens oder Fridtjof?«

»Beide.«

»Wie? Flotter Dreier?«

»Luise! Echt!«

»Schade, ich hab mich gerade auf die schmutzigen Details gefreut. Los, berichte!«

Irmi erzählte vom gestrigen Abend. Am Ende lachte Luise schallend.

»Hör mal, so witzig war das gar nicht!«, meinte Irmi. »Eher entwürdigend und sehr anstrengend.«

»Schau, zwei Männer gockeln da um dich rum. Ein Hahnenkampf alternder Gladiatoren. So, wie du das erzählst, klingt es in meinen Ohren, als hätte sich Fridtjof besser geschlagen. Souveräner.«

»Du meinst …?«

»Irmi, du Schaf! Jens ist eifersüchtig und sauer. Irgendwie verstehe ich auch, dass er beleidigt ist. Dass du ihm nicht mal vom Umzug erzählt hast, das ist ja schon hart.«

Irmi schwieg, also fuhr Luise fort:

»Und dann machst du es ihm auch schwer. Wenn du nun mit einem Stein hebenden, Bäume fällenden Klotz rumpoussieren würdest, dann hätte Jens eine Fläche, um sich zu reiben. Er müsste sich mit einem Muskelmann messen und könnte mit weltgewandter Intelligenz parieren. Muskeln gegen Hirn, und er wäre sich sicher, dass du am Ende das Hirn bevorzugst. Aber nun steht ihm da einer gegenüber, der ihn auf seinem Terrain angreift. Auch klug, wenn nicht sogar klüger. Gut aussehend. Kultiviert. Ein harter Gegner!«

»Luise, ich poussiere nicht mit Fritjof! Und was du für eine Kriegsterminologie verwendest! Es gibt keinen Grund für einen Kampf.«

»Irmi, du lügst dir in die Tasche.«

»Ich wohne in einer Wohnung, die mir Fridtjof vermietet

hat. Er ist ein Kollege und inzwischen eine Art Freund. Ich mag ihn, und ja, er ist klug. Aber das war's dann auch.«

»Aha. Und Jens?«

»Jens ist eben Jens.«

»Du Meisterin der Worte! Mensch, Irmi, mit Jens hast du seit vielen Jahren eine Affäre oder Beziehung oder was immer das ist. Er war nie Teil deiner Realität. Was ihr da macht, ist ja nicht mal eine Wochenendbeziehung.«

»Das stimmt nicht. Er war oft bei mir zu Hause. Hat mein Leben mitbekommen. Kennt Bernhard und Zsofia, kennt Kathi … also …«

»Warst du mal bei ihm zu Hause?«

»Nein, wie denn auch! Da wohnen seine Frau und die Mädchen. Letztere inzwischen nur noch temporär, weil sie ja studieren.«

Jens war zwar ein gebürtiger Fischkopf aus Kiel, lebte aber wie so viele Erfolgsmenschen im Taunus, wo man schnell am Frankfurter Flughafen war. Irmi wusste, dass seine Frau psychische Probleme gehabt hatte, weswegen er sie über lange Jahre nicht hätte verlassen können. Und dann waren da die Kinder gewesen. Aber die Frau war wohl wieder stabil, überdies sehr attraktiv und einige Jahre jünger als Irmi – und einige Kilos leichter. Die bildhübschen Mädchen waren nun achtzehn und zwanzig. Irmi hatte sie quasi groß werden sehen, ohne sie je gesehen zu haben. Oder anders: Sie hatte Jahr für Jahr auf den Fotos gesehen, wie aus Gören Damen wurden.

»Merkst du was?«

»Nein.«

»Du hast Jens bestimmt auch in dein Leben gelassen,

soweit es dir eben möglich ist, und ihr habt schöne Dinge zusammen erlebt. Aber du hast ihn nie gebückt vor der Waschmaschine angetroffen, wo er etwas Rotes mit den weißen Unterhosen mitgewaschen hatte. Du hast ihm auch nie zugesehen, wie er euren Rasen mäht oder den Grill anschmeißt.«

»Muss man das?«

»Nein, muss man nicht.«

Eine kleine Gesprächspause trat ein.

»Ich wollte nie, dass er seine Frau verlässt«, sagte Irmi schließlich.

»Das glaub ich dir sofort.«

»Ja, was willst du denn dann von mir?«

»Irmi, die Frage ist, was du willst.«

Irmi schwieg.

»Für dich hat sich eine Tür geöffnet«, fuhr Luise fort. »Die Tür der Normalität. Ein Mann, der abends da ist und kochen kann. Und das, meine Liebe, ist grad in deinem Fall wirklich hochnotwendig.«

»Ich kann auch kochen!«

»Wenn man das Platzieren von Käse auf einem Stück Brot schon als Kochen bezeichnen will.« Luise lachte. »Ja, du kannst eine Suppe warm machen, Nudeln mit Soße kochen, ein Steak braten und einen Salat zusammenschmeißen. Wenn du Zwiebeln schneidest, sind das Brocken von der Größe eines Würfelzuckers. Oder du ersäufst Gemüse in Kokos und nennst es Asiapfanne. Geschenkt. Das ist aber nicht die kreative Kunst des köstlichen Kochens.«

»So schlimm schneid ich keine Zwiebeln!«

»Lenk nicht ab! Da ist plötzlich ein Alltag. Und tu nicht

so, als wäre dir der Alltag egal. Du hattest nämlich jede Menge Alltag auf dem Hof mit deinem Bruder. Das hast du aufgekündigt, was ich gut verstehen kann. Ich hätte das auch getan. Ich wäre auch nicht dageblieben. Und meine kluge Mama aus dem Bayerwald hatte recht: Wenn sich irgendwo eine Türe schließt, öffnet sich eine neue. Du bist keine Eremitin. Du kannst sicher gut allein sein, und das ist auch gut so. Aber du bist ein warmer Mensch. Und du brauchst Wärme. Wie wir alle.«

»Na, dann hab ich jetzt eben Alltag mit einem klugen Kumpel. Hab den Benefit, dass er kochen kann und mit dem Hund spazieren geht. Alltag, ja schön! Aber mehr ist da nicht, und Fridtjof will auch sonst gar nichts von mir.«

»Das ist ein Irrtum. Ein großer sogar. Schon letzten Sommer auf der Alm lag irgendetwas in der Luft.« Sie lachte. »Und nach dem, was du mir grad erzählt hast, führt er die Waffe sehr elegant.«

»Aber ich will nichts von ihm.«

»Du willst nichts von ihm? Wirklich?«

»Doch, Freundschaft. Gespräche. Ich schätze ihn sehr.«

»Kein Sex?«

»Luise! Ich bin einundsechzig. Ich bin zu fett, die Haut wird schlaff. Kennst du das? Du drückst auf der Handoberfläche die Haut zusammen, und sie bleibt dann stehen. Das ist gruselig. Das ist der völlige Verfall.«

Luise lachte. »Moment, ich probier das aus. Ja, stimmt. Ist bei mir auch so. Und?«

»Fridtjof ist ein Sportlertyp, total durchtrainiert, was will der mit mir? Wenn, dann sucht er sich eine Sportlerin in den Vierzigern.«

»Ach? Das weißt du? So, wie ich Fridtjof erlebt habe, ist der durch mehrere Höllen gegangen. Und im Gegensatz zu vielen lebenslang Beziehungsgestörten scheint er mir gestärkt wiederauferstanden zu sein. Der braucht kein Häschen, keine aufgebrezelte Vorzeigemaus, der braucht dich.«

»Schmarrn!«

»Irmi, du bist ein zäher, sturer Brocken. Also die Gegenfrage: Liebst du Jens?«

»Ja, also, ähm, ich schätze ihn. Uns verbindet so eine lange Zeit. Wir, er …«

»Wir, er …? Irmi, es ist durch. Weißt du, ich habe Jens ja auch mal kennengelernt. Er ist ein guter Typ. Aber denk mal zehn Jahre weiter. Wo willst du da sein? Oder anders gefragt: Meinst du, wenn er in Rente ist, lässt ihn seine Frau gehen? Jetzt hat er seine Geschäftsreisen. Die perfekten Fluchten. Wie alt ist er?«

»Neunundfünfzig.«

»Na gut, lass ihn noch ein paar Jahre arbeiten. Entweder geht er an einem Herzkasper hops, oder er geht nach Hause zu seiner Frau. Und dann? Eure Geschichte wird sowieso enden. Sie wird sich ausschleichen. Und wenn du ehrlich bist, tut sie das jetzt schon.«

»Das wäre doch in deinem Sinne?«

»Irmi, von mir aus kannst du auch noch mit achtzig einmal im Jahr mit Jens rumtattern. Du hast die Wahl!«

»Ach, Luise!«

»Ach, Irmi!«

Irmi gluckste. Luise war das Beste, was ihr letztes Jahr passiert war. Es gingen immer wieder Türen auf.

»Fühl dich doch geschmeichelt!«, rief Luise. »Zwei Männer duellieren sich deinetwegen mit schönen Worten. Wie alt ist eigentlich Fritjof?«

»Keine sechzig.«

»Dann duellieren sich sogar zwei jüngere Männer um dich. Und wenn du meine Meinung hören willst: Fridtjof Hase ist ein Hauptgewinn. Allerdings einer, den man zu nehmen wissen muss. Das kann nicht jede. Das wiederum weiß auch der Hase. Er hat seine Wahl getroffen, du musst sie nur noch annehmen.«

»Luise, du hast einen Knall.«

»Lass dir meine Worte durch den Kopf gehen. Mach was, bevor doch noch eine andere kommt und sich den Hasen schnappt. Er wird nichts sagen. Er wird nichts tun. Dazu ist er zu klug. Und zu stolz. Und zu sehr gebranntes Kind. Er wartet auf ein Zeichen von dir.«

»Gib mir ein Zeichen, oder was? Luise, ehrlich!«

Schließlich verabschiedeten sie sich. Irmi hockte immer noch etwas unschlüssig auf dem Zaun. Plötzlich kam Raffi angeschossen und hüpfte zu ihr hoch. Irmi wäre fast rückwärts vom Zaun gefallen. Fridtjof tauchte auf, in langen Lauftights. Er war wirklich ein sehniger Hering.

»Irmi, schon wach?«

»Ja.«

»Was frag ich! Als Landmädel weißt du, dass die Morgenstunden die klarsten sind. Und die wahrsten. Alles gut bei dir?«

»Ja.«

Er fragte nicht nach Jens.

»Ich geh mal duschen«, erklärte er stattdessen. »Nimmst du Raffi mit?«

»Klar.«

Irmi sah ihm hinterher. Etwas in ihr wollte ihm nachrufen, ihm hinterhergehen. Doch irgendetwas hielt sie ab.

Oben in der Wohnung wurde Jens von Raffi geweckt, der ihm in die Magengrube sprang und das Gesicht wusch.

»Dann dusch ich jetzt mal«, sagte er und trollte sich ins Bad. Es klang wie ein Vorwurf. Raffi sah ihm hinterher, dann blickte er Irmi an.

»Du bist auf Luises Seite, Raffi, ich weiß.« Irmi schüttelte den Kopf.

Raffi duckte sich und legte eine Pfote über die Schnauze.

Irmi lachte. »Du kleiner weißer Trottel!« Tiere konnte man besser lieben. Sie waren wahrhaftig und manipulierten nicht.

Jens kam frisch geduscht wieder. Er roch gut, er hatte über all die Jahre immer dasselbe Eau de Toilette beibehalten. Unter der Dusche schien er die leise Aggressivität weggespült zu haben.

Irmi war klar, dass sie sich umschlichen.

»Möchtest du was frühstücken?«, fragte sie. »Ich weiß nur ehrlich gesagt gar nicht, ob es in Kohlgrub einen Bäcker gibt, der sonntags aufhat. Und es ist erst kurz nach acht.«

»Nun, man könnte die Zeit nutzen«, sagte Jens. »Ich könnte mich in dein Bett legen. Es war nicht sehr bequem auf der Couch, du könntest dich dazulegen.«

Das tat Irmi. Langsam verschwanden all die Gedanken. Es war vertraut. Nicht mehr die ganz große Leidenschaft. Auch kein Pflichtprogramm. Es war, wie es war.

Sie saßen schließlich nach zehn Uhr in Oberammergau im Café. Jens langte ordentlich zu. Irmi wartete auf einen

Kommentar zum vergangenen Abend, doch der kam nicht. Anschließend fuhren sie nach Kohlgrub zurück, wo Jens seine Siebensachen zusammenpackte.

»Ich fliege heute am späten Nachmittag von München in die Staaten. Ich melde mich. Jetzt weiß ich ja, wo du wohnst.«

»Ja, das weißt du.«

Wieder kam nichts weiter.

»Ich finde allein runter. Grüß deinen Vermieter, und dank ihm noch mal für das hervorragende Essen. Du hast Glück, bei einem Koch zu wohnen.«

»Die Grüße richte ich aus.«

Kleinste Spitzen, aber keiner der beiden kam aus der Deckung. Irmi wünschte einen guten Flug, sah ihm von der Dachterrasse aus nach. Er hatte immer irgendwelche hochpreisigen Leihwagen, mit denen er zwischen den Flughäfen herumfuhr. Als Jens um die Ecke gebogen war, wurde es auf einmal sehr still. Irmi war müde, ausgelaugt. Nicht so wie nach einer langen Bergtour, sondern ungut müde. Und nun? Würde sie auf Zeit spielen? War der Fall nur vertagt? Oder wie Luise gesagt hatte: Würde sie es ausschleichen lassen?

Doch plötzlich ging ein Ruck durch Irmi. Sie hatte doch eigentlich Glück. War vergleichsweise gesund. War frei und hatte doch liebe Menschen um sich. Hatte ihre Tiere. Hatte genug Geld und würde kaum jemals finanzielle Not leiden. Und sie hatte einen Job, den sie gerade jetzt wieder sehr mochte.

Es läutete an der Tür. Hatte Jens etwas vergessen? Aber es war Felix.

»Irmi, hier wohnst du! Coole Gegend. Coole Wohnung! Ist ja mega!«

Irmi grinste.

»Magst du was trinken, Felix?«

»Nein, ich muss gleich weiter. Schau mal, hier sind die Speicherkarten. Ich hab nur drei, die vierte fehlt.«

»Wie fehlt?«

»Wir hatten vier Wildkameras aufgehängt, aber eine ist wohl geklaut worden. Die Saubeutel klauen öfter mal Kameras.«

»Okay. Hast du dir die Sachen angesehen, die drauf sind?«

»Nein, Mama hat gesagt, ich soll sofort zu dir fahren.«

Das glaubte Irmi ihm sofort. Was Lissi sagte, hatte bei Felix das Gewicht eines zentnerschweren Felsbrockens.

»Danke, Felix. Ich meld mich bei euch. Wird schon alles werden.«

»Der Papa ist ab und zu etwas … na ja, du weißt schon. Aber er bringt keinen um. Schon gar nicht eine Frau.«

»Ja, Felix. Ich weiß. Grüß schön.«

»Ja, pfiat di, Irmi.«

Ein netter Kerl. Klug, geradlinig, hübsch dazu, fleißig, eigentlich ein Traumjunge. Aber es gab keine Garantie dafür, dass aus Kindern etwas wurde, auch wenn sich die Eltern Mühe gaben. Die beiden älteren Brüder von Felix waren auch in Ordnung. Der eine arbeitete in Poing bei der bayerischen Herdbuchgesellschaft und ging völlig in den Belangen der Schafzucht auf. Und der Älteste war am Bau. Die beiden Älteren wollten den Hof nicht übernehmen, das würde wohl Felix tun und vermutlich vieles ganz anders machen als sein Vater.

Was wäre gewesen, wenn sie selbst Kinder gehabt hätte?, fragte sich Irmi. Die wären vielleicht schon um die dreißig. Sie hätte womöglich Enkel. Hätte, hätte, Fahrradkette, würde Kathi sagen. Die beiden Abgänge, jeweils in der dreizehnten Woche, hatten Irmi damals in ihrer Ehe aus der Bahn geworfen, aber doch nicht so sehr, dass sie deshalb begonnen hätte, Sex nach Zyklusuhr zu haben, oder dass sie verzweifelt in eine Kinderwunschklinik gefahren wäre. Auch da war es ihr klares Gemüt gewesen, das sie gerettet und ihr gesagt hatte, dass der Himmelpapa es sich wohl anders gedacht hatte. Nicht dass sie an einen göttlichen Plan glauben würde, aber sie stemmte sich nicht gegen den Lauf der Dinge. Gewiss war im Lauf der Jahre hie und da Wehmut aufgekommen angesichts der Kinderlosigkeit, aber jetzt war das Thema biologisch gesehen eindeutig durch.

Dabei interessierten sie die jungen Leute. Momentan verfolgte sie die Diskussion um die Fridays-for-Future-Kids und stand ganz klar im Lager der Befürworter. Als Polizistin hätte sie ins Horn derer stoßen müssen, die auf die real existierende Schulpflicht hinwiesen. Natürlich gab es das Argument, dass man auch an Samstagen demonstrieren könnte, und natürlich nutzte diese Generation chinesische Handys, die mit massiven ökologischen Kollateralschäden hergestellt wurden. Das Daddeln brauchte Strom, und natürlich posteten diese Kinder ihr Engagement auf Instagram – und doch zweifelte Irmi keine Sekunde an der absoluten Notwendigkeit der Freitagvormittage. Auch wenn es bestimmt Trittbrettfahrer gab, die einfach mal Schule schwänzen wollten, so waren diese jungen Leute doch die Einzigen, die sich der Dramatik bewusst waren. Die Großeltern- und Elterngeneration hatten in ihrem grenzenlosen Konsumglauben dafür gesorgt, dass sich das Karussell immer schneller drehte. Man warf der Jugend doch immer vor, sie sei lasch. Nun lebten die Kids Demokratie, und die Politik zog piefige Argumente aus der Biedermeierkommode. Irmi fand die jungen Menschen eigentlich sehr klar: Das Soferl war so, Felix auch. Klimawandel, das war doch Schönfärberei. Das Wort war ein Synonym für Untergang. Genau genommen war Irmi froh, keine Kinder zu haben, denn sie hätte ihnen nicht zu erklären gewusst, wie es so weit hatte kommen können.

Irmi betrachtete die Speicherkarten. Dann musste sie leise schmunzeln. Sie hatte keinen Computer. Am Hof hatte es einen gegeben, und Irmi hatte sich immer vorgenommen, irgendwann einmal einen Laptop oder ein Tablet zu kaufen. Aber bisher hatte sie anderes im Kopf gehabt.

»Komm, Raffi, wir fragen mal Fridtjof.«

Sie umrundeten das Haus und kamen über die Terrasse in Fridtjofs Küche.

»Hallo? Bist du da?«

»Bei der Arbeit.«

»Jetzt musstest du alles allein aufräumen. Tut mir leid!«

»Die gute Minna spült für mich. Irmi, was kann ich für dich tun?«

»Hast du einen Laptop?«

»Sicher.«

Irmi erklärte ihm ihr Anliegen.

»Ein Filmnachmittag mit Surprise-Charakter. Ich bin dabei. Was trinken wir dazu?«

»Am helllichten Nachmittag?«

»Gut, keinen Rotwein. Ein Gläschen Weißen. Ganz leicht. Warte!«

Irmi war bisher keine Weintrinkerin gewesen, doch bei Fridtjof machte sie nun eine Art inoffizielles Weinseminar. Wenig später war der Hase mit Wein und Laptop zurück. Es gab noch ein paar Käsestangerl aus Blätterteig, die er – wie sollte es anders sein – auch selbst gemacht hatte.

»Du schaust so nachdenklich?«, sagte er.

»Ich hab grad über die Freitagsdemos nachgedacht. Bist du dafür?«

»Irmi, ich bin Wissenschaftler! Ich bin sogar schon mal mitgelaufen! Diese Zockerbande in der Regierung! Man wollte bis 2020 die Kohlendioxidemissionen im Vergleich zu 1990 um mindestens vierzig Prozent senken. Völlig verfehlt! Ein Kohlekompromiss bis 2038. Völlig verfehlt! Halbherzig und verschlafen haben die Herren und Damen Politiker das Thema. Und jetzt tönen sie, dass die Kinderchen das Klima doch den Experten überlassen mögen? Den Experten, die auf Lobbyisten gehört haben? Den Experten, denen ihre Legislaturperiode einen warmen Arsch und später ein geruhsames Polster für das Alter versprochen hat? Die Kids haben doch recht. Manche Wissenschaftler haben schon vor dreißig Jahren genau das prognostiziert, was nun Realität ist. Hast du *Losing Earth* gelesen?«

Irmi schüttelte den Kopf.

»Solltest du aber. Ich leihe es dir. Nathaniel Rich zeigt darin, dass wir eine Chance gehabt hätten. Man wusste Ende der Siebziger sehr wohl vom Treibhauseffekt, und der Klimawandel war 1989 unbestritten. Es kam zu einer Klimaschutzkonferenz, doch ein einzelner Mann aus den USA ließ das Abkommen platzen. Damals hätten wir die Erde noch retten können, meint Rich. Er liefert wirklich gute Argumente. Die kann ich den Kids nur empfehlen.«

»Aber Fridtjof, Argumente will doch keiner von den Politikern hören, im Gegenteil. Sie hacken auf die Kids ein, denn die wollten jetzt Lösungen, nicht erst in zwanzig Jahren. Das Billigste ist doch, Greta Thunberg zu diskreditieren. Man unterstellt ihr unter anderem, sie spräche viel zu erwachsen«, meinte Irmi.

»Ich habe mich eingelesen: Greta schreibt ihre Reden selbst und befragt dazu Fachleute, um nicht versehentlich Falschaussagen zu verbreiten. Das unterscheidet sie von den meisten Politikern.«

Irmi sah den Hasen an. Welche Worte, welche Energie, welcher Intellekt!

»Die Politiker haben Angst«, fuhr er fort. »Nackte Angst vor einem kleinen Mädchen. Greta Thunberg mischt die Welt auf. Ihr öffentlicher Einsatz für den Klimaschutz begann damit, dass sie Preisträgerin eines Schreibwettbewerbs zum Thema Umweltpolitik wurde, den eine große schwedische Tageszeitung initiiert hatte. Am Anfang waren ihre Eltern dagegen, dass sie die Schule schwänzte. Sie ist auch kein Mitglied irgendeiner Organisation, sie reist nur mit der Erlaubnis ihrer Schule. Mittlerweile zahlen ihre Eltern ihre Bahnfahrkarten.« Der Hase sah Irmi an. »Es gab schon mal eine große Schwedin, deren Karriere mit einer Veröffentlichung in der Zeitung begann. Ein Bauernmädchen schrieb einen Schulaufsatz, der in der Zeitung veröffentlicht wurde. Später wurde sie Journalistin und mit achtzehn schwanger vom Chefredakteur. Etliche Jahre später schrieb sie das Kinderbuch *Pippi Langstrumpf*. Der Verlag Bonnier sagte kategorisch Nein, dafür druckte es ein anderer Verlag, und bei Bonnier dürfte man sich in den Allerwertesten gebissen haben! Pippi ist stark, körperlich und – mehr noch – im Geiste. Dasselbe gilt übrigens auch für Ronja Räubertochter, für Madita und für die mollige Tjorven aus Saltkrokan mit ihrem Bernhardiner Bootsmann. Wusstest du, dass Astrid Lindgren schon früh eine vehemente Gegnerin von Massentierhaltung war? Schwedens Tierschutzgesetze haben viel mit ihren flammenden Reden und Schriften zu tun. Sie war immer politisch, niemals feige. Vielleicht liegt es in der Natur Schwedens, dass es große Schwedinnen hervorgebracht hat.«

Irmis innere Erschütterung wuchs.

»Fridtjof, du, du …«

»Weißt du, Irmi, ich habe mit meinem Sohn alle Bücher von Astrid Lindgren gelesen. Auch und gerade die über Mädchen, weil ich wollte, dass er ein Mann wird, der Respekt vor Frauen hat, und kein Macho.« Er schluckte schwer.

Was hätte Irmi sagen sollen? Sein Sohn war ertrunken. Es wäre sicher ein großartiger junger Mann geworden.

»Irmi, ich bewundere eigentlich niemanden, ich habe keine Vorbilder. Aber ich knie nieder vor Astrid Lindgren. So, und nun genug des Philosophierens. Jetzt sehen wir uns die Bilder auf den Speicherkarten an!«

Die Zäsur kam schnell. Irmi tat sich schwer, wieder zur Tagesordnung überzugehen. Der PC lief hoch, der Hase schob die erste Speicherkarte hinein. Standbilder und dann 30-Sekunden-Videos wechselten sich ab. Es begann mit Nachtaufnahmen.

»Der Wald steht schwarz und schweiget, und aus den Wiesen steiget der weiße Nebel wunderbar«, rezitierte der Hase.

Aber da war ganz schön viel Leben inmitten der Waldesruh. Zwei Rehe traten ins Bild. Ende. Die Rehe knabberten an Beerenranken. Ende. Das Video zeigte dieselben Rehe in bewegten Bildern.

»Es ist so bezaubernd, so echt«, sagte Irmi. »Ich fühle mich wie ein Spion, der in ihre Welt eindringt.«

Das nächste Video zeigte nur den Wald. Ein stummes Bild, nichts regte sich.

»Fledermaus, ein Uhu, wer weiß, irgendetwas hat eine Bewegung ausgelöst«, meinte der Hase.

Dann kam wieder ein Bild.

»Oha!«, machte der Hase. »Ist das der Räuber Hotzenplotz oder wer?«

In mehreren Bild- und Videosequenzen war ein Mann zu sehen, der am Boden herumhantierte. Basecap tief im Gesicht, lange Jacke.

»Das scheint mir der Mann zu sein, der die Stolperdrähte spannt!«, rief der Hase. »Warte mal, ob ich das Gesicht klarer einstellen kann.«

Er hatte den Laptop auf dem Schoß, betätigte das Touchpad, und auf einmal war da das Bild eines Mannes, noch immer ein wenig unscharf, aber grundsätzlich erkennbar. Ein Mann um die vierzig, schätzte Irmi.

»Das ist ganz sicher nicht Alfred! Spannt da echt einer Drähte? Ich wollte das irgendwie nicht glauben«, sagte sie.

»Tja, Selbstjustiz, beflügelt durch die bayerischen Politiker, die alle E-Bikes aus den Bergen verbannen wollen.«

»Du fährst aber auch keines, oder?«

»Nein, aber ich wundere mich bei so einigen Themen über die bayerische Diskussionskultur. Da werden Wirthausparolen rausgepoltert, und es wird pauschal diffamiert. Nun also sind alle E-Biker böse, zumindest die, die im Gebirge fahren. Ich erinnere mich noch gut an die Achtziger: Da waren wir Mountainbiker plötzlich die verpönten ›Bergradler‹, die alle Wanderer erschreckten, weil wir angeblich alle schleudernd bremsten. Und heute werden die E-Biker pauschal zu elektrischen Monstern und die Wanderer pauschal zu großen, stillen Naturfreunden. Still donnern sie mit ihren gewaltigen SUVs in die Berge, parken Wege und Wiesen zu, lassen Gatter offen, nerven Kühe mit ihren ›selfies with cow‹ und den unangeleinten Hunden. Das hast du ja sogar am eigenen Leibe erleben dürfen, Irmi!«

Allerdings. Während ihres turbulenten Almsommers hatte ein Hund eine Kuhherde so aufgewiegelt, dass eine Frau lebensgefährlich verletzt worden war.

»Das wäre dann aber auch ein Pauschalurteil – über alle Wanderer«, erwiderte Irmi lächelnd.

»Ja, sicher, das ist Provokation – ich wehre mich gegen jegliche tumbe Pauschalierung. Dabei bräuchte es Respekt aller Gruppen im Gebirge, voreinander und vor der Natur. Ich hoffe auf ein breites Bündnis derer, die mit Wissen argumentieren, nicht mit Wut und weniger als Halbwissen. Sonst sagt nämlich der Rest der Welt: Alle Bayern sind Deppen.«

»Manche tun das jetzt schon«, sagte Irmi leise. Sie starrte auf den Bildschirm. »Ich bitte Andrea, das Foto durchs System laufen zu lassen.«

»Ja, mach das! Wes Geistes Kind ist so einer? Selbstjustiz! Vielleicht findet ihn Andrea. Das Mädchen kann wirklich was. Die Liebe beflügelt sie, hebt sie auf ihren Schwingen empor. Aber das tut die Liebe ja bei den meisten Menschen.«

War das eine Anspielung? Und wenn, dann auf wen oder was? Schon wieder wühlte jemand unsanft in Irmis Innerem herum. Jetzt wäre ein guter Zeitpunkt gewesen zu rufen: Was wollt ihr eigentlich? Redet doch endlich mal Klartext!

Aber sie selbst redete auch nicht Klartext, was eventuell daran lag, dass sie in ihrem Herzen gar kein eindeutiges klares Gefühl fand.

»Ja, ich hoffe auch, wir finden ihn«, sagte sie. »Wir sind ja nicht im Fernsehkrimi, wo dann einer sagt, man dürfe das vor Gericht eh nicht verwenden. Es gibt immer noch den Unterschied zwischen dem Beweiserhebungsverbot und dem Beweisverwertungsverbot. Hier hat ja weder die Polizei oder die Staatsanwaltschaft Beweismittel erhoben, sondern eine Privatperson. Und das können Gerichte in Einzelfallentscheidungen durchaus anerkennen.«

Irmi konzentrierte sich wieder auf den Bildschirm. Sie sahen weiter dem Leben und Treiben im Wald zu. Mehr Tiere waren zu sehen, die Bilder wurden heller, die Zeitanzeige rückte vor. Es war Morgen geworden. Auf einmal kam Bewegung in die Sache. Die Kamera hatte auf eine Person reagiert.

»Das ist Angie Nobel! Wahnsinn!«, rief Irmi.

Die Waldbademeisterin entwischte aus dem Bild. Es vergingen fünf Minuten. Dann war sie wieder da und rieb sich das Handgelenk.

»Zwischen den Sequenzen sind knapp fünf Minuten vergangen«, sagte der Hase. »Ich vermute, sie ist in der Zeit über einen der Drähte gestürzt, der außerhalb des Einzugsbereichs der Kamera liegt. Dann ist sie aufgestanden, hat sich wohl das Handgelenk gestaucht und musste sich erst mal sammeln.«

»Und anschließend hat sie sich wohl auf den Boden gesetzt oder gelegt – mit diesen Ohrstöpseln«, sagte Irmi leise.

Noch bevor das Video endete, huschte eine weitere Gestalt durchs Bild. Irmi und der Hase trauten ihren Augen kaum. Die Person trug einen langen Mantel mit Kapuze, war aber nicht zu identifizieren. Es ließ sich nicht einmal feststellen, ob Männlein oder Weiblein.

»Was ist da los im Eschenlainetal?« Der Hase war wirklich konsterniert.

Nach drei Minuten Pause kam das nächste Bild.

»Das gibt es doch nicht!«, rief Irmi.

Das Standbild zeigte einen alten Bulldog. Dann kam das Video: Ein rostiger Traktor setzte zurück und fuhr dann vom Hauptweg aus bergwärts. Der Fahrer schien eine Art Trachtenmantel und einen Hut zu tragen, das Gesicht war aber ebenso wenig zu erkennen wie das Nummernschild.

»Dann hätten wir jetzt einen Hinweis, wer Angie Nobel überfahren hat«, sagte der Hase leise. »Die Kamera deckt leider nicht die Stelle ab, wo sich die eigentliche Tragödie ereignet hat. Wir sehen das Geschehen zwei, drei Meter seitlich versetzt. Verdammt!«

»Aber auch so ist das ja Irrsinn, Fridtjof! Weiter!«

Der Traktor, der zurückgesetzt hatte, fuhr nun wieder vorwärts. Leider wurde der Fahrer vom Verdeck verborgen.

Die Aufnahmen waren etwas verwischt, was an der Bewegungsunschärfe lag. Dann fuhr der Traktor aus dem Bild.

Sieben Minuten später hastete der Schatten von vorher erneut durch das Bild. Es war nichts zu sehen außer einer wehenden Kutte.

»Ärgerlich! Vielleicht kann man da noch was rausholen!«, rief der Hase.

Sie starrten weiter auf die Bilder. Die Rehe kehrten zurück. Ein Fuchs huschte vorbei. Dann schwieg der Wald wieder. Irmi klickte zurück, bis zum Traktor.

»Das ist ein Eicher, würde ich sagen!«, rief sie aufgeregt. »Ein Eicher mit einem Frontlader.« Sie stockte. »Alfreds Familie sammelt Eicher-Traktoren, sie sind sogar im Eicher-Club.«

»Auweh zwick, würde der Kollege Sailer jetzt sagen«, meinte der Hase. »Ist das ganz sicher ein Eicher? Ich bin im Traktorenwesen nicht so firm.«

»Ich glaube schon. Kein Königstiger, eher ein Mammut.«

»Chapeau!«

»In Lissis Familie können sie alle Seriennummern und wichtigen Daten der Firma runterbeten und haben inzwischen fünf oder sechs alte Eicher. In unserer Region gibt es viele davon, da war wohl der Vertreter damals sehr rührig.«

»Hat Bernhard auch einen?«, fragte der Hase, und Irmi registrierte sehr wohl, dass er nicht gesagt hatte: Habt ihr auch einen?

»Nein, nur einen uralten Kramer KL 180 und drei neuere Traktoren. Der Kramer ist klein und schmalbrüstig. Unser Vater hat mit ihm noch gemäht, mit einem kleinen Mähbalken. Langsam, aber sicher. Wir hatten ein Odelfass mit einem kleinen Loch, in das kleine, zache Männer noch reinklettern konnten, um es sauber zu machen. Heute ist alles so überdimensioniert.« Irmi verzog das Gesicht. »Aber unser Kramer ist wenigstens immer noch im Dienst: ein Rentnerbulldog sozusagen, der schon noch mal ein Wasserfassl ziehen darf. Ich hab mit ihm auch immer gekreiselt.«

»Was du ja auch jetzt jederzeit tun kannst. Hast du Heimweh?«

»Nein, eigentlich nicht. Ich bin nur so … ich weiß gar nicht.«

»Melancholisch?«

»Vielleicht ist es der Tag heute. Es ist warm, aber der Himmel ist so verhangen. Die Vögel zwitschern leiser. Es ist so still. Gar nicht diese umtriebige Wochenendenergie. Als läge ein Dunst über allem. Als wären Licht, Geräusche, sogar Gerüche gedimmt. Verstehst du?«

»Ja. Rational betrachtet denke ich, es liegt an dem Saharastaub, der heute in der Luft hängt. Aber du könntest natürlich auch Melancholikerin sein. Hippokrates war der Meinung, dass die Melancholiker an einem Überschuss von schwarzer Galle leiden, was sich in Schwermut äußert. Die schwarze Galle wurde angeblich in der Milz und den Hoden produziert. Diese Ansicht hielt sich ziemlich lange.«

Irmi lächelte. »Na, zumindest was die Hoden betrifft, bin ich raus.«

»Dann ist die Milz der Übeltäter!« Der Hase lachte. »Man hat den vier Temperamenten auch bestimmte Sternzeichen zugeordnet. Was bist du?«

»Stier.«

»Das würde passen. Das Element Erde, der Herbst, das Erwachsenenalter, die Kühle.«

»Und du? Auch Melancholiker?«

»Nein, als Schütze müsste ich Choleriker sein.«

»Bist du jähzornig?«

»War ich mal, das ist längst vorbei. Aber im positiven Sinne sind Choleriker willensstark und entschlossen. Melancholiker gelten als verlässlich und selbstbeherrscht.«

»Willensstark klingt besser als verlässlich. Aber du hast schon recht mit der Einschätzung. Ich war immer verlässlich und dabei zum Erbrechen langweilig. Keine Magie, keine Überraschungen. Irmi, die Zuverlässige.«

»Ach, Irmi! Ich bin ganz froh, dass du zuverlässig deine Miete bezahlst.« Er lächelte. »Du scheinst wirklich ein wenig unter Weltschmerz zu leiden. Thomas Mann hat dieses Gefühl übrigens Lebenswehmut genannt.«

»Ich lese gerade den *Zauberberg* wieder. Vielleicht ist zu viel Schwerblütiges, Bodennahes, Herbstliches in mir drin.«

»Weltschmerz, er möge weichen! In vielen Sprachen gibt es gar keinen eigenen Begriff dafür, sondern man hat den deutschen Begriff Weltschmerz als Fremdwort übernommen. Ist das wohl ein so deutsches Phänomen?«

»Ja, wie Blitzkrieg und Kindergarten.«

Der Hase lachte. »Die ganze Welt ist zum Verzweifeln traurig, drum sollten wir ein Glas Wein trinken. Überdies ist die Leber das Problem des Cholerikers. Ich wage es trotzdem, bar aller Vernunft.«

Irmi lachte. Sie stießen an. Es war gut, beim Hasen zu sein. Er fand immer die richtigen Worte.

»Ich fühle mich wirklich sehr wohl bei dir, ähm, in der

Wohnung. Es ist nur eben ungewohnt. Ich bin halt auch ein alter Baum.«

»Bist du vereinsamt? Das wäre traurig.«

»Ich meinte es mehr in dem Sinne, dass man alte Bäume nicht verpflanzen soll.«

»Das stimmt sicher, aber der alte Baum hat seine Gefährten Raffi, den Kater und den Kleinen dabei. Und da wären durchaus auch andere, die gerne eine frische Erde und Nährstoffe böten.«

Das war in seiner allegorischen Formulierung doch sehr deutlich. Oder nicht?

»Irmi, ich kann dir nur sagen, dass ich mich sehr freue, dass du hier bist. Dass du um mich bist. Ich bin an deiner Seite, so oder so.«

»Fridtjof, du bist …«

»… der ich bin. Mehr nicht. Weißt du, ich habe mal gelernt, dass man sich nicht in den Sturm hinausbegeben, sondern ihn in Sicherheit abwarten soll. Jeder Sturm legt sich. Blätter fallen, Äste knicken, vielleicht schlägt sogar ein Blitz in einen Stamm ein. Aber auch das vergeht.« Er lächelte sie an. »Seltsam, wie sehr Bäume unsere Bildsprache prägen.«

Spontan stand Irmi auf und gab Fridtjof einen Kuss auf die Wange. »Danke.«

Er drückte ihre Hand, kurz nur. »Also, wie war das mit dem Eicher?«

Irmi lachte hell. »Selbst Kathi kann nicht so schnell das Thema wechseln, wie du es immer wieder tust.«

»Welches Thema?« Er lächelte. Grübchen entstanden, und ihr fiel wieder einmal auf, dass seine Augen eine ganz spezielle Farbe hatten: grünlich – oder war es doch eher ein grünliches Grau? »Was wir sehen, ist mit großer Wahrscheinlichkeit jenes Fahrzeug, das die Frau überfahren hat. Die Zeit passt. Man wird herausfinden können, wem es gehört, oder?«

Er löste die Nähe, die entstanden war, wieder auf. Oder war das Kalkül? Spielte er Verstecken? Irmi lag dieses Kommenlassen und wieder Wegstoßen überhaupt nicht. Das war schon immer so gewesen. Ihr amouröses Leben war im Rückblick eher überschaubar gewesen. In ihrer Dorfjugend zwei One-Night-Stands hinter dem Bierzelt und im Auto. Eine dreijährige Beziehung mit einem Kollegen in der Ausbildungszeit und den ersten Berufsjahren. Eine Ehe von zehn Jahren, in der sie stets treu gewesen war. Später eine wilde Nacht auf einer Fortbildung, als Gipfel der Verruchtheit, weil es sich um den Ausbilder gehandelt hatte. Eine Zeit des Wundenleckens war gefolgt, und dann war Jens gekommen. Verbindlich und unverbindlich zugleich. Nur einmal hatte sie sich in einer taumelnden Nacht mit einem großen, schönen, starken Ungarn verloren und es genossen, weil es keinen Anker in ihr sonstiges Leben geworfen hatte.

»Ja, ich denke schon. Wobei ja nicht jeder alte Bulldog angemeldet sein wird. Normalerweise müsste er ja aus dem Umland stammen. Wird ja wohl keiner mit so einer Mühle Hunderte von Kilometern gefahren sein.«

»Dann ist ja morgen genug zu tun. Wem gehört der Bulldog? Wer ist dieser Drahtmann? Und wer ist der Schatten mit dem Kapuzenmantel? Ich fürchte, da werden wir uns am schwersten tun.«

War das ein Rauswurf? Irmi erhob sich. »Danke noch mal. Ich muss mir echt mal einen Laptop kaufen.«

»Wäre schade, dann kommst du ja nicht mehr zu mir.«

Irmi ging mit Raffi im Gefolge hinauf in ihre Wohnung, Wenig später fuhr der Hase vom Hof. Wohin wollte er? Aber das ging sie ja nichts an.

9

Kathi war überraschend früh im Büro.

»Und, schönes Wochenende gehabt?«, wurde Irmi empfangen.

Kurzzeitig war sie versucht, von Jens' Besuch zu erzählen, aber sie unterließ es dann doch. Sie musste Kathis losem Mundwerk nicht noch zusätzlich Munition liefern. Und Kathi war eh schon in Fahrt.

»Im Büro munkelt man, der Hase kocht für dich!«

»So, munkelt man das?«

»Ja, das hab ich öfter schon gehört. Was gab's denn dieses Wochenende?«

»Coq au Vin am Samstag.«

Kathi runzelte die Stirn.

»Warum, was hattest du denn zu essen?«, fragte Irmi.

»Mittags nix, abends Brotzeit. Ich glaub, ich lad mich mal bei euch ein.«

Bei euch – wie das klang.

»Komm, Elli kocht ja wohl wunderbar.«

»Stimmt. Aber nicht so formidable.«

»Seit wann sprichst du Französisch?«

»Mir ist die Sprache Goethes ebenso geläufig wie die von Balzac.«

»Ich habe mich eher mit der Bildsprache befasst«, meinte Irmi und erzählte von den Speicherchips der Wildkameras. »Ich werde Andrea beauftragen, mehr über den

Mann mit den Drähten und über den Bulldog herauszufinden.«

»Sag mal, Irmi, hat nicht Lissis Clan lauter rostige Eicher?«

»Die meisten haben sie renoviert. Echte Schmuckstücke«, sagte Irmi gedehnt.

»Also ja?«

»Ja.«

»Puh! Na gut, bevor wir Alfred verhaften müssen, fahren wir mal zu diesem Security-Staudacher, oder?«

Irmi hoffte sehr, Alfred nicht verhaften zu müssen.

»Ich habe noch etwas gefunden, was ihr wissen solltet, bevor ihr losfahrt«, sagte Andrea, die eben hereingekommen war. Sie hatte sich neue Strähnchen machen lassen.

»Aufgehübscht?«, kommentierte Kathi.

»Könnte dir bei deinem Mausbraun auch nicht schaden«, konterte Andrea.

»Stimmt, aber ich krieg schon graue Strähnen. Dann spar ich mir das besser, oder?«, entgegnete Kathi grinsend.

»Also, was hast du, Andrea?«, fragte Irmi.

»Also, diese Firma von dem Staudacher steht gar nicht gut da.«

»Was heißt das?«

»Die Firma wurde von Gregor Staudacher gegründet und hat in den Siebzigern und Achtzigern viele hübsche Einfamilienhäuser mit Alarmanlagen ausgestattet. Der Sohn Vinzenz ist in den Neunzigern mit eingestiegen in die Leitung und wollte sich mehr auf größere Firmen fokussieren, also Industrieanlagen und so. Im Jahr 2010 hat der Senior die Firma ganz verlassen. Vinzenz hatte einen Lauf und gute Umsätze. Allerdings hat letztes Jahr ein ganz großer Auftraggeber nicht gezahlt. Staudacher war mit zweihunderttausend in Vorleistung gegangen. Konkurs beim Auftraggeber, in der Konkursmasse nix zum Verteilen, wie das halt so geht. Ein paar andere säumige Zahler, da kommt eins zum anderen, tja …«

»Andrea, ich frag dich nicht, woher du das weißt.«

»Genau.«

Andrea verfügte wie Sailer auch über ein hervorragendes Netzwerk an Kontakten unter den Alteingesessenen. Bei Andrea waren es eher Schulkameradinnen, die mittlerweile beim Notar, im Finanzamt oder Landratsamt arbeiteten. Bei Sailer war es die ausufernde Verwandtschaft, die einfach überall reinsailerte.

»Und ich weiß noch mehr, was man aber auch ganz leicht im Polizeicomputer finden kann. Den Sohn von Vinzenz, den Lorenz, den kennen wir. Hat am Gymi Drogen vertickt, wurde zweimal wegen Diebstahl verhaftet, waren aber nur ein paar Bier an der Tanke und Zigaretten an einem Kiosk … ähm … na ja, bisher ist er mit Sozialstunden davongekommen. Wenn er allerdings, also …«

»Wenn er allerdings Papis Alarmanlagen kennt und nun auf größere Einbrüche setzt, dann kann es schnell mehr werden. Sogar eine Mordanklage«, sagte Irmi leise.

»Papis Anlagen kennt er. Lorenz macht eine Lehre im elterlichen Betrieb«, erklärte Andrea.

»Wow! Na, da freuen wir uns doch auf den Besuch bei den Staudachers! Danke, Prinzessin Strähnchen«, sagte Kathi.

Kathi bedankte sich?

»Gern geschehen, Mausbrauni. Ich schau mir mal die Bilder und Videos an.«

Irmi grinste. »Dass ich das noch erleben darf. Andrea hat Oberwasser.«

»Es sei ihr vergönnt. Die ganze Kabbelei macht auch mehr Spaß, wenn einer Kontra gibt, oder?«

Das war Kathi. Raue Schale, guter Kern. Kathi offenbarte nur ganz selten das Allerinnerste. Eigentlich war sie Irmi in dieser Hinsicht nicht unähnlich.

»Dann lass uns fahren«, meinte Irmi.

Die Firma Werdenfels Secure lag in Partenkirchen, das Ladengeschäft schien früher mal ein Autohaus gewesen zu sein. Hinter dem Tresen saß eine hübsche, schlanke Blondine, die für einen Handwerksbetrieb ganz schön aufgebrezelt war. Ein Schildchen an ihrer Bluse identifizierte sie als Eva Staudacher.

Irmi stellte sich und Kathi vor.

»Wir würden gerne den Herrn Vinzenz Staudacher sprechen.«

»Mein Mann ist … Ach nein, da kommt er grad vorgefahren.«

Wenig später trat ein nicht unattraktiver, blonder Endvierziger ein, der sie sofort taxierte. »Sie wollen keine Alarmanlage?«

»Woran sehen Sie das?«, fragte Kathi.

»Sie wirken nicht so, als hätten Sie Angst vor Einbrechern. Die haben bestimmt eher Angst vor Ihnen.«

»Vinzenz!«, kam es von seiner Frau. »Die Damen sind von der Polizei.«

»Weiß ich, es gab kürzlich mal ein Bild in der Zeitung, darauf waren auch Sie beide zu sehen.«

Das stimmte. Es hatte einen Bericht über die Einbrüche gegeben, den man mit einem Foto von der gesamten Polizistenriege illustriert hatte. Auf dem Bild hatte sie einen Kopf wie eine Melone gehabt, fand Irmi. Eine Melone, die schon knitterte. Aber wer mochte sich schon auf Bildern?

»Hat der Lorenz schon wieder Scheiße gebaut?«

»Können wir das vielleicht woanders besprechen und nicht halb in der Tür?«, fragte Irmi.

Er nickte, und sie folgten ihm in ein Büro, das in erster Linie zweckmäßig eingerichtet war. An der Wand hing ein Poster mit der selig schlummernden Frau, die auch auf der Homepage abgebildet war.

»Kaffee?«

»Gern.«

»Evi, bringst du grad mal Kaffee?«, rief er.

»Es ist interessant, dass Sie gleich fragen, ob Ihr Sohn schon wieder Scheiße gebaut hat«, stellte Irmi fest.

»Sie sind von der Polizei. Sie haben sicher Akten über uns. Und Sie stehen am Montag in der Frühe auf der Matte. Was soll ich da sonst folgern?«

»Sollte Ihr Sohn tatsächlich Scheiße gebaut haben, wie Sie das so schön formulieren, dann wäre die Scheiße diesmal allerdings ein Riesenhaufen«, kommentierte Kathi.

Evi Staudacher war hereingekommen und stellte Kaffeetassen auf den Tisch, die mit dem Firmenlogo verziert waren.

»Immer wenn hier irgendwas los ist, dann war es der Lorenz. Das muss ja so sein. Er ist ja auch nicht von edlem Staudacher Blut!«, schrie sie und lief wieder hinaus.

»Evi, das tut ja nichts zur Sache!«, rief ihr Mann hinterher. Dann wandte er sich an Irmi. »Tut mir leid. Lorenz ist in der Tat nicht mein leiblicher Sohn. Ich hab Evi geheiratet, da war der Junge grad vier. Mir hat das nie was ausgemacht. Ich hab ihn adoptiert. Und ob der Junge anders geworden wäre, wenn Staudacher Blut durch seine Adern rinnen würde, wer weiß das schon. Der Junge ist hier aufgewachsen. Ich hab das so gut gemacht, wie ich konnte. Bestimmt hatte ich zu wenig Zeit für ihn wegen der Firma.«

»Der es ja offenbar nicht so gut geht«, warf Kathi ein.

»Aha, Sie sind informiert. Ja, wir hatten Probleme, weil ein Auftraggeber Konkurs gegangen ist. Wir derrappeln uns schon wieder. Aber das kostet alles viel Zeit, die bei der Familie fehlt. Und dann hat wohl meine Erziehung versagt bei dem Jungen.« Er wirkte konzentriert und traurig zugleich. Eine Weile schwieg er, dann fuhr er fort. »Ich glaube, meine Frau macht sich Vorwürfe. Sie stammt ursprünglich aus Polen und ist zum Arbeiten hergekommen. Im Pflegedienst. Sie allein weiß, wer der Vater des Jungen ist. Und vielleicht weiß sie auch, was der dem Jungen für Gene mitgegeben hat.«

Irmi fand ihn überraschend offen und sympathisch. »Lorenz weiß, dass Sie der Adoptivvater sind?«

»Ja, natürlich, das war auch nie ein Problem. Bis zur Pubertät zumindest nicht. Da ist er auf einmal so wütend geworden, so gefährlich wütend.«

»Ihr Sohn macht aber eine Lehre in Ihrem Betrieb?«

»Ja, das war meine Bedingung nach dem letzten Vorfall,

als er nachts einen Kiosk aufgebrochen hatte. Er hat das Gymi geschmissen und ist nach der Zehnten abgegangen. Dabei glaube ich, dass er schlau ist. Sehr schlau sogar. Wir haben ihm erklärt, dass er eine Ausbildung machen muss. Deshalb lernt er Elektroniker für Energie- und Gebäudetechnik. Das zieht er durch! Danach ist es mir egal, was er treibt! Er ist jetzt im zweiten Lehrjahr.«

»Liegt ihm der Beruf?«, fragte Kathi.

»Ich hab ihn nicht gezwungen, falls Sie das meinen. Er wollte das so. Er ist ein Tüftler. Und sehr gut am PC.« Da lag sogar Stolz in Staudachers Stimme.

Irmi warf Kathi einen Blick zu. Ein Tüftler war der Junge also.

»Herr Staudacher, wenn Sie den Zeitungsartikel mit dem Foto gelesen haben, wissen Sie, dass es zu einer Serie von Einbrüchen gekommen ist«, meinte Irmi. »Es waren fünfzehn an der Zahl beziehungsweise sechzehn, wenn wir den Einbruch in der Freinacht mitzählen, bei dem ein Mann getötet wurde.«

»Sie wollen jetzt aber nicht sagen, dass Lorenz etwas damit zu tun hat?«

»Uns ist etwas aufgefallen: In der Hälfte der Fälle waren die Häuser mit Anlagen von Ihrer Firma gesichert. Der Rest hatte gar keine Anlagen.«

»Was? Aber …«

»Herr Staudacher, wir hätten gerne Unterlagen zu den jeweiligen Haushalten, über die Anlagen, wer die Wartungen vornimmt. Und wir wüssten gern, was Sie und Ihre Mitarbeiter in der Freinacht gemacht haben.«

»Sie fragen mich aber jetzt nicht nach einem Alibi?«

»Doch!«, rief Kathi. »Wir reden im letzten Fall von Mord. Und da fragen wir tatsächlich nach den Alibis der Leute, die diese Alarmanlagen eingebaut haben.«

»Die Leute bedienen die Anlagen doch falsch oder schalten sie einfach ab! Sie glauben gar nicht, was da rumgepfuscht wird. Jedes System ist nur so gut wie der Anwender«, sagte er schärfer.

»Herr Staudacher, lassen Sie uns doch ganz systematisch vorgehen. Erstens brauchen wir die Unterlagen zu den Anlagen. Zweitens werden wir mit Ihren Mitarbeitern reden, und die erzählen uns, wo sie in der Nacht vom 1. Mai waren. Und jetzt beginnen wir bei Ihnen. Wo waren Sie denn?«

»Im Bett!«

»Und Lorenz?«

»Der ist mit ein paar Kumpels rumgehangen. Die spielen nächtelang *Forge of Empires*. Furchtbar, die werden alle in ein paar Jahren Augenkrebs kriegen.«

Eva Staudacher stand wieder im Türrahmen. »Ist doch besser, er sitzt vorm Bildschirm, als wenn er irgendwo einbricht. Das denkst du doch!«, rief sie. »Oder sag doch gleich, dass er es war! Freinacht, das passt doch. Mich können Sie gleich mitverhaften.«

Irmi spürte, wie sehr diese Frau innerlich zerrissen war. Und wie sehr diese Beziehung belastet war.

»Frau Staudacher, wenn Sie irgendwo eingebrochen haben, verhafte ich Sie gerne«, sagte Irmi ganz ruhig. »Wann kam Ihr Sohn denn heim in der Nacht?«

»Um halb zwei. Ich hab mir ein Glas Wasser geholt, da kam er. Ich hab sein Auto gehört.«

»Könnten wir ihn denn bitte sprechen?«

»Nein, können Sie nicht!«, rief Eva Staudacher wütend. Vielleicht hatten auch die mütterlichen Gene Anteil an der Aggression des Jungen, überlegte Irmi.

»Er ist gestern nach München gefahren, zu einem Kollegen«, ergänzte Staudacher. »Er hospitiert zwei Wochen in seinem Betrieb, weil der Kollege viel mehr als wir auf Smart-Home-Systeme spezialisiert ist. Und Lorenz kniet sich in die Thematik wirklich rein.«

Das war schlecht, sehr schlecht sogar. Aber immerhin wussten die Eltern, wo der Junge war.

»Dann würden wir jetzt gerne mal mit Ihren Mitarbeitern sprechen.«

»Bitte. Ich werde sie gleich zu Ihnen schicken.«

Einer nach dem anderen tauchten sie in dem Büro auf, das Staudacher ihnen zur Verfügung gestellt hatte. Alle überrascht, alle eher argwöhnisch. Herr Osterried war im Alter des Chefs, ein ruhiger Typ, der den Brückentag genutzt hatte und schon am Dienstag vor der Freinacht an den Gardasee gefahren war. Das würde sich leicht nachprüfen lassen. Der Kollege Schelle war Anfang dreißig, baute gerade und war nach eigenen Aussagen immer und ständig auf der Baustelle und spätabends vor allem eins: hundemüde. Xaver Bobinger hatte einen Feuerwehreinsatz gehabt, also blieb noch Anton Auras, der nach Irmis Schätzung etwa ihr eigenes Alter haben dürfte. Er war ein besonnener Mann, der so wirkte, als würde ihn nichts erschüttern können. Als sie ihm ihr Anliegen erläuterte, wirkte er betroffen.

»Sie vermuten, dass einer aus unserem Team Anlagen manipuliert und in Häuser einbricht?«

»Herr Auras, so was gibt es. Geldsorgen können einen zu allen möglichen Dingen treiben«, sagte Irmi.

»Aber doch keinen von uns!«

»Was ist mit dem Junior?«, fragte Kathi. »Der junge Staudacher ist Ihnen doch als Lehrling direkt unterstellt. Was halten Sie von ihm?«

»Er ist wirklich geschickt und uns anderen am PC und am Smartphone haushoch überlegen. Wenn man ihm was anschafft, macht er das auch, und zwar zügig. Aber er explodiert halt sehr schnell. Eigentlich musst du ihn immer mit Samthandschuhen anfassen, denn er verträgt Kritik sehr schlecht. Aber das ist ein Kennzeichen dieser Generation. Den Lehrling, den wir davor hatten, den musstest du zum Jagen tragen. Und kritisieren durftest du den auch nicht, sonst hat am nächsten Tag die Mama angerufen. Hätten Sie sich in der Ausbildung bei Mami ausgeheult? Und hätte Ihre Mutter bei Ihrem Vorgesetzten angerufen?« Er sah Irmi fragend an.

»Nein, weder noch.«

»Sehen Sie, Frau Mangold, aber diese Kinder heute werden nur gelobt und gepampert, ziehen nie aus und vertragen eben keinerlei Gegenwind. Nicht mal ein Gegenlüftchen! Das weht das ganze Selbstbewusstsein weg. Der Junge hat dann die Lehre auch abgebrochen, weswegen Lorenz bei uns anfangen konnte. Und Sie glauben wirklich, dass der einen Bruch macht? Oder mehrere?«

»Jemand scheint die Anlagen zu kennen und ausschalten zu können. Wenn Sie es nicht waren?« Kathi grinste.

Er wurde ernst. »Lustig ist so ein Verdacht nicht. Der Vinzenz ist ein guter Chef. Er hatte es nicht immer leicht.

Seine Mutter ist früh gestorben, sein Vater war sehr dominant. Der Alte wollte auch gar nicht, dass er studiert. Es gab einige Tragödien in der Familie, das führt jetzt aber zu weit. Ich hab noch unter seinem Vater gearbeitet, und da ist mir der Vinzenz weitaus lieber. Er ist fairer, innovativer.«

»Hat sich aber verkalkuliert?«, warf Kathi ein.

»Nein, hat er nicht. Er hat die Weichen ganz richtig gestellt. Es war einfach Pech, dass der größte Kunde zahlungsunfähig war. Dass es ihm jetzt so nass reingeht, das ist schlimm. Was machst du, wenn die Zahlungen ausbleiben? Klar, klagen, Anwälte beschäftigen, Rechtsverdreher einschalten, lange Briefe texten, aber es ist ja auch die Zeit, die zerrinnt. Da sind laufende Kosten. Wir haben schon mal zwei Monate aufs Gehalt verzichtet. Hier brennen wir wirklich alle für den Chef!«

»Auch für die Chefin?«

»Die Eva ist attraktiv. Hat das Herz am richtigen Fleck. Ist ein bisschen impulsiv, aber das schadet dem Vinzenz nicht. Er ist der typische Ingenieur. Super Abitur gemacht, super Studium hingelegt. Hatte gar keine Zeit für Frauen, und dann läuft er der Eva in die Arme.«

Frauen aus dem Osten waren für viele Männer hierzulande attraktiv, dachte Irmi, nicht nur für ihren Bruder. Und das war auch gut so. Der alpenländische Genpool konnte nämlich durchaus eine Auffrischung vertragen. Das war im Grunde auch nichts Neues: Nach dem Zweiten Weltkrieg waren Vertriebene hierhergekommen, später Touristinnen aus den Ballungsgebieten in NRW und dann die hübschen Osteuropäerinnen.

»Herr Auras«, sagte Kathi. »Ich muss Sie jetzt trotzdem

fragen, was Sie in der Freinacht gemacht haben und ob Sie wissen, wo Lorenz Staudacher da war?«

»Das kann ich Ihnen sagen. Der Lorenz hat mit ein paar Jungs ab neun in meinem Salettl gesessen. Die hatten alle einen Laptop vor der Nase und haben ein Ballerspiel gespielt. Der Lorenz behauptet zwar immer, er tät nur schlaue Strategiespiele hochladen, aber die verarschen uns natürlich, die Burschen. Die spielen ganz andere Sachen! Einer davon ist mein Enkel, grad erst fünfzehn, aber der hängt sich an die Älteren dran. Was will man machen?« Er zuckte mit den Schultern.

Irmi sah Kathi an. Neun Uhr? Dann kam Lorenz nicht infrage.

»Und Sie wissen sicher, dass die Jungs nicht mal weggegangen sind?«

»Bis halb eins weiß ich das sicher. Ich hab nämlich meinerseits Schafkopf mit meinen Kumpels gespielt. Dem Lorenz sein Auto war eingeparkt, und ich hätte gehört, wenn ein Moped losgefahren wäre. Die haben doch alle was an ihren Maschinen manipuliert. Die röhren wie Düsenjets.«

Gut, einer hätte die Maschine erst mal ein Stück wegschieben können. Aber das war unwahrscheinlich.

Schließlich verabschiedeten sie sich.

»Und nun?«, fragte Kathi. »Schnappen wir uns den Sohnemann in München?«

»Ich weiß nicht. Da Silva ist zwischen elf und eins getötet worden. Selbst wenn das zeitlich noch irgendwie gepasst hätte, halte ich es für unwahrscheinlich. Die daddeln nicht stundenlang und beschließen plötzlich: Los, jetzt machen wir noch schnell einen Bruch. Da steckt doch Planung dahinter.«

»Okay, bleiben aber fünfzehn andere Einbrüche. Vielleicht sollten wir uns die ehemaligen Mitarbeiter der Firma ansehen. Auch diesen Lehrling. Wut auf den Ex-Arbeitgeber ist immer ein schönes Motiv.«

»Gut, dann geh ich noch mal zurück und frage nach den Namen«, sagte Irmi.

Als sie kam, stand Staudacher da und hatte seine Frau umarmt. Sie weinte. Er sah hoch. »Ja?«

»Tut mir leid, dass ich störe. Ich bräuchte noch eine Liste Ihrer ehemaligen Mitarbeiter. Zumindest in den letzten Jahren.«

»Die ist kurz. Leon Eder hat vor eineinhalb Jahren seine Lehre abgebrochen, und Tim Leupold hat sich selbstständig gemacht. Ich schreib Ihnen die Adressen auf. Aber der Leon ist zu faul zum Einbrechen, und der Tim hat eine so intensive Auftragslage, dass der kaum Zeit finden wird für irgendwelche kriminellen Machenschaften.«

Irmi nahm den Zettel. »Trotzdem danke. Wir würden Ihren Sohn dann gerne sprechen, wenn er am Freitag zurück ist. Er kommt doch sicher übers Wochenende her?«

»Ja. Er müsste gegen fünfzehn Uhr hier sein.«

In einem bayerischen Fernsehkrimi hätte der Kommissar in bemühtem Pseudobayerisch an dieser Stelle gesagt: »Nix für unguat!«

Irmi sagte »Auf Wiedersehen« und war davon überzeugt, dass diese beiden sie gar nicht wiedersehen wollten.

»Sie heult«, erzählte Irmi, als sie im Auto saß. »Er tröstet sie. So explosiv diese Beziehung auch ist, er liebt sie wohl tief.«

»Der Auras hat schon recht. Ein bisschen Drama tut solchen verknöcherten Ingenieuren nur gut. Okay, also weiter im Text. Für mich käme der eine Ex-Lehrling infrage, der die Lehre abgebrochen hat. Und den Typen, der grad baut, würd ich auch im Blick behalten. Bauen kostet viel Geld. Andrea soll die Männer alle durchleuchten. Wer weiß, ob einer von ihnen ein dunkles Geheimnis mit sich herumträgt.«

»Ja, dann komm, wir fahren ins Büro und hören uns an, was Andrea sonst noch so hat.«

»Neue Strähnchen im Haar und das Glitzern der Liebe im Blick?«

»Ach, Kathi!«

»Ach, Irmi! Machst du dir jetzt auch Strähnchen für den Hasen?«

»Schau besser auf die Straße. Die Ampel ist gelb.«

Kathi gab Gas.

»Jetzt war sie rot!«

»Wir sind die Polizei.«

10

Sie erreichten trotz Kathis Fahrstil unbeschadet das Büro, wo Andrea tatsächlich Neuigkeiten für sie hatte.

»Ich hab Mister Stolperdraht gefunden!«

»Wie?«

»Ja, ich hab ein paar Programme über das Bild laufen lassen, ich hab Lars gefragt, der ist in solchen Sachen besser als wir hier unten. Der Mann heißt Manfred Baldauf und arbeitet bei der Lahnstein Assekuranz in Garmisch, einer Dependance eines weit größeren Büros in München.«

»Was ist das für eine Firma?«

»Ein Versicherungsmaklerbüro.«

»Und dieser Baldauf spannt Drähte? Warum?«

»Das wird ja wohl die Frage sein, die ihr ihm stellt, oder? Ähm, wartet, ich hab hier die Adresse für euch. Hoffentlich ist er da.«

»Oder er spannt grad irgendwo Drähte. Ein Versicherungsfuzzi, ja spinn i?«, rief Kathi.

Also sprangen sie erneut ins Auto, diesmal fuhr Irmi, und nach wenigen Minuten hatten sie die angegebene Adresse erreicht. Das Büro lag im ersten Stock. Ein goldenes Schild an der Tür sollte offenbar Vertrauen schaffen. Sie traten ein, klopften an einer Tür mit der Aufschrift »Empfang«, und ein »Bitte herein!« erschallte. Zwei Frauen in den Dreißigern saßen sich gegenüber, verschanzt hinter PCs und Ablagesystemen.

»Den Herrn Baldauf würden wir gern sprechen.«

»Wenn darf ich melden?«, fragte die eine.

»Die Frau Mangold und die Frau Reindl.«

Die Frau drückte auf einen Knopf und flötete in den Telefonhörer: »Eine Frau Mangold und eine Frau Reindl wären da.« Er schien irgendwas zu sagen, die Frau hörte geduldig zu, bis sie sich an Irmi und Kathi wandte. »Nächste Tür rechts.«

»Danke!«

Hinter der nächsten Tür rechts befand sich ein größeres Büro, das nebst einem Schreibtisch, der frontal zur Tür blickte, auch eine Sitzgarnitur Marke Besprechungszimmer in klarem Weiß und unaufgeregter Geometrie enthielt. Der Raum wirkte seriös, aber nicht protzig. Herr Baldauf kam ihnen entgegen, es war eindeutig der Mann vom Foto. Er trug ein Sakko über einer Designerjeans, das Hemd war bleu, ohne Krawatte. Seriös, ohne spießig zu wirken. Pures Kalkül.

»Was kann ich für Sie tun? Hausrat? Auto? Möchten Sie Platz nehmen?«

Kathi saß schon.

»Weder noch. Eher das E-Bike«, bemerkte sie.

»Sie wollen Ihr E-Bike versichern?« Er strahlte.

»Nein, wir würden gerne wissen, warum Sie Drähte über Wege spannen und E-Biker zu Fall bringen.«

»Bitte?«

»Herr Baldauf, wir haben berufsbedingt wenig Zeit, wir sind allergisch gegen Lügen, wir sind die Mordkommission.« Kathi wartete.

Das Wort Mordkommission verfehlte selten seine Wirkung.

»Aber …«

»Man glaubt ja immer, im Wald sei man allein. Aber der Wald hat tausend neugierige Augen und manchmal auch Objektive. Auf den Bildern einiger Wildkameras sieht man Sie jedenfalls, wie Sie gerade Stolperdrähte spannen. Also verschwenden Sie nicht unsere Zeit!« Kathi sah ihn scharf an.

»Ich musste was tun!«

»Sie mussten was tun?«

»Ist doch wahr! Diese E-Bike-Deppen fahren überall hoch, die kennen keine Grenzen mehr. Selbst ein Berg hält die nicht mehr auf, dabei kämen die da ohne E-Power nie hin.«

Irmi und Kathi warteten.

»Ja, dagegen musste ich was unternehmen. Das sind doch richtige Gefährder, obwohl sie sonst völlige Luschen sind!«, ereiferte er sich. Er war aufgesprungen. »Die Schlimmsten sind diese hyperaktiven Senioren, Frührentner, diese Kletterhallen-Opas am Vormittag. Ich …«

Allmählich hatte Irmi genug. »Stopp! Und deshalb spannen Sie Drähte im Wald?«

»Ja, das sind doch alles Gefährder«, wiederholte er.

Gefährder war ein Wort, das Irmi in dem Zusammenhang nicht unbedingt benutzt hätte. Aber für den Mann schienen E-Biker eine Art Wald-IS zu sein, die Inkarnation des Terrors. Genau das war diese tumbe Pauschalierung, von der der Hase gesprochen hatte.

»Die mähen alles um mit ihren Bikes, das muss verhindert werden, und zwar auf höchster Ebene!«, rief der Versicherungsexperte.

»Wie, sollen jetzt die Verfassungsrichter ran, oder was?«, maulte Kathi.

»Der Landtag oder der Bundestag oder gleich das Europaparlament – die müssen einschreiten. Aber die werden nichts dagegen unternehmen, sind ja alles deren Wähler, diese Berufsjugendlichen im Rentenalter. Deshalb muss wenigstens eine Versicherungspflicht her, damit sie was löhnen.«

»Aha.« Mehr fiel Irmi dazu nicht ein, so absurd klang das. Der Mann war jedenfalls in Rage.

»Die Allianz hat erst kürzlich eine Analyse veröffentlicht, der zufolge mit E-Bikes deutlich mehr tödliche Unfälle passieren. Mein Arbeitgeber sieht das genauso. Eine Versicherungspflicht muss her, eine Helmpflicht auch, da müssen Mofakennzeichen ran, dann ist mein Job wieder safe, dann bekomme ich sogar eine Prämie und eine Bonuszahlung am Jahresende.«

»Prämie und Bonuszahlung?«, echote Kathi.

»Ja, genau! Schauen Sie mal!« Er deutete auf ein Plakat an der Wand, eine stilisierte Statistik. »Es gibt eine signifikante Zunahme von Unfällen mit E-Bikern. Und da muss mein Arbeitgeber immer mehr zahlen, wir bieten ja nicht nur Unfallversicherungen an, sondern auch Haftpflicht und so weiter. Uns hier an der Basis drohen sie mit Jobverlust, wir müssen immer mehr Umsatz machen, Abschlüsse müssen her, das ist fast wie bei einer Drückerkolonne!«

Ein sehr interessanter Vergleich, fand Irmi. Ein Bürojob in Garmisch hatte Ähnlichkeiten mit einer Drückerkolonne?

»Unser Abteilungsleiter in München hat beim letzten

Jour fixe angedeutet, dass das alles wieder besser würde, wenn man die E-Biker zwingen könnte, Versicherungen abzuschließen. Denn damit käme letztlich auch bei uns mehr Kohle rein.«

»Ich verstehe immer noch nicht so ganz …«, hob Irmi an.

»Na, wenn ich etwas nachhelfe, also für mehr Unfälle sorge, die dann in die Zeitung gelangen, dann wird diese Versicherungspflicht kommen.«

Für den Moment war Irmi und sogar Kathi sprachlos. Was wollte man angesichts einer so kruden Logik erwidern?

»Leider ist eine Frau über einen Ihrer Drähte gestolpert. Und die ist jetzt tot.« Kathi ließ bewusst unter den Tisch fallen, dass Angie Nobel nicht gestorben war, weil sie Schaden beim Stolpern genommen hatte, sondern weil sie überfahren worden war.

»Das kann nicht sein!«

»Doch. Sie kalkulieren schwere Unfälle ein. Wenn sich ein Biker überschlägt, kann er ohne Weiteres im Rollstuhl landen oder sich das Genick brechen. Das nehmen Sie billigend in Kauf. Das wird eine Anklage wegen Körperverletzung nach sich ziehen.«

»Aber diese Frau, was ist mit ihr?«

»Sie ist nicht Ihretwegen gestorben«, knurrte Kathi. »Zumindest nicht ursächlich, je nachdem, wie das ein Gericht sehen mag. Aber Sie bekommen eine satte Anzeige. Ich würde mir einen sehr guten Anwalt nehmen. Sie haben bestimmt eine Rechtsschutzversicherung! Schließlich sitzen Sie an der Quelle, oder?«

»Verhaften Sie mich jetzt?«

»Nein, aber da kommt etwas auf Sie zu! Sie werden angeklagt wegen versuchter gefährlicher Körperverletzung, und wenn man Ihnen Tötungsabsicht unterstellt, dann sogar wegen versuchter Tötung oder versuchtem Mord. Kapieren Sie, was Sie da angerichtet haben?«

»Aber ich musste doch zeigen, wie gefährlich diese Räder sind.«

»Sie sind ein Irrer. Wenn es nach mir ginge, würde ich Sie wegsperren lassen. Guten Tag!«, brüllte Kathi und rauschte hinaus. Irmi kam hinterher. Als sie auf der Straße standen, war Kathi immer noch völlig aus dem Häuschen.

»Das hat er nur gemacht, um zu beweisen, wie gefährlich E-Bikes sind? Um Statistiken hochzutreiben? Ich glaub es nicht!«

»Wahrscheinlich hat das in seinem kleinen Suppenschüsselweltbild sogar eine gewisse Logik«, sagte Irmi. »Tatsache ist aber, dass wir nun zwar einen Fallensteller überführt haben, der es auf E-Biker abgesehen hat, was diesen Adventure-Guide freuen wird, dass unser Fall damit aber längst nicht gelöst ist. Wir brauchen den Fahrer des Eichers. Lass uns ins Büro zurückfahren, Andrea hat sicher eine Liste für uns – mit allen in der Region zugelassenen Bulldogs dieses Fabrikats.«

In der Tat hatte Andrea eine solche Liste zusammengestellt. Und die war umfangreich. Außerdem hatte sie ein Verzeichnis der Eicher-Besitzer rund um den Walchensee erstellt. Und das waren insgesamt viele, viel zu viele.

»Naheliegend wäre natürlich, dass man … ähm … na ja … dass man sich die Eicher-Maschinen von Lissis Familie anschaut«, meinte Andrea. »Die haben sechs. Ich weiß, aber …«

»Andrea, du hast völlig recht. Ich kann mir nur einfach nicht vorstellen, dass Alfred einen Menschen überfährt.«

»Das muss ja nicht mal Absicht gewesen sein.«

»Aber das haut doch zeitlich nicht hin! Und dann fällt der Baum ausgerechnet auf die Frau, die er vorher absichtlich oder unabsichtlich getötet hat?«

Der Hase lehnte im Türrahmen. »Wir können die Reifenabdrücke, die wir genommen haben, mit den Profilen vor Ort vergleichen. Wenn nichts passt, dann wäre das ja auch ein Ergebnis. Für dich. Für Lissi.«

»Ja, macht das!«

»Du musst nicht mitkommen«, sagte Kathi. »Wir machen das – und ja, wir sind ganz nett.«

Irmi verzog das Gesicht. Der Hase nickte ihr aufmunternd zu. Kathi wollte nett sein? Das Wort nett hatte keinen guten Klang mehr, denn nett war mittlerweile die kleine Schwester von scheiße. Eigentlich bedeutete es angenehm, freundlich, liebenswert, sympathisch, umgänglich. Aber wer wollte denn heute noch umgänglich sein? Wer sagte, dass etwas ganz nett gewesen sei, meinte im Grunde: Das war ja nix Besonderes. Irmi war wahrscheinlich nett, das war sie immer schon gewesen.

Sie widmete sich der Dokumentation des aktuellen Falls, und es vergingen gut zwei Stunden, bis die anderen zurückkamen.

»Alfreds Karren waren es nicht. Diese Raubtierbulldogs mit den hübschen Namen Tiger, Panther und Puma haben viel zu kleine Reifen, und der Mammut ist total zerlegt, in tausend Einzelteile, und das schon seit Wochen. Das glaub ich denen sogar«, fasste Kathi zusammen.

»Lissi lässt dich grüßen«, sagte der Hase. »Jetzt wird man die anderen alle abtelefonieren und besuchen müssen.«

Sepp und Sailer würden am nächsten Tag damit loslegen, das war langweilige Polizeiarbeit, gar nicht sexy oder fotogen. Es war Abend geworden. Sie hatten im Prinzip fast nichts erreicht, weder bei den Staudachers noch beim Versicherungsmann. Sie hatten viel gehört, in viele Leben Einblick erhalten, aber was da Silva und Angie Nobel betraf, waren sie nicht weitergekommen.

Irmi saß gerade an ihrem kleinen Esstisch und wehrte die Kater ab, die ihr den sprichwörtlichen Käse auf dem Brot nicht gönnten. Da klopfte es, und der Hase kam herein.

»Ich hätte eine Idee, die etwas abwegig ist«, begann er.

»Ja?«

»Ich würde nachher noch mal in den Bergwald gehen, um auf dem Waldboden nach Kraftstoff zu suchen. Alte Traktoren lecken doch alle. Ich bilde mir auch ein, dass es komisch gerochen hat, als wir dort die Reifenabdrücke genommen haben.«

»Ja gut, das könnte aber auch Alfreds Aspen gewesen sein, oder?«

»Klar, aber wenn der Bulldog leckt, dann tröpfelt er vielleicht ganz still vor sich hin.«

»Und du willst dann die Kraftstoffspuren wie einen Ariadnefaden verfolgen?«, fragte Irmi ungläubig.

»So ähnlich, außerdem haben wir einen Helfer.«

»Wen?«

»Raffi!«

»Der ist doch kein ausgebildeter Spürhund!«

»Er hat aber eine feine Nase. Hunde sind Tiere mit gewaltigem Riechvermögen. Sie können eine Million verschiedener Gerüche unterscheiden, der Mensch nur etwa zehntausend. Kein Wunder, dass diese langnasigen Spezialisten Opfer unter Lawinen oder Trümmern finden und Drogen aufspüren können. Da ihre Nase – ähnlich wie beim Sehen – rechts und links differenziert, können Hunde sozusagen stereo riechen. Ihr Riechhirn macht zehn Prozent des gesamten Hundehirns aus – beim Menschen ist es grad mal ein Prozent.«

»Wieder was gelernt«, meinte Irmi. »Lass es uns versuchen. Ich hole eine Jacke.«

Wenig später saßen sie im Privatauto des Hasen, einem sehr bescheidenen Skoda Fabia. Das letzte Stück gingen sie zu Fuß, bis sie am Tatort ankamen. Raffi nahm jede Menge Spuren auf und begann zu buddeln, vermutlich nach Wühlmäusen. Das war seine Lieblingsbeschäftigung, und man hatte den Eindruck, dass er sich schier bis zum Mittelpunkt der Erde durchzugraben gedachte.

»Ich glaube, das Fährtensuchen müssten wir mit ihm erst mal üben!« Irmi lachte.

»Auf dich kann man wirklich nicht setzen, Raffi«, meinte der Hase. Dann zuckte er mit den Schultern und nahm Proben am Waldboden.

»Und daraus kannst du noch was analysieren?«, fragte Irmi.

»Ja, bestimmt.«

Plötzlich knallte es ohrenbetäubend. Geistesgegenwärtig schnappte Irmi sich den Hund, der panische Angst vor Gewittern hatte. Dann brach ein Regen herein, ganze Sturzbäche kamen vom Himmel. Sie rannten talwärts und waren klatschnass, als sie im Auto saßen. Und der nasse erdige Raffi saute die Sitzpolster ein.

»Mist! Die Autositze leiden grad ziemlich. Tut mir leid!«

»Das berührt mich nicht. Kann man später wieder trocknen lassen und abklopfen. Lass uns heimfahren. Was Trockenes anziehen.«

»Wenn das so weiterschüttet, dann wird das aber nichts mit Ariadne«, meinte Irmi.

»Wäre es wohl sowieso nicht, wenn ich mir Raffis Begeisterung für Mäuse anschaue.« Der Hase lachte.

Als sie zu Hause ankamen, verabschiedete er sich, und Irmi stieg mit Raffi die Treppe hinauf. Sie fröstelte und zog einen dicken Fleecepulli an, der bis über die Knie ging. Dazu dicke Socken, die Lissi gestrickt hatte. Nachdem sie Raffi notdürftig in der Wanne enterdet hatte, setzte sie ihn auf ein Laken und befahl ihm, dort zu bleiben. Seltsamerweise gehorchte er und begann, Erde aus den Pfoten zu popeln. Das Faszinierende an diesem weißen Spitz war, dass er sich wie eine Katze putzte und am nächsten Morgen tatsächlich wieder rein weiß war.

Es hatte die ganze Nacht weitergegossen, und als Irmi morgens um sechs aufwachte, pladderte es noch immer. Überall lagen die Mitbringsel des Erdferkels, die nun wenigstens trocken waren. Sie würde sie aufsaugen, allerdings nicht um sechs Uhr morgens. Irmi stutzte. Auf dem Hof hat sie nie über bessere oder schlechtere Zeiten für Lärmbelästigung machgedacht. Hier hingegen tat sie das sehr wohl.

11

Als Irmi ins Büro fuhr, regnete es nur noch leise vor sich hin. Der Schnürlregen verschloss die Welt hinter einem gräulichen Vorhang.

Sie stand mit ihrer Kaffeetasse an der Maschine, als Kathi und wenig später der Hase eintrafen.

»Ich hab gestern Nacht noch den Diesel vom Waldboden etwas genauer analysiert«, berichtete er.

»In der Nacht? Sonst nix zu tun?«, fragte Kathi.

»Nun, mein vitales Interesse war zu groß!«

»Und jetzt? Können Sie feststellen, von welcher vitalen Tanke der Diesel stammt, oder was?«, fragte Kathi.

»Das wäre schön.«

»Ja was? Wird das wieder ein Quizduell mit Herrn Hase?«

»Frau Reindl, Sie sind auf der völlig richtigen Fährte. Das ist nämlich kein handelsüblicher Diesel.«

»Was heißt das?«

»Da hat jemand Diesel selber hergestellt, Biodiesel, wenn Sie so wollen.«

Weil Kathi vor Verblüffung nichts sagte, erkundigte sich Irmi: »Geht das so leicht?«

»Na ja, normalerweise brauchst du ein Labor und eine gewisse Grundkenntnis.«

»Da mietet einer ein Labor an, um illegalen Diesel herzustellen, oder wie?«

»Ich glaube eher, dass da jemand in einem ganz privaten Kellerlabor arbeitet. In unserem Fall wurde Sonnenblumenöl verwendet, es gehen aber auch andere neutrale Pflanzöle wie Rapsöl oder Maiskeimöl. Sie haben einen niedrigen Schmelzpunkt und härten nicht aus, wenn sie kalt werden.«

»Ja, und dann?«, fragte Irmi.

»Zunächst vermengst du Methanol und Ätznatron. Bis das Natron sich vollständig im Methanol gelöst hat, vergeht eine halbe Stunde. Dann erhitzt du das Pflanzenöl, gibst vorsichtig die Methanol-Natron-Mixtur dazu, verschließt den Kolben und schüttelst. Nach etwa einer Stunde bilden sich zwei Schichten: oben der hellere Biodiesel, unten das dunklere und schwerere Glycerin.«

»Ja, aber …« Irmi sah ihn zweifelnd an.

»Wenn du darauf abhebst, dass die Produktion gefährlich ist, stimme ich zu. Damit es funktioniert, braucht man ganz exakte Mengen. Das Öl muss genau fünfundfünfzig Grad haben, Methanol ist leicht entzündlich und giftig. Die Aufnahme von Methanol kann schon in kleinen Mengen zum Erblinden oder sogar zum Tod führen. Und Ätznatron ist, wie der Name schon sagt, extrem ätzend.«

»Na merci«, kommentierte Kathi. »Da fahr ich doch lieber an die Tanke!«

»Würde ich auch empfehlen. Alles in allem habe ich jemanden in Verdacht, der sich mit so was auskennt.«

»Ein Chemiker?«, fragte Irmi.

Der Hase grinste. »Ja, jemand wie ich. Ein Chemiker, ein Biochemiker, und wenn der dann auch noch der Besitzer des Eichers wäre …«

Da hatte er natürlich recht. Es war ja gar nicht gesagt, dass Sprithersteller und Fahrer ein und dieselbe Person waren.

»Aber zumindest sollte es einfacher sein, den Eicher zu identifizieren«, meinte Irmi. »Es werden ja nicht allzu viele mit solchem Home-made-Sprit herumtuckern, oder? Und große Landwirte haben subventionierten Diesel, ich denke, das engt die Gruppe zumindest ein.«

»Okay«, sagte Kathi. »Dann müssen wir uns die Liste noch mal genauer anschauen. Sepp und Sailer sollen nur die besuchen, die wirklich infrage kommen könnten. Ich bin bis Mittag weg.«

»Warum?«

»Zahnarzt. Ich hab seit zwei Tagen Zahnweh. Hinten oben.«

»Ja, es beißt aus ab Mitte dreißig, liebe Frau Reindl«, bemerkte der Hase lächelnd.

Irmi grinste. Kathi verschwand kommentarlos.

»Und was mach ich jetzt?«, fragte Irmi.

»Du rufst Alfred an. Wenn der so ein Eicher-Freak ist, kennt er sicher andere. Vielleicht kann er uns einen Tipp geben?«

»Gute Idee! Mach ich.«

Während der Hase in sein Büro ging, sprach Irmi mit Alfred und erfuhr, dass sein Eicher-Club bayernweit ziemlich viele Mitglieder hatte, die sich regelmäßig auf irgendwelchen Treffen sahen. Die meisten hatten schwarze Kennzeichen und nicht die grünen Landwirtschaftskennzeichen. Irmi ging davon aus, dass die eher nicht mit selbst gebrautem Diesel fuhren.

»Sag mal, Alfred, kennst du jemanden, der einen alten Mammut hat? Kann auch ein stillgelegter sein?«

Alfred hatte wohl auf laut gestellt, denn auf einmal erschallte Lissis Stimme: »Du wolltest doch beim Wagner mal einen kaufen. Ziemlich verranztes Ding, aber er hat ihn nicht hergegeben.«

»Stimmt, Irmi, der Wagner hatte einen. Keine Ahnung, ob der noch da ist.«

»Wagner?«

»In Eschenlohe. Katja und Ferdinand Wagner. Der Vater vom Ferdinand ist schon lange tot, seine Mutter müsste aber noch leben. Glaub ich zumindest. Ich komm da so selten hin«, rief Lissi aus dem Hintergrund.

Irmi bedankte sich für den Tipp und ging zum Hasen, um ihm davon zu erzählen.

»Das klingt für mich logisch«, sagte er. »Fahren wir hin?«

»Du kommst mit?«

»Ich kann dir mit Sicherheit sagen, ob Reifenprofil und Diesel passen.«

»Stimmt, also los!«

Sie fuhren nach Eschenlohe und parkten hundert Meter vom Hof entfernt. Der Regen hatte aufgehört, ein paar Sonnenstrahlen spitzten durch die Wolken und kitzelten die Wassertropfen. Einige Hühner gackerten, eines nippte aus einer Pfütze. Ein paar braune Bergschafe blickten von einer Koppel unter Obstbäumen herüber. Aus einem Unterstand, der sich an ein größeres Gebäude lehnte, ragte ein rostiger Frontlader. Irmi und der Hase quetschten sich in den Unterstand. Der Bulldog tropfte. Irmi verrieb etwas von der öligen Flüssigkeit zwischen Daumen und Zeigefinger. Es roch wirklich nach Sonnenblumenöl. Der Hase verglich das Profil des Traktors mit dem Reifenabdruck.

»Das ist er.«

Als sie sich wieder aus dem engen Unterstand herausquetschten, stand ihnen ein älterer Mann gegenüber. »Was machen Sie da? Was soll das?«

»Irmi Mangold von der Kripo. Mein Kollege, der Herr Hase. Wäre der Ferdinand Wagner da?«

»Warum?«

»Das würd ich ihm gerne selbst sagen.«

»Kommen Sie mit!« Er stapfte davon, seine Gummistiefel waren eindeutig zu groß, so, wie er schlurfte.

Sie umrundeten das Haupthaus, das groß und prächtig war. Die Eingangstür stand offen.

»Katja! Ferdl! Da will wer was!«

Wenig später stand Ferdinand Wagner vor ihnen. Er war in den Vierzigern, und Irmi kannte ihn auf jeden Fall vom Sehen. Auch er schien sich an Irmi zu erinnern.

»Irmi, oder? Irmi Mangold?«

»Genau, und das ist mein Kollege Hase. Sag mal, Ferdl, können wir kurz reinkommen?«

»Ja.« Er klang überrascht.

»Gut, ich geh dann zu den Schafen«, sagte der ältere Herr.

»Wer war das? Ein Onkel?«, fragte Irmi, als der Mann hinausgegangen war.

»Nein, das ist der Alois. Alois Hinterstoisser. Er wohnt bei uns«, sagte Katja Wagner, die gerade aufgetaucht war.

»Hallo, Katja.« Irmi kannte auch Katja vom Sehen. Sie war eine hübsche Frau mit einem blonden Zopf, der man ansah, dass sie viel arbeitete. »Vermietet ihr?«

»Nicht direkt.«

»Was heißt das?«

»Wir sind ein Pflegebauernhof.«

Davon hatte Irmi schon mal gehört. Ein pflegerisches Angebot, eher kleinräumig, mit einer Senioren-WG vergleichbar – nur eben im bäuerlichen Umfeld.

»Das heißt, ihr beherbergt alte Menschen?«

»Im Haus nebenan, ja. Es wurde in den Siebzigern gebaut und enthielt ursprünglich vier großen Ferienwohnungen, die lange an Touristen vermietet wurden. Da leben jetzt die alten Bewohner. Meine Schwiegermutter, die Otti, ist pflegebedürftig, ihre Demenz schreitet rasch voran, und sie konnte nicht mehr allein zurechtkommen. Der Rest hat sich irgendwie von selbst ergeben. Die Otti hat ihrerseits eine alte Freundin, die nicht wusste, wohin sie soll. Karge Rente, keine Angehörigen in der Nähe. Die Idee des Pflegebauernhofs ist quasi aus der Not geboren.«

»Und das geht einfach so?«

»Nein, aber ich bin ausgebildete Altenpflegerin«, erklärte Katja, »das hat den Weg vereinfacht. In Norwegen und den Niederlanden gibt es solche Projekte schon zuhauf, weil es eben auch die dörflichen Strukturen stützt. Und diese ständige Interaktion mit anderen Menschen, vor allem aber mit Tieren und der Natur, das ist doch was ganz anderes, als seine späten Lebenstage in einem Heim mit Blick auf den Mittleren Ring in München zu fristen.«

Das hätte Irmi sofort unterschrieben. Ein Pflegeheim erschien ihr als die schlimmste aller Optionen. Dabei war ihr klar, dass sie, kinderlos, wie sie war, wohl kaum von irgendwem gepflegt werden würde. Und die Vision von einem sanften Tod auf dem Hausbankerl war Romantik aus dem Heimatfilm.

»Wie viele Bewohner haben Sie denn?«, fragte der Hase.

»Sechs«, sagte Ferdl. »Sieben, wenn wir die Mama mitzählen. Aber sag schon, Irmi, warum seid ihr hier?«

»Gehört dir der alte Mammut?«

»Ja, warum?«

»Ist der noch fahrtüchtig?«

»Ja, aber warum fragst du?«

»Er fährt mit einem ganz speziellen Diesel«, sagte der Hase.

»Würdet ihr bitte mal sagen, worum es geht?«

»Jemand bei Ihnen stellt quasi Biodiesel her. Ein Mensch mit Fachkenntnis«, sagte der Hase.

»Was?«, kam es von Ferdl.

»Gibt es hier jemanden mit Fachwissen?«, hakte der Hase nach.

»Der Alois war mal Chemiker«, meinte Katja, und es war ihr anzusehen, dass sie völlig überrascht war.

»Gibt es eine Werkstatt oder dergleichen für die älteren Herrschaften?«, wollte Irmi wissen.

»Im Keller nebenan ist ein Hobbyraum, aber da wird doch keiner, also …« Katja brach ab. Auch Ferdl wirkte fassungslos.

»Dann gehen wir da mal rüber«, schlug Irmi vor.

»Ich glaub das nicht!«, sagte Katja. »Bei uns ein Labor?«

Katja und Ferdl waren so verblüfft, dass sie nicht mehr nachfragten, warum das denn nun die Kripo interessierte. Und so betraten sie das ebenfalls sehr schmucke Nachbarhaus und gingen die Kellertreppe hinunter. Unten befanden sich ein Heizungsraum, ein Waschraum und eine Werkstatt mit Drechselmaschine, Sägen, Werkzeugkästen und Ablagen für Nägel und Schrauben. Alles wirkte ganz harmlos, das war maximal ein Heimwerkerparadies.

»Was ist denn hinter der Tür?«, fragte Irmi und zeigte auf eine alte Holztür am anderen Ende des Raums.

»Das war früher ein Weinkeller«, sagte Ferdl.

Irmi ging zur Tür, drückte die Klinke hinunter, die Tür war abgesperrt. »Schlüssel?«

Der Hase sah sich um. Sein Blick wanderte zu einem alten Aschenbecher, der auf dem Fensterbrett des Kellerfensters lag. Er hob ihn hoch. Darunter war der Schlüssel.

»Voilà!«

Sie sperrten auf, der Hase tastete an der Wand entlang, dann flammte ein Licht auf, das extrem hell war. Irmi musste blinzeln. Es hing ein eigenartiger Geruch im Raum. Ein Blaumann über einer Stuhllehne, schwere Stiefel, eine Schürze, chemikalienfeste Handschuhe und eine Schutzbrille. Auf einem Tisch standen diverse Glaskolben, Messbecher, Zylinder, Phiolen und Reagenzgläser. Irmi fühlte sich an ihren Chemieunterricht erinnert.

»Alles da!«, meinte der Hase.

»Was machen Sie hier?«, kam es plötzlich von der Tür.

Sie fuhren herum. Es war Alois Hinterstoisser.

»Ist das Ihr kleines Labor?«, fragte der Hase. »Gute Ausstattung. Profigeräte.«

»Ich war früher mal bei Roche in Penzberg. Doktor der Chemie.« Er sah den Hasen herausfordernd an.

»Na, dann ist Biodiesel ja eine Ihrer leichteren Übungen«, meinte der Hase.

Hinterstoisser machte keinerlei Anstalten, etwas zu leugnen.

»Das ist umweltfreundlich! In England gibt es sogar Kurse, wie man aus altem Fish-and-Chips-Fett einen Kraftstoff fürs Auto herstellt. Und wenn Sie darauf abheben, dass ich ein Lebensmittel zu Kraftstoff umgewidmet und in den Tank geschüttet habe, dann kann ich das gerne nachversteuern. Ich weiß, ich weiß, sobald Pflanzenöl zu Kraftstoff wird, ist die Energiesteuer fällig, und ich bin jetzt Steuerschuldner. Ich werde am zuständigen Hauptzollamt eine Steueranmeldung abgeben und den Steuerbetrag entrichten, stellt Sie das zufrieden?«, brummte er.

»Worum geht es eigentlich? Spinnt ihr?«, fragte Ferdl, der irgendwie aus seiner Paralyse wiederauferstanden zu sein schien.

»Könnten wir das vielleicht oben besprechen? Kommen Sie bitte auch mit, Herr Hinterstoisser«, meinte Irmi.

Die Karawane wanderte retour, ergänzt um Herrn Hinterstoisser.

Irmi fühlte sich unwohl. Was auch immer hier gleich passieren würde, wollte sie eigentlich gar nicht erleben. Sie legte zwei Fotos der Wildkamera auf den Tisch. Man sah den alten Mammut und den Fahrer mit Hut und Trachtenmantel.

»Sind Sie das, Herr Hinterstoisser?«, fragte Irmi.

»Nein.«

Auch Ferdl und Katja sahen sich die Bilder an. Sie tauschten schnelle Blicke, dann zogen Schatten über ihre Gesichter.

»Ferdl?« Irmi fixierte ihn.

»Das ist die Otti. Ottilie, meine Mutter. Was wollt ihr? Meine Mutter fährt mit unserem Bulldog, der, ich gestehe, nicht angemeldet ist. Und ja, sie verwendet wohl Sprit vom Alois.« Er sah den alten Mann scharf an. »Darüber reden wir nachher noch.« Dann blickte er Irmi wieder an. »Was ist daran so schlimm?«

»Schlimm ist, dass sie dabei eine Frau überfahren hat.«

»Was … was heißt überfahren?«, stotterte Katja.

»Die Frau ist tot.«

Katja schlug sich auf den Mund.

»Wie das?«, fragte Ferdl.

»Weil menschliche Rippen dem Gewicht und den Reifen eines Mammuts nichts entgegenzusetzen haben«, antwortete der Hase freundlich, aber sehr bestimmt.

»Nein, bitte nicht!« Katja sah den Hasen an, als könne er das Gesagte zurücknehmen.

»Ferdl, dürften wir deine Mutter sprechen? Bitte!«

»Ich hol sie«, kündete Katja an. »Sie ist sicher bei den Hennen.«

Und während sie hinausging, sagte Hinterstoisser: »Ich brauch einen Schnaps.«

Ferdl holte wortlos eine Flasche aus dem Kühlschrank und stellte eine paar kleine Glasstamperl mit dem Konterfei von König Ludwig auf den Tisch. Wortlos schenkte er ein. Hinterstoisser nahm einen und goss sich einen zweiten ein.

Schon bald kamen Katja und die alte Dame zurück. Otti Wagner trug eine Hose mit Gummizugbund. Es war nicht zu übersehen, dass sie Windeln trug. Sie war schmal, runzlig, viel kleiner, als es der Mantel hätte erahnen lassen. Sie blickte in die Runde.

»Du bisch di Mangold Irmi. I kenn di scho. I kenn no dei Mutter. Lebt di aa no?«

»Nein, Otti, leider nicht.«

»War a guate Frau. Und du kimmst zum Schnapseln her? Des is ja nett.« Sie griff sich ein Glas und kippte es zügig. Dann fiel ihr Blick auf die Fotos. »Des bin ja i!«

»Otti, weißt du noch, wo das war?«

Otti drehte das Bild hin und her, drehte es sogar um, als könnte die Rückseite ihr helfen.

»Naa, im Wald halt.«

»Die Mama sammelt überall noch Daxen, man kennt sie im Staatsforst schon und duldet das«, sagte Ferdl mit bebender Stimme.

»Ja, des muass i. Du woaßt nia, wia die Zeiten wern. Holz braucht ma immer.«

»Otti, du fährst da rückwärts?«

»Ja, gell. Der Gang geht ganz schlecht eini. Aber i kann des.« Sie blickte Beifall heischend in die Runde.

»Und beim Zurücksetzen, da ist Ihnen nichts aufgefallen?«, fragte der Hase.

»Is des der deine?«, fragte Otti. »Irmi, der gefoit mir, aber der muass mehr essn. I geb eich Eier mit.«

»Das ist lieb«, sagte Irmi. Ihre Beklemmung wuchs.

»I hol die Eier amoi besser glei. Was wolltet ihr sonst no?«

»Nichts, alles gut, Mama«, sagte Ferdl.

Nachdem Otti zum Eierholen gegangen war, berichtete Irmi leise, was geschehen war.

»Die Otti hat eine Frau überfahren, die nun tot ist?«, flüsterte Katja.

»Ja, das ist nun wohl sicher.«

»Aber …« Ferdls Stimme erstarb.

Otti war zurück und hatte Irmi sechs Eier in den Karton getan. Zwei weiße, zwei braune, zwei grüne.

»Bei die grünen Eier denken die Leit heitzutag, des is dann bio. Des san halt Grünleger, sonst nix.« Sie lachte, und ihre kleinen Äuglein verschwanden fast gänzlich in dem runzeligen Gesicht, das bestimmt viel Arbeit, viel Sonne, Leid und Freud erlebt hatte.

»Danke, Otti, das freut mich! Du, weißt du noch, wie du die Daxen geholt hast? Mit dem Bulldog? Da auf dem Bild?«, fragte Irmi.

»War i des?«

»Ja, Otti. War da außer dir noch jemand?«

»Naa. I muass jetzt zu den Henna. Pfiat di, Irmi.«

»Das hat sie doch niemals absichtlich getan!«, rief Ferdl, als Otti gegangen war.

»Nein, das glaub ich auch nicht.«

»Außerdem ist sie halb blind und verlegt ständig ihre Brillen«, sagte Katja, der das Entsetzen immer mehr ins Gesicht geschrieben stand.

»Man wird sie doch kaum des Totschlags anklagen können, oder?«, erkundigte sich Hinterstoisser.

»Das war fahrlässige Tötung, aber Otti könnte nur verurteilt werden, wenn sie schuldhaft gehandelt hat, wenn sie also überhaupt noch schuldfähig war. Und das bezweifle ich, Herr Hinterstoisser«, meinte Irmi. »Besser wäre es natürlich, wenn jemand dabei gewesen wäre und bezeugen könnte, dass das Opfer wirklich nicht zu sehen war.«

»Sie macht immer solche Sachen. Meistens sehr früh am Morgen.« Katja flüsterte immer noch.

»Warum ist sie eigentlich zum Wald im Eschenlainetal gefahren?«, fragte der Hase.

»Der hat mal uns gehört«, entgegnete Ferdl. »Mein Vater hat ihn vor Jahren dem Alfred verkauft. Dem Vater wurde das alles zu viel und mir auch. Ich habe noch weitere zehn Hektar, das reicht mir. Nichts als Ärger mit Käferbäumen und Windwurf, und meine Eschen haben den Pilz! Und dann reden alle g'scheit vom Waldumbau daher!«

»Heute haben wir halt einen anderen Blick auf Monokulturen«, sagte Irmi vorsichtig.

»Sicher, aber nach dem Zweiten Weltkrieg war die Fichte eine sinnvolle Wahl, weil sie ja eigentlich vielseitig und unkompliziert ist.«

Doch diese Fichte war nun vom Borkenkäfer bedroht und als Flachwurzler auch von den immer dramatischeren Starkwindereignissen. Ob die Waldbaderinnen wussten, dass der Wald massive Probleme hatte? Hitze und Trockenheit wurden für mitteleuropäische Bäume allmählich zum Todeskampf. Die Fichte brauchte es feucht, die Kiefer konnte zwar besser mit Trockenheit umgehen, aber sie benötigte Kälte. Vermeintliche Retter wie Esche und Bergahorn waren von Pilzen befallen, und selbst die deutsche Eiche war eben ein Baum für deutsches Wetter. Irmi wusste, dass man längst mit neuen Baumarten wie der Libanonzeder oder Arten aus der Türkei experimentierte, aber die AfD-Wähler mochten ja keine Zuwanderer, dachte sie zynisch.

Der Borkenkäfer hatte so stark zugenommen, dass auch Bernhard nicht mehr nachkam mit dem Kampf gegen den Schädling. Irmi wusste, dass er litt, wenn er die Spraydose zücken musste, um den Baum zu markieren. Wenn er Bohrmehl entdeckte und die Fichte nicht mehr zu retten war. Es tat ihm im Herzen weh, und er war wütend, weil nicht er bestimmte, welche Bäume er schlagen wollte, sondern der Käfer längst die Entscheidungshoheit hatte. Auch eine Folge des Klimawandels, auch eine Folge des Artensterbens, denn natürliche Feinde wie Vögel oder Schlupfwespe gingen zurück, die Käferpopulation hingegen nahm zu. Ein einziges Weibchen kam pro Jahr auf rund hunderttausend Nachkommen. Das war mehr als bedrohlich. Dabei hießen die Käfer ganz harmlos Buchdrucker und Kupferstecher. Die Redewendung »mein lieber Freund und Kupferstecher« fiel Irmi ein. Ob die wohl etwas mit den Borkenkäfern zu tun hatte? Wohl eher nicht …

»Vielleicht könnten wir die anderen Bewohner mal fragen, ob doch jemand dabei war«, riss Katja Irmi aus ihren Gedanken.

»Momentan schlecht«, sagte Hinterstoisser. »Die Fini und die Hilde sind spazieren. Der Paule ist beim Arzt. Den Gori und den Alfons hab ich auch nicht gesehen.«

»Gibt es ein gemeinsames Mittagessen?«, fragte Irmi.

»Ja, immer um halb eins.«

»Gut, dann kommen wir später wieder und befragen eure Bewohner.« Irmi hatte sich erhoben. »Wird schon«, sagte sie, ohne jedoch überzeugt zu sein.

Sie und der Hase gingen schweigend Richtung Auto. Otti stand am Feldrain und hielt eine Sense in der Hand.

»Die Sensenfrau«, sagte Fridtjof leise. »Ist es so, dass Frauen immer mehr in Männerberufe drängen?«

Der Witz klang schal.

»Scheiße!«, sagte Irmi leise.

»Das ist das Wort der Kollegin Kathi. Aber ja, das Leben ist nicht fair. Warum diese alte Dame, die nur noch in der Vergangenheit lebt? Die überall Daxen holt, weil sie das im Krieg als kleines Kind so gemacht hat. Die sich an das erinnert, was weit weg ist, und alles vergisst, je näher es kommt.«

»Ach, Fritjof!«

Er nahm Irmi in den Arm, und sie standen einfach da. Bestimmt eine halbe Minute. Schließlich fuhren sie los, zurück ins Büro. Irmi hatte Mühe, ihre Gedanken zu sortieren. Alles ging durcheinander.

»Fridtjof, woher kommt das eigentlich mit dem Freund und Kupferstecher?«, fragte sie schließlich.

Der Hase hatte offenbar keine Mühe, solchen Gedankensprüngen zu folgen. »Ich weiß es nicht hundertprozentig, aber der Dichter Friedrich Rückert hat ebenjene Wendung in Briefen an seinen Freund, den Kupferstecher Carl Barth benutzt.«

Im Büro gaben sie die Parole aus, dass man keine Eicher mehr suchen müsse. Sie hatten den Übeltäter und alle Tragik dazu.

Kathi tauchte um halb zwölf wieder auf. Sie sah leidend aus, ihre Lippe hing.

»Wurzelbehandlung«, erklärte sie nuschelnd. »Der hat zweimal nachspritzen müssen.«

Irmi brachte auch Kathi auf den neuesten Stand.

»Geh heim, Kathi«, sagte sie. »Wenn die Spritze nachlässt, wird's bestimmt fies.«

»Du willst ja bloß, dass der Hase wieder mitkommt, wenn ihr gleich noch mal zum Wagnerhof fahrt.«

»Schleich di!«, sagte Irmi nur.

Von Kathi kam ein gehauchtes »Danke«. Die Spritze schien auch ihre Lautstärke gelähmt zu haben.

12

Irmi und der Hase waren pünktlich zum Mittagessen bei den alten Leuten am Wagnerhof. Den Bewohnern war anzusehen, dass Katja sie mittlerweile vom Vorfall in Kenntnis gesetzt hatte. Sie wirkten alle tief betroffen. Otti war noch nicht da, um den Tisch hatten sich aber schon die anderen beiden Frauen und vier Männer gruppiert. Irmi stellte sich und den Hasen vor und erkundigte sich bei den alten Leuten, ob einer von ihnen in der fraglichen Nacht irgendetwas beobachtet hätte, aber keiner von ihnen meldete sich.

»Was soll denn nun werden?«, fragte eine Dame, die schmal war und zäh wirkte. Ihre braun gebrannten Arme waren durchädert und ihr Blick herausfordernd. »Wollen Sie die Arme nun anklagen?«

»Wir wollen erst mal gar nichts.«

»Ich kenn das, da ist man gleich mal als Verbrecher abgestempelt«, fuhr die Frau fort.

Irmi erkundigte sich nach dem Namen der alten Dame.

»Ich bin die Hilde Koch und weiß, wie man in die Mühlen der Justiz gerät!«

»Aha?«

»Die Hilde war Bergführerin«, erklärte Katja.

»Ja, und da hast du unentwegt die A-Karte gezogen. Alles dabei, sogar ein Strafverfahren wegen fahrlässiger Körperverletzung.«

»Du wurdest doch freigesprochen«, sagte Hinterstoisser.

»Ja, aber die Mühe, die Angst, die ich hatte, die Rufschädigung! Was nutzt eine Bergführerin, die ihre Tour nicht alpinistisch einwandfrei geführt hat. Wenn ich dieses schwammige ›alpinistisch einwandfrei‹ schon höre!«

»Was ist denn passiert?«, fragte Irmi, obwohl das für den aktuellen Fall wohl kaum Relevanz hatte.

»Ein Bergführer haftet immer für das Wohl seiner Gruppe. Die Route muss sorgfältig geplant werden. Dabei musst du auch überlegen, wie du Schlüsselstellen eventuell umgehen kannst, das Wetter kann ja mal nicht passen, oder die Kondition eines Teilnehmers reicht nicht aus. Im Lauf der Jahre musste ich immer häufiger die Kletterausrüstung kontrollieren und auch mal abbrechen. Brutale Selbstüberschätzung! Damals waren wir auf einer Route im Karwendel unterwegs, und bei einem 90-Kilo-Mann ist der Haken aus der Wand gerissen. Ich habe den Mann zu fassen gekriegt, er ist halt etwas gebaumelt und in die Wand gedonnert, Schulter gebrochen, bewusstlos, Heli-Bergung, aber er hat überlebt. Und dann hieß es, ich hätte meine Pflicht verletzt, weil der Haken locker war. Meine obligatorische Berufshaftpflicht hat natürlich gezahlt, aber es kam zur Anklage. Am Ende stellte sich raus, dass auf einigen Routen ein Saboteur am Werk gewesen war. Ich war zwar rehabilitiert, aber mein Leben war nicht mehr dasselbe. Und wenn der Otti jetzt so was passiert! Die erinnert sich doch an nix. Gestern hat sie mir alle vier Strophen von ›Kein schöner Land in dieser Zeit‹ vorgesungen, aber was es am Tag zuvor zu essen gab, weiß sie nicht mehr.«

»Ja, Eiweißpartikel umnebeln ihr Hirn, Nervenzellen sterben ab, die Tage schwinden, und manchmal ist das bestimmt ganz gut«, sagte Hinterstoisser düster.

Den heutigen Tag hätte auch Irmi gerne vergessen. Sie sah in die Augen der Menschen, die bestimmt alle viel gearbeitet hatten und denen eigentlich ein ruhiger Lebensabend vergönnt sein sollte.

Die zweite Frau hatte zu weinen begonnen. »Jetzt straft uns der Herrgott«, wimmerte sie.

»Quatsch, Fini!«, sagte ein Mann, der früher sehr attraktiv gewesen sein musste und Irmi irgendwie bekannt vorkam.

So tragisch das alles war, hier gab es momentan wenig zu holen. Sie würde später vom Büro aus die Staatsanwaltschaft verständigen, die sich mit den weiteren juristischen Fragen befassen würde. Irmi wandte sich im Herausgehen an Katja, die mit der Essensausgabe beschäftigt war.

»Wir melden uns nachher noch mal bei dir. Könntest du uns bis dahin für alle Fälle eine Liste der Bewohner zusammenstellen?«

Katja versprach, ihnen die Informationen später durchzugeben. Irmi und der Hase gingen hinaus und sahen Otti zu, die den Hühnern Körner hinwarf. Die Hühner waren alle gut genährt, wahrscheinlich bekamen sie doppelt so viel Futter wie früher, weil Otti immer vergaß, dass sie sie schon mehrfach gefüttert hatte. Aber gab es eigentlich zu fette Hennen? Konnte sich Geflügel überfressen, so, wie der Mensch das fortwährend tat? Ob Hühner auch die Weight Watchers brauchten?

Schweigend fuhren die beiden zurück ins Büro, wo die

anderen schon warteten. Irmi berichtete vom Besuch auf dem Wagnerhof.

»Es gibt also keine Zeugen?«, fragte Andrea, und es lag Mitgefühl in ihrer Stimme.

»Nein, leider. Katja Wagner wollte uns nach dem Essen die Namen der sieben Bewohner im Pflegebauernhof zusammenstellen. Bitte ruf sie doch mal an, dann kann sie sie dir durchgeben. Ich telefoniere solange mit der Staatsanwaltschaft.«

Der zuständige Staatsanwalt war derzeit im Urlaub. Seine junge Vertretung wirkte angesichts der bizarren Geschichte etwas überfordert und wollte erst mal Rücksprache halten.

Nach dem Gespräch ging Irmi hinüber zu Andrea. Auch Sepp und Sailer waren gekommen.

»Ich hab jetzt die Liste der alten Leutchen«, berichtete Andrea. »Da wären erst mal Ottilie Wagner, die Mama vom Ferdinand Wagner, und der Alois Hinterstoisser, von dem du schon erzählt hast. Außerdem gibt es eine Hilde Koch, einen Paul Loibl, den Alfons Bodenmüller, die Fini Ostler und den Gori Staudacher.«

Irmi stutzte. »Gori ist die Abkürzung für Gregor, oder? So hieß doch der Senior in der Alarmanlagenfirma?«

Andrea war schon am PC, öffnete die Homepage und entdeckte auf der Seite mit der Firmenhistorie ein altes Foto.

»Ist der das?«, fragte sie.

Irmi nickte. Darum war ihr der alte Mann beim Besuch auf dem Wagnerhof auch so bekannt vorgekommen. Sein Sohn Vinzenz war eine jüngere Ausgabe des Vaters.

»Aber Irmi, du denkst jetzt nicht … also …? Das sind doch alles Rentner!«

»Wir wissen, dass die Alarmanlagen in den Häusern, wo eingebrochen wurde, von der Firma Staudacher waren. Und Gori kennt die Systeme, oder zumindest die von den älteren Anlagen. Ich will mehr über die alten Leute auf dem Wagnerhof erfahren. Hinterstoisser war Chemiker, Hilde Koch war Bergführerin und Otti Landwirtin. Was haben die anderen früher gemacht? Andrea, kannst du das für mich rausfinden? Sepp und Sailer, könnt ihr bitte mit den Hausbesitzern reden, wo trotz Alarmanlage eingebrochen wurde? Vielleicht können die sich ja noch erinnern, wer die Anlagen eingebaut hat.«

Andrea, Sepp und Sailer machten sich an die Arbeit, während Irmi zum Hasen hinüberging, den sie mit einer Teetasse in der Hand antraf. Sie berichtete von ihrem Verdacht, der eigentlich unglaublich war. Dann atmete sie tief durch, sie hatte sich in Rage geredet.

Der Hase stand auf und reichte Irmi seine Tasse. »Nimm einen Schluck. Das klingt wirklich nicht gut«, sagte er leise.

Sie standen eine ganze Weile schweigend da. Irmi nippte am Tee, der nach Ingwer schmeckte. Der Hase lächelte sie aufmunternd an, dann gingen sie langsam zu den Kollegen hinüber, die inzwischen fündig geworden waren.

»Oiso, der Sepp und i ham probiert, die Hausbesitzer zum erreichn, wo trotz Alarmanlage eibrochn worden is. Mit fast allen ham mir sprechen können«, berichtete Sailer. »Und wissts ihr wos? Da san überall ältere Anlagen installiert, die der Gori Staudacher zamm mit dem Auras neibaut hot.«

»Die beiden alten Herren brechen ein? Dieser Auras, der auf mich so integer gewirkt hat?« Irmi schüttelte den Kopf. »Das wäre ja … puh!«

Sie versuchten, ihre Gedanken zu sortieren, die umherwirbelten wie Konfetti.

»Die Fini Ostler war auch Landwirtin«, erzählte Andrea. »Alfons Bodenmüller war Postbote. Und der Loibl hatte einen kleinen Juwelierladen. Er war Uhrmachermeister und Goldschmied.«

»Goldschmied?«, wiederholte Irmi.

»Aber das wäre dann ja wirklich, also …« Andrea hatte die Augen weit aufgerissen. »Nicht Staudacher und Auras, sondern Staudacher mit seinen Mitbewohnern? Aber die sind alt!«

»Ungewöhnlich, aber nicht unmöglich«, sagte der Hase sehr leise.

Irmi sah ihn an. »Wie wollen wir vorgehen? Es gab bei den Einbrüchen doch nie irgendwelche Spuren.«

»Es gibt eine Schwachstelle«, sagte der Hase. »Diese alte Frau vorher, die gesagt hat, der Herrgott würde sie strafen. Diese Fini. Ja, wofür denn strafen? Doch nicht für ihr rechtschaffenes Leben! Es sei denn, es war in letzter Zeit gar nicht so rechtschaffen?«

Irmi sah ihn an. Er eröffnete ihnen gerade einen Weg über dünnes Eis, den Irmi gar nicht gehen wollte.

»Wenn wir tatsächlich eine Rentnergang aufdecken, stolpern wir womöglich auch über einen Mörder«, sagte sie. »Es könnte ja auch einer von diesen alten Herrschaften da Silva erschlagen haben. Dann ist es nicht nur Otti, die jemanden ungewollt überfahren hat, dann reden wir von

Mord. Somit würden sich unsere beiden Fälle auf eine ganz ungute Weise zusammenfügen.«

»Nicht immer sieht die Verkörperung des Bösen auch optisch so aus«, sagte der Hase.

»Du bist so …«

»Grausam, Irmi? Wir haben einen Verdacht. Können wir den jetzt einfach unter den Teppich kehren wie die Brotkrümel vom Tisch? Den Teppich anheben, die Krümel drunter? Irmi, immer wenn wir drüberlaufen, wird es knirschen. Und zwar immer lauter!«

»Gehen wir«, sagte Irmi nur.

Schweigende Fahrten zum Hof schienen allmählich zu ihrer Gewohnheit zu werden. Katja hängte gerade Wäsche auf, als sie erneut vorfuhren.

»Noch was? Meine Leute sind eh schon völlig durch den Wind!«

»Katja, wir würden gern mit Fini Ostler sprechen, und zwar allein. Holst du sie bitte? Wir setzen uns in deine Stube, wenn's recht ist.«

»Ich weiß nicht. Der Ferdl ist auch nicht da, dem ist das sicher nicht recht. Der fährt nebenbei Lkw für einen befreundeten Spediteur und musste nach Italien. Ich bin dann ganz allein. Ich weiß nicht, ob ich … also …«

»Ich kann die Sache auch offiziell machen und euch alle vorladen, Katja. Aber ich glaube, es wäre besser, wir halten den Ball erst mal flach, oder? Holst du sie bitte?«

Katja nickte. Aus ihren Augen sprach Angst. Und in dem Moment ahnte Irmi, dass Katja mehr wusste.

Irmi und der Hase warteten derweil in der Stube. Sie schien frisch renoviert worden zu sein. Die Holzdielen waren frisch abgeschliffen und die Polster der Eckbank mit einem bunten Streifenstoff bezogen, der zu den Vorhängen passte.

Wenig später tauchte Katja mit Fini wieder auf. Die alte Dame ging leicht hinkend, es war offensichtlich, dass Knie und Hüften das Verfallsdatum überschritten hatten. Sie trug eine pludrige, verwaschene Hose, Wollsocken und einen gestreiften Pullover. Umständlich setzte sie sich hin.

»Die Knie san hi«, sagte sie.

Katja stellte Wasser auf den Tisch.

»Sagen Sie, Frau Ostler, machen Sie öfter in der Nacht Ausflüge?«

Fini Ostler sah zu Boden.

»Mit den anderen?«

Schweigen.

»Wir werden euch alle befragen, und irgendwer wird reden. Sie haben gesagt, dass der Herrgott euch straft. Warum?«

Sie hob den Blick. »Es ist auch nicht recht, dass ich kein Geld hab. Da schaut der Herrgott auch nicht hin! Er hat mich vergessen.«

Das war in seiner Schlichtheit so ergreifend, dass Irmi Tränen in die Augen traten. Es wäre besser gewesen, über die Krümel der Halbwahrheiten zu laufen. Viel besser. Aber nun war es zu spät.

Sie bat Katja, die anderen zu holen. Katja ging, ihre Schritte waren schwer.

»Ich hab fei immer nur die Brote geschmiert«, sagte Fini Ostler. »Mich kann man sonst ja zu nix mehr brauchen.«

Sie starrten tiefe Löcher in die Luft, in der ein leichter

Odelgeruch hing. Das Fenster stand auf Kipp, es war erneuter Regen angesagt, und die Landwirte leerten ihre Gruben.

Katja kam zurück und brachte die übrigen sechs Bewohner mit.

Otti strahlte. »Ja, Irmi, di hob i ja lang nimmer g'sehn.«

»Otti, stimmt. Freut mich!«

Irmi wandte sich an Gori Staudacher. »Herr Staudacher, Sie haben Ihr Leben lang Alarmanlagen installiert. Sie kennen sie aus dem Effeff und können sie auch ausschalten. Leichterdings.«

Sieben Augenpaare waren auf Irmi gerichtet. Augenpaare, die tief in den Höhlen lagen, in welken Gesichtern, die davon erzählten, dass das Leben anstrengend war, sich aber trotzdem lohnte, weil die Falten auch vom Lachen herrührten.

»Sie haben sechzehnmal eingebrochen, Herr Staudacher. Sie und einige andere hier. Wir werden Fingerabdrücke nehmen, Speichelproben. Wir werden etwas finden. Wir finden immer etwas. Das ist nicht mehr wie in den Siebzigern, wo die Technik noch in den Kinderschuhen steckte.«

Schweigen.

»Wollen wir aufs Revier fahren?«

»Es war meine Idee. Meine!«, sagte Hinterstoisser schließlich. »Frau Mangold, was sehen Sie vor sich? Ich sag es Ihnen! Hier sitzen die Opfer einer verfehlten Politik. Einer Politik, die nicht nur den Klimawandel ignoriert hat, sondern auch die demografische Pyramide. Und Sie, Frau Mangold, werden noch viel schlimmer dran sein! Sie als Beamtin vielleicht nicht, aber Ihre Generation als Ganzes!

Rund zwanzig Prozent aller Rentnerhaushalte gelten jetzt schon als armutsgefährdet. Jeder fünfte Rentner muss mit weniger als tausend Euro auskommen. Wie soll das gehen? Wenn jemand Miete zahlen muss, ist es besser, gleich den Freitod zu wählen.«

Das Wort Freitod hing in der Luft. Alle schwiegen weiter und sahen Hinterstoisser an. Er war ihr Sprachrohr.

»Und warum zahlen Beamte, Selbstständige, Freiberufler und Politiker immer noch nicht in eine solidarische Kasse ein, Frau Mangold? Im Jahr 2030 werden selbst Arbeitnehmer, die heute zweitausendfünfhundert Euro brutto im Monat verdienen und fünfunddreißig Jahre Vollzeit gearbeitet haben, zum Sozialamt gehen müssen!«

»Herr Hinterstoisser, das ist aber ein fiktives Szenario«, sagte der Hase. »Es geht ja etwas simpel davon aus, dass einer fünfunddreißig Jahre lang keine Lohn- und Gehaltssteigerungen erlebt. Die Rechnung bezieht sich ja wohl ausschließlich auf Menschen, die keine weitere Zusatzvorsorge fürs Alter getroffen haben.«

Irmi war froh, dass der Hase so kühl reagieren konnte. Sie selbst litt in solchen Situationen unter Argumentationsschwierigkeiten.

»Aber genau das haben die Geringverdiener ja nicht getan! Wovon sollen die eine Zusatzvorsorge zahlen?«, wetterte Hinterstoisser. »Und dann überlegen Sie mal, was passiert, wenn einer nicht vierzig Jahre lang ohne Unterbrechung sozialversicherungspflichtig gearbeitet hat. Wenn eine Zeit der Arbeitslosigkeit dazwischengekommen ist, werden die Renten noch unterirdischer! In die Armutsfalle tappen ja nicht nur Menschen mit problematischer Erwerbsbiografie, sondern auch ganz normale fleißige Menschen wie wir alle hier.«

»Schauen Sie«, mischte sich Paul Loibl ein, der seine wenigen Haare von links nach rechts über die Platte drapiert hatte. »Ich war mal Juwelier. Hatte einen Laden. Zu mir kamen Menschen, um eine alte Uhr reparieren oder einen Ring weiten zu lassen. Um ein schönes Geschenk zu kaufen für einen Geburtstag, eine Konfirmation, eine Hochzeit. Doch die Miete für den Laden ist immer weiter gestiegen. Uhren waren nichts mehr wert, man kaufte eine neue, statt die alte reparieren zu lassen. Ich habe Swatch-Uhren verkauft, aber bald taten das die Kaufhäuser auch, und dann kam das Internet. Eine Weile konnte ich noch mit Trauringen überleben, weil die Paare sich die Ringe direkt ansehen wollten. Doch das war dann auch irgendwann vorbei, weil im Internet alles so viel billiger und einfacher und immer sofort verfügbar ist. Also musste ich schließen. Ich hatte nichts mehr. Keine Immobilie, keine Erbschaft. Meine ganze Familie hat immer nur zur Miete gewohnt. Zu dem Zeitpunkt war ich sechzig. Ich war dann noch fünf Jahre bei der Post, gottlob bin ich da als Zusteller untergekommen. Von der Post kenn ich übrigens auch den Alfons. Und Sie sagen mir, ich hätte was zurücklegen sollen? Wie? Was? Wann?«

Irmi sagte nichts, auch der Hase schwieg.

»Und dann nehmen Sie unsere Otti und unsere Fini«, fuhr Hinterstoisser fort. »Wie die meisten Frauen damals haben sie mit Anfang zwanzig einen Landwirt geheiratet. Frau Mangold, Sie stammen doch auch aus einer Landwirtschaft! Sie kennen doch die Krux! Landwirtschaftliche

Flächen stellen Betriebsvermögen dar. Wenn nun Betriebsvermögen zu Privatvermögen wird oder man die Flächen verkauft, fallen auf den Gewinn hohe Steuern an. Es gibt ermäßigte Besteuerungsregeln, aber nur wenn der gesamte Betrieb aufgegeben wird. Und wenn ein Landwirt seinen Betrieb übergibt, dann zahlt die nächste Generation keine Steuern, sondern muss dem Altbauern und der Altbäuerin ein Wohnrecht am Hof oder im Austragshäusl gewähren und dazu Sachleistungen wie Milch und Eier oder gar Pflege und Fahrdienste zum Doktor. Doch eine Familie, die zusammenhält, ist ein schöner Traum. Die Realität ist Krieg! ›Sage nicht, du kennst einen Menschen, bevor du nicht ein Erbe mit ihm geteilt hast.‹ Kennen Sie das? Der Ausspruch stammt von Johann Kaspar Lavater. Was ein reformierter Pfarrer Mitte des 18. Jahrhunderts wusste, stimmt bis heute!« Er hieb mit der Faust auf den Tisch. »Oder, Frau Mangold, noch anders: Was, wenn der Landwirt seinen Hof nicht aufgeben will oder kann? Dann verfallen jahrzehntelang eingezahlte Beiträge. Die sogenannte Hofabgabeklausel stammt noch aus den Nachkriegsjahren, als Politiker die Übergabe der Höfe an die nächste Generation fördern wollten. Das ist doch ein Witz! Das gibt es in keinem anderen Berufsfeld. Kein Handwerker, kein Selbstständiger muss seinen Betrieb abgeben, um eine Rente zu bekommen!«

»Aber die Hofabgabeklausel wurde doch vom Bundesverfassungsgericht als verfassungswidrig angesehen und Ende 2018 ersatzlos abgeschafft?«, entgegnete der Hase.

»Ja, aber das nützt ganzen Generationen nichts mehr. Und die Rente aus der Landwirtschaftlichen Alterskasse bleibt ein Almosen. Fini hat 338 Euro. Und das nach einem Arbeitsleben von fünfzig Jahren? Ihr Mann, der Hias, hat die Austragsleistungen durch Sohn und Schwiegertochter nicht vertraglich fixieren lassen. Und was, glauben Sie, ist passiert? Der Hias starb, und die Schwiegertochter hat der Fini das Leben zur Hölle gemacht.«

»Stimmt«, sagte Fini Ostler. »Mei Schwiegertochter is a Hex. Des war zu ertragen, als i no mit dem Schlepper aufs Feld gefahren bin. Da hab i über den Tag verteilt Nachbarn troffn. Mir ham g'ratscht, g'lacht und aa amoi gelästert. Aa über die Hex. Aber …« Sie brach ab. Tränen liefen ihr über die Wange.

Katja suchte Irmis Blick. »Die materielle Armut leuchtet uns ja unmittelbar ein, ebenso wie die zunehmende körperliche Schwäche. Aber es geht auch um weniger greifbare Dinge. Um Isolation, um Verletzlichkeit, um Machtlosigkeit. Und da hilft einem auch nicht der Glaube, wenn man das elende Leben als gottgegebenes Schicksal hinnehmen muss.«

»Ich scheiß auf Gott, der war nie da, als er gefragt gewesen wäre. Wo war er, als mein Mann und mein Sohn abgestürzt sind? Weggesehen hat er, ganz elegant vorbeigeschaut!«, rief Hilde Koch. »Ich weiß ja, dass ich selber schuld bin. Die Verlockung war zu hoch, nicht auch noch Steuern und Abgaben auf die magere Vergütung zu zahlen. Ich hab kaum Beiträge in die Altersversorgung gezahlt. Klar, Asche auf mein Haupt. Aber soll ich deshalb verrecken? Tu ich eh bald. Mit mir hat die Rentenkasse Glück. Früher Abtritt, passt! Klappe zu, eine weniger!«

»Ach, Hilde! Ich hab als Selbstständiger auch zu wenig

einbezahlt. Immerhin kam zum Fünfundsechzigsten die Auszahlung einer Versicherung. Wenn ich allerdings sehr alt werd, dann wird's eng. Die Gesellschaft muss auf früh sterbende Rentner hoffen!«, bemerkte Staudacher und legte ganz kurz seine Hand auf die von Hilde Koch.

»Als der Film *Soylent Green* 1973 in die Kinos kam, war das Science-Fiction! Lassen Sie sich das auf der Zunge vergehen! Und jetzt steht das Jahr 2022 tatsächlich ante portas. Im Film wurden lästige alte Leute in grüne Kekse verarbeitet. Kannibalismus als Lösung einer irren Welt, die sich am Ende selbst auffrisst.« Hinterstoissers Augen funkelten.

Irmi war schlecht.

»Früher war i bei der Flursegnung und zu Erntedank immer im neuen Dirndl. Wo is mei Dirndl, warum ham mir keine Feiern mehr?«, fragte Otti plötzlich.

»Mama, dei Dirndl is in der Wäsch«, sagte Katja zärtlich.

»Ah so! I geh zu den Henna!«, meinte Otti.

Alle sahen ihr nach. Sie hatte sie kurzzeitig gerettet mit dem Themenwechsel. Im Hinausgehen summte sie »Kein schöner Land«.

Hinterstoisser übernahm aber bald wieder das Wort. »Ich treffe mich ab und zu mit einer ehemaligen Kollegin. Sie war pharmazeutisch-technische Assistentin, hat nach der Lehre fünf Jahre gearbeitet, dann zwanzig Jahre lang ihre Kinder zu guten Menschen gemacht und ist später wieder halbtags eingestiegen. Sie zählt zu den rund dreihunderttausend Menschen in München, die arm sind. Sie stopft ihre Socken, sie trägt seit Jahren eine Hose, die ich längst weggeworfen hätte. Sie holt ihr Essen bei der Tafel und schämt sich. Und dann sieht sie, wie ihre Altersgenossinnen schmuckbehängt ihr Golfbag in den Benz wuchten und am Starnberger See golfen gehen. Armut macht depressiv und widerspricht meiner Vorstellung von einer solidarischen Gesellschaft.«

»Und Sie alle hier? Wie finanziert sich das?«, fragte der Hase schließlich.

»Wir haben Sätze, die mit anderen Einrichtungen vergleichbar sind«, sagte Katja.

»Die aber die meisten hier nicht zahlen können, oder?«, warf Irmi ein.

»Wir leben hier das Solidarprinzip«, erklärte Hinterstoisser. »Großer Topf, kalt, warm, umgerührt, und so kommt für jeden was Lauwarmes raus. Also Katja, nicht dass das hier lauwarm wäre. Du bist unsere heiße Lava!«

Katja lächelte müde. »Danke.«

»Ich nehme an, dass Sie am meisten einbezahlen, Herr Hinterstoisser?«, fragte Irmi.

»Richtig. Denn warum habe ich mit Zusatzrenten und Betriebsrenten fast viertausend Euro? Und Fini nur dreihundert? Dabei hab ich sicher weniger gearbeitet als das Finerl!«

»Mir erscheint dieses Gemisch aber immer noch eher eine Kaltschale zu werden«, bemerkte der Hase.

»Ich hab ein Haus am Starnberger See verkauft«, erklärte Hinterstoisser.

»Warum?«

»Weil es eine fette Angeberburg war. Der Traum meiner verstorbenen Frau. Weitere Gründe gefällig? Weil unsere Tochter in L. A. lebt und einen Mann geheiratet hat, der ihr fünf solche Häuser hinstellen kann. Unser Sohn rettet

Tiere in irgendwelchen Urwäldern und wollte nie den Kapitalistenmammon seines Vaters haben. Und last, but not least, weil man bei solch sittenwidrigen Immobilienpreisen zuschlagen muss!«

»Und wie sind Sie hier …?«

»Wie ich hier gelandet bin? Verehrte Frau Mangold, die geschätzte Hilde hat mich mehrfach auf Bergtouren geführt. Das waren die besten Tage meines Lebens. Sie hat mir vom Pflegebauernhof erzählt. Auch Gori kannte die Hilde von früher. Für uns alle war es eine gute Entscheidung, hierherzuziehen.«

»Und dennoch, trotz aller Solidarität, haben Sie in Häuser eingebrochen.«

»Weil es uns nach all den Jahren der Arbeit einfach zusteht«, sagte Staudacher. »Wir haben nie etwas zerstört. Wir haben immer nur Gold, Geld und Schmuck genommen.«

Irmi zuckte innerlich zusammen. Nie etwas zerstört – das war angesichts des Todes von Davide da Silva kühn formuliert. Sie sah den Hasen an, der sofort begriff. Noch sollte der Tod kein Thema sein.

»Und wie soll ich mir das Ganze nun vorstellen?«, fragte der Hase.

»Ganz einfach. Gori legte die Alarmanlagen lahm. Viele waren erst gar nicht eingeschaltet. Hilde, einst Hochleistungssportlerin und Bergführerin, erkletterte auch mal Fassaden. Ich war für alles Chemische zuständig, der Paul hat Gold eingeschmolzen und zu Schmuck umgearbeitet. Und Fini war für das Schmieren von Broten zuständig, Otti auch.« Ganz kurz blitzte bei Hinterstoisser der Schalk durch.

»Und Sie, Herr Bodenmüller?«

»Nun, Postbote war früher ein schöner Beruf. Man hatte Einblick in das Leben der Leute, man konnte plaudern. Man hat auch mal ein Münzkonvolut geliefert …«

»Sie waren der Spion?«, fragte Irmi ungläubig.

»Es hat sich eben erwiesen, dass eine gewisse Kenntnis der Gegebenheiten, der Familien, der Besitztümer gut war. Und die Menschen haben sich früher gefreut, wenn ich kam. Das waren noch Zeiten! Das gab's mal einen Kaffee oder ein Schnapsl, man war ja mittags fertig. Gerade die alten Leutchen haben auf mich gewartet, und natürlich war da ein paar Minuten Zeit zum Plaudern. Heute bist du Verbundzusteller, hast Pakete bis zum Himmel, jede Menge Zeitungen und den depperten Prospekt vom Rewe. Du bist ständig auf der Flucht, manche Kollegen rennen regelrecht. Und neuerdings zwingen sie dich, mit der Elektro-Chaise zu fahren, allein die Ladekante ist ein Witz – alles komplett unpraktisch. Die Sitze sind so bequem wie bei einem Gabelstapler! Aber es ist ja so öko! Alles Tünche, alles falscher Zauber und Leuteschinderei. Heute kennt keiner mehr die Kunden persönlich, keiner hat Zeit, und es kann auch keiner mehr Deutsch. Ich war so was wie der Letzte einer aussterbenden Zunft.«

»Das ist dennoch kein Grund, bei anderen Leuten einzubrechen!«, rief Irmi.

»Stimmt, aber wir haben immer nur da eingebrochen, wo es keine Armen trifft! Und bei Idioten, unangenehmen Zeitgenossen. Der Gori und der Alfons wussten, wer ein arroganter Depp ist«, bemerkte Hilde Koch grinsend.

»Frau Mangold, ich weiß, wie das klingt«, meinte Bodenmüller. »Das steht uns nicht zu. Wir haben kein Recht, Deppen zu bestrafen. Stimmt alles. Aber wir haben uns lebendig gefühlt. Endlich wieder lebendig. Ich hatte so eine Prostatasache, der Gori hatte mehrere Herzinfarkte, die Otti dämmert uns weg, die Fini hat offene Füße, und …«

»Ich hab eine Chemo abgelehnt«, ergänzte Hilde Koch. »Geht auch so zu Ende. Bald schon. Ja, wir sind kriminell, und es war herrlich.«

Sie strahlte trotz ihres Alters eine ungeheure Energie und Entschlossenheit aus. Der Tod würde sie kriegen, aber sie hatte wohl beschlossen, keinesfalls weinerlich abzutreten.

»Es war auch das Drumherum«, warf Bodenmüller ein. »Wir haben die Häuser beobachtet, die Gewohnheiten der Bewohner. Es war köstlich. Wir haben hinter der Zeitung in der Bushaltestelle gesessen. Oder irgendwo mit dem Rollator herumgestanden. Wissen Sie, Frau Mangold, ein Kennzeichen des Alterns ist es, dass Sie unsichtbar werden. Keiner sieht Sie mehr! Das kann man halt auch ins Positive ummünzen. Das Spionieren hat Spaß gemacht. Und wir hatten ja Zeit.«

Irmi sah vom einen zur anderen. Sie alle hatten offenbar keinerlei Unrechtsbewusstsein. Wenn sie in sich hineinhorchte, verstand sie diese Seniorengangster sogar. Es war dieses Gefühl, das einen auch bei Filmen packte: Man stand aufseiten der Gangster, fieberte mit, ob sie wohl den Tunnel zur Bank rechtzeitig fertig bekämen. Diese ganze Geschichte hatte allerdings einen Schönheitsfehler. Sie musste nun doch endlich raus mit der Sprache.

»Der letzte Einbruch galt einem Herrn da Silva. War der auch ein Idiot? Kannten Sie den?«

»Ich war mal mit ihm auf einer Bergtour. Er wollte als Coach mit seinen Anhängern eine hochalpine Route gehen und im Vorfeld testen, ob die sich eignet. Eine völlige Schnapsidee«, berichtete Hilde Koch. »Er selber hat auf der halben Strecke schlappgemacht. Ich hatte massiv Mühe, den wieder vom Berg zu kriegen. Und dann hat er mich noch beschimpft, ich hätte die Tour schlecht ausgewählt. Ich hab ewig auf mein Honorar gewartet, dieser Stenz, dieser arrogante Halbitalo.« Ihre Augen flammten.

»Und das rechtfertigt es, ihn zu erschlagen?«

Die alten Leute zuckten zusammen und starrten Irmi an.

»Wieso erschlagen?«, rief Hinterstoisser.

»Der Herr Davide da Silva wurde mit einem seiner Kunstexponate erschlagen. Während eines Einbruchs, Herr Hinterstoisser. Was ist schiefgegangen?«, fragte der Hase.

Irmi beobachtete Hinterstoisser genau. Er war die ganze Zeit sehr klar und offen gewesen, und frech dazu. Aus seinen Augen sprach Unverständnis.

»Mord? Ein Mord? Wir morden doch nicht!«

»Vielleicht nicht planvoll, vielleicht im Affekt. Stand da Silva plötzlich vor Ihnen?«, wollte Irmi wissen. »Kam er zu früh nach Hause? Was war los?«

»Wir erschlagen doch keinen!«, rief Hinterstoisser. »Wir haben immer darauf geachtet, dass keiner zu Hause war! Immer!«

Irmi und der Hase warteten. Diesmal war eindeutig einer zu Hause gewesen!

»Wer war bei dem Bruch dabei? Und lügen Sie mich nicht an!«, rief Irmi.

»Hilde, Gori, Paul, Alfons und ich.«

»Wer hat den Mann erschlagen?«

»Keiner!«, rief Hinterstoisser.

»Gut«, sagte Irmi. »Katja, du sorgst dafür, dass die Herrschaften morgen alle miteinander zu mir ins Büro kommen. Wir werden sie befragen. Es sei denn, jemand will nun doch ein Geständnis ablegen. Jetzt und hier?«

Niemand meldete sich. Auf einmal sprang Katja auf und rannte hinaus. Irmi sah den Hasen an, der unmerklich lächelte. Dann ging sie Katja hinterher. Die stand am Zaun, die Schafe waren näher gekommen und versuchten, ihre Nasen über den Zaun zu schieben. Ob es wohl was zu essen gab?

»Darum geht es: ein paar Freunde zu haben und was zu fressen. Bei denen wie bei uns auch. Mehr ist es doch nicht, dieses verdammte Leben«, flüsterte Katja.

»Hast du gewusst, was da vorgeht?«

»Anfangs wusste ich nichts. Ich hab mitbekommen, dass nachts Leute mit dem Radl vom Hof gefahren sind. Ich hab an senile Bettflucht gedacht. Und ich bin ja keine Anstalt. Es gibt auch kein Gesetz, das nächtliches Fahrradfahren verbietet!«

»Das stimmt, aber …«

»Aber was? Der Alfons hat es auf den Punkt gebracht, die Alten sieht keiner mehr. Niemand will sie sehen, weil sie einen dran erinnern, dass man selber älter wird. Otti hat uns, aber das ist ja in der heutigen Welt eher selten. Ich meine, dass die Alten noch bei den Jungen leben.« Sie atmete tief durch. »Die Otti war nie weg von hier. Sie war mal in Murnau auf dem Markt und in Mittenwald und einmal in ihrem Leben in Seefeld. Das war für sie ein Erlebnis.

Otti war nicht gebildet, und doch hatte sie eine innere Weisheit und Würde, die ich nie erlangen werde. Verstehst du?«

Irmi nickte. Ihre Mutter war genauso gewesen. Sie war froh, als Katja weitersprach.

»Hilde hat Mann und Kind verloren, der Junge war damals sechzehn und auf dem Weg, ein ganz Großer in der Freeclimber-Szene zu werden. Hilde ist allein, und wie sie sagt: Sie lebt nicht mehr lang. Was sie jetzt schon an Schmerzmedikation nimmt, ist der Wahnsinn. Sie gehört eher in ein Hospiz. Aber sie will hierbleiben, und das will ich ihr ermöglichen.«

Sie riss Löwenzahnblätter aus und hielt sie den Schafen hin.

»Dann der Paule. Er war immer allein, ein schüchterner Tüftler, ein herzensguter Mann, kein Womanizer und nie ein Geschäftsmann. Er war immer einsam, aber hier ist er zum ersten Mal Teil einer Gemeinschaft. Als Nächsten nimm Alfons: Seine Frau ist gestorben, er hat sie jahrelang gepflegt, und die ganzen Kosten haben das Haus aufgefressen. Irgendwo sind Kinder, aber die interessieren sich nicht für ihn, weil es ja nichts mehr zu erben gibt. Und dann natürlich Alois: Er ist unser Machertyp, gut situiert, aber auch seine Kinder haben kaum Kontakt mit ihm. Seine Frau hat sich umgebracht. Er tut das so ab, dass er die ›Angeberburg‹ verkauft hätte. In Wirklichkeit steckten einfach zu viele Erinnerungen darin. Er hat seine Frau gefunden, wie sie am Balken ihres lichtdurchfluteten Ateliers hing. So war das, Irmi! Alois verbirgt seine Gespenster hinter klugen Worten. Er schläft fast nie.«

Wieder pflückte sie etwas, diesmal Spitzwegerich, und hielt es den Schafen vor die weichen Nasen.

»Wen haben wir noch? Ach ja, Fini, die mit ihrem Sohn gebrochen hat und ihre Enkel nicht mehr sehen darf, weil die Schwiegertochter das vereitelt. Und dann wäre da noch Gori, der ab und zu in seiner alten Firma vorbeischaut. Da hat sich viel verändert, er ist stur, das bestreitet er gar nicht. Und er hat ein schwieriges Verhältnis zu seinem Sohn, der so anders ist, als der Vater es gerne hätte. Außerdem ist seine Tochter gestorben, an der er sehr gehangen hat. Das hat er noch immer nicht verarbeitet. Irmi, sie alle sind Gestrandete.«

Irmi wartete.

»Ja, ich hab irgendwann begriffen, dass die einbrechen. Ja, ich hätte eingreifen müssen, im Nachhinein sieht man das glasklar vor sich. Aber ich hab es verdrängt. Irmi, von denen mordet doch keiner!«

»Das wird sich zeigen. Bitte mach ihnen klar, dass morgen alle auf die Inspektion kommen müssen. Wir reden von Mord oder Totschlag. Sag ihnen, dass wir die Wahrheit so oder so finden werden.«

»Aber könnte nicht jemand anders diesen Mann ermordet haben? Nachdem der Einbruch vonstattengegangen ist? Könnte das nicht sein?«

Daran hatte Irmi auch schon gedacht. Vielleicht war da Silva erst mal nur gestürzt, und eine weitere Person hatte ihn erschlagen. Aber wer? Auch sie wollte nicht glauben, dass von den aufrechten Sieben einer oder eine mordete.

»Und ich? Was ist mit mir? Bin ich jetzt eine Mitwisserin?«, fragte Katja leise.

»Du schläfst in der Nacht, oder?« Irmi wusste, dass sie sich da weit aus dem Fenster lehnte, aber sie konnte nicht anders.

»Der Ferdl, der schläft wirklich wie ein Stein. Binnen Sekunden ist er weg und wacht auch nur mit drei Weckern auf.«

»Und du, Katja, du arbeitest hart und bist eben auch todmüde und fix und alle und schläfst.«

»Ach, Irmi! Danke! Aber warum ist das Leben so?«

»Das wenn ich wüsste! Aber ihr braucht eine anwaltliche Vertretung! Im Prinzip braucht jede Person einen eigenen Anwalt. In der Strafprozessordnung ist das Verbot der Mehrfachverteidigung verankert.«

»Kommen sie ins Gefängnis?« Katja begann zu weinen.

»Das kann ich dir nicht sagen. Sie werden wegen schweren Diebstahls verurteilt, und wenn der Richter darin Gewerbsmäßigkeit sehen will, wird es noch kritischer. Ich kann dir zum Strafmaß nichts sagen, das wird bei Gericht entschieden.«

»Irmi, Irmi, das ist furchtbar!« Katja schluchzte.

»Ja, aber du schaust nach anwaltlicher Vertretung, und morgen steht ihr alle auf der Matte! Klar?«

»Ja. Der Ferdl wird durchdrehen!«

Für ihn würde die Welt zusammenbrechen, so, wie die von Sarah Nörpel zusammengebrochen war. Andrea hatte inzwischen die Tochter der Waldbademeisterin ausfindig gemacht. Die junge Frau studierte in Berlin, wo sie von zwei ortsansässigen Kollegen über den Tod der Mutter informiert worden war. Sarah Nörpel schien nicht allzu oft in ihre Heimat zu fahren und hatte wohl auch nur unregelmäßig mit der Mutter telefoniert, was allerdings nicht etwa an einem schlechten Verhältnis zwischen den beiden gelegen hatte, sondern eher daran, dass Angie Nobel oftmals sehr schwer erreichbar gewesen war. Andrea hatte Sarah Nörpel angerufen und ihr mitgeteilt, dass die Ermittlungen abgeschlossen waren. Die Tochter wollte ins Werdenfels kommen, um die Sachen der Mutter abzuholen, und bei der Gelegenheit auch in der Polizeiinspektion vorbeischauen. Morgen schon wurde sie erwartet.

Irmi und der Hase fuhren schließlich heim.

»Da wird auch der Wein nicht mehr helfen«, bemerkte der Hase.

»Manchmal hasse ich meinen Job! Diese alten Menschen. Furchtbar.«

»Es ist die Krux unseres Berufs. Verbrecher sind nicht immer nur die bösen Buben, nicht immer ist es ein Darth Vader, der durch sein Visier atmet. Wir haben uns auf die eine Seite geschlagen. Ich weiß nicht mal, ob das immer die Seite des Guten ist. Und manches Mal würde ich auch lieber alle Augen, inklusive der Hühneraugen, zudrücken. Irmi, ich gehe laufen, das zumindest hilft mir.«

Irmi nickte. Ja, den Gedanken davonlaufen, das wäre eine Option. Doch sie war keine Läuferin, nicht mal eine Fahrradfahrerin. Und wahrscheinlich würden die Gedanken dann auch nicht weichen. Also ging sie nach oben und sank auf die Couch. Der eine Kater sprang ihr in die Magengrube und begann zu schnurren.

»Danke.«

Zu Hause wäre Irmi jetzt vielleicht in den Stall gegangen. Oder hätte Holz gestapelt. Zu Hause? Jetzt war doch hier ihr Zuhause? Zumindest litt sie nicht an Schlaflosigkeit. Nach einem Käsebrot schlief sie ein und wachte erst um acht wieder auf. Draußen wurde es schon dunkel. Sie badete lange und entdeckte neue Besenreiser. Schließlich sah sie in den Spiegel. Der ihr aber keine Antworten gab.

13

Am nächsten Morgen um neun Uhr traf die Rentnertruppe ein. Katja, die einen Bus besaß, hatte als Chauffeurin fungiert. Die alten Menschen sahen betreten aus, lediglich Otti schien das Ganze für einen besonders lustigen Ausflug zu halten.

»Mei, Irmi, di hab i aber lang nimmer g'sehn. Du bisch groß g'wordn.«

Fini Ostler sah heute besonders gebrechlich aus, Hilde Koch eher verhärmt. Staudacher schaute gelangweilt, Bodenmüller war auffällig fahl im Gesicht, während Paul Loibl schicksalsergeben wirkte. Hinterstoisser hingegen war hellwach. Katja begrüßte auf dem Gang eine Frau in Designerjeans, Blazer und weißer Bluse. Die Ledersneaker sollten wohl signalisieren, dass sie zwar seriös, aber keineswegs spießig war. Die Frauen umarmten sich kurz.

»Bettina, eine Schulfreundin von mir«, stellte Katja sie vor.

»Dr. Bettina Hornsteiner. Meine Kanzlei wird die Herrschaften anwaltlich vertreten.« Die Frau reichte Irmi ein Kärtchen. Sie war Partnerin in einer Kanzlei in München, die wohl auf Strafrecht spezialisiert war. Das beruhigte Irmi irgendwie.

»Angenehm«, sagte Irmi. »Sie wissen schon, dass …«

»… dass jeder einen eigenen Anwalt braucht. Natürlich. Aber heute bin ich da. Wir sind ja noch nicht vor Gericht.«

Irmi ließ das erst mal so stehen und bat Hinterstoisser als Ersten herein.

»Herr Hinterstoisser, Sie sind ein kluger Mann. Bitte langweilen Sie mich nicht mit Lügen. Sie haben sechzehnmal eingebrochen. Sie und Ihre Mitbewohner.«

Er sah Irmi an. In seinem Blick lag etwas Spöttisches. »Nichts wäre passiert, wenn Otti nicht mit dem Traktor gefahren wäre. Wenn der Sprit Sie nicht zu uns geführt hätte. Was für eine perfide Verkettung von Umständen. Hätte ich den Sprit nicht angerührt, vielleicht wäre dann alles anders geworden.«

»Wenn der Hund ned gschissn hätt!«, konterte Kathi herzhaft. »Sie geben die Einbrüche also zu?«

»Wir wollten aufhören. Da Silva war eigentlich schon nicht mehr geplant. Pech halt.«

»Pech! Sie sind ja ein ganz Launiger, Herr Hinterstoisser«, meinte Kathi. »Wir hätten den Mammut in jedem Fall gefunden und wären auf dem Wagnerhof aufgetaucht. Und Fini Ostler hätte das schlechte Gewissen geplagt. Früher oder später wäre etwas schiefgelaufen. Zu viele Leute involviert, zu viele Fehlerquellen!«

»Wir waren ein Team. Einer für alle. Alle hätten dichtgehalten. Ich glaube an diese Truppe.«

»Das ehrt Sie, Herr Hinterstoisser. Und dieses ›Einer für alle‹ ist eine schöne Utopie. Aber Ihr letzter Bruch hat einen Menschen das Leben gekostet«, sagte Irmi.

»Ich kann es nur noch mal betonen: Wir waren schon draußen. Da war keiner vor Ort! So wie immer. Aber es könnte doch jemand nach uns gekommen sein. Dieser da Silva war ein ausgemachter Angeber. Der hatte sicher

Feinde. Wer sein Haus so rausputzt, muss Feinde haben. Glauben Sie mir! Wer so wohnt, der blendet. Und wer als Health Coach den Kunden die Kohle aus den Taschen zieht, der erst recht!«

»Wenn alle Leute den Tod verdient hätten, die irgendwie protzig wohnen, dann gäbe es eine große Entzerrung auf dem Immobilienmarkt. Da würden viele Häuser frei!«, rief Kathi wütend.

Die nächsten Befragungen schleppten sich dahin. Paul Loibl und Gori Staudacher erzählten fast wörtlich dasselbe. Sie hatten das Haus schon verlassen, keiner wusste etwas von einem Schlag. Fini Ostler beteuerte weiter, immer nur Brote geschmiert zu haben. Irmi glaubte ihr. Die alte Dame würde wahrscheinlich nach dem Prozess mit einem blauen Auge davonkommen.

Die Befragung von Hilde Koch mussten sie abbrechen, denn die schmale Frau sackte plötzlich in sich zusammen. Die Sanitäter und ein Notarzt kamen und brachten sie ins Klinikum.

Nach einer längeren Unterbrechung wegen des Notfalleinsatzes kam Alfons Bodenmüller herein.

»Mein Mandant möchte eine Aussage machen«, erklärte die Anwältin.

»Na dann!«, rief Kathi.

Bodenmüller sah furchtbar aus. Fahl, fast grünlich. Irmi machte sich Sorgen, ob der Mann durchhalten würde. Sie wollte nicht noch mal den Notarzt rufen.

»Herr Bodenmüller, was ist in der Nacht passiert?«

Er sah Irmi an wie ein waidwundes Tier, das wusste, dass es sterben würde. »Also, wir waren alle schon draußen. Ich hatte einen Schraubenzieher vergessen. Den wollte ich holen. Und ich wollte auch gerade abhauen, da kommt dieser Mann aus dem Keller und steht plötzlich im Wohnzimmer. Wie aus dem Nichts! Wirklich. Und er hatte ein Messer auf mich gerichtet. Ein großes Messer. Ein Küchenmesser. Die Küche lag ja neben der Kellertreppe. Wahrscheinlich hat er mich gehört und sich bewaffnet. Ich kann mich gar nicht mehr so genau erinnern. Ich hatte Angst und hab ihn geschubst, glaub ich. Er hat etwas gesagt und ist dann gefallen. Und liegen geblieben.« Tränen traten ihm in die Augen. »Das war ein Aussetzer, ich weiß nicht, wie das passieren konnte. Ich war gar nicht bei mir. Es tut mir unendlich leid, aber die anderen haben nichts damit zu tun.«

»Herr Bodenmüller, Sie gestehen also, dass Sie da Silva gestoßen haben?«

»Ja, aber ich dachte doch nicht, dass er tot ist. Nur umgefallen.«

»Nur umgefallen?«, rief Kathi. »Sind Sie noch bei Trost?«

»Frau Reindl, der Herr Bodenmüller hat im Affekt agiert. Nicht etwa absichtsvoll. Sie haben Ihr Geständnis, wir werden auf Notwehr plädieren. Er wurde ja angegriffen.«

»Frau Dr. Hornsteiner, mit Verlaub! Der Schubser ist keine Notwehr, sondern der Griff des Herrn da Silva zum Messer, um sich zu verteidigen. Das wäre die Notwehr. Das Recht braucht dem Unrecht nicht zu weichen«, erklärte Irmi. »Der Schubser ist ein rechtswidriger Angriff, und wenn Herr da Silva schon durch den Schubser verletzt wurde und daran gestorben wäre, dann würden wir von Körperverletzung mit Todesfolge reden. Das Problem ist nur, dass auch dieser zweite Schlag geführt wurde.«

»Wie, was für ein Schlag?«, fragte die Anwältin erstaunt.

»Es gab den Sturz. Und einen Schlag. Mit einer Statue. Und der war definitiv tödlich«, sagte Irmi.

»Wieso? Ich habe nicht zugeschlagen! Er ist gefallen! Nur gefallen!«, rief Bodenmüller.

»Wenn Sie es nicht waren, wer war es dann? Sie alle waren schon draußen. Das haben Sie mehrfach beteuert. Das große Phantom hat zugeschlagen?« Kathi sah ihn an, als wollte sie ihn fressen. »Herr Bodenmüller, geben Sie doch zu, dass Sie zugeschlagen haben. Der Mann lag am Boden. Er hat Sie erkannt. Sie waren panisch und haben zugeschlagen!«

»Nein!«

»Herr Bodenmüller, vielleicht spielt Ihnen die Erinnerung einen Streich. Das mag ja sein. Sie waren in einer Extremsituation!«

»Nein!«

»Sie hören, was mein Mandant sagt. Es kann jemand nach ihm diesen Schlag geführt haben«, sagte die Anwältin sehr kühl.

»Wer soll das gewesen sein? Herr Bodenmüller, ist jemand von den anderen nach Ihnen zurückgegangen?«

»Nein!«

»Frau Dr. Hornsteiner, glauben Sie an das große Phantom?«, fragte Kathi.

»Ich glaube nicht. Ich sehe Fakten, und Sie sollten zumindest einkalkulieren, dass nach den Bewohnern des Wagnerhofs noch jemand anders im Haus war«, erwiderte die Anwältin.

»Na, da ging es ja zu wie im Taubenschlag«, maulte Kathi. »Der Herr Bodenmüller wird wohl bei uns bleiben müssen wegen dringenden Mordverdachts.«

»Ich werde Haftverschonung beantragen. Gesundheitlich ist ihm das nicht zuzumuten. Und Fluchtgefahr besteht ja wohl keine.«

»Auch das steht Ihnen frei. Und es wird in jedem Fall zur Anklage kommen, was die sechzehn Einbrüche betrifft. Ihre Kanzlei wird zu tun haben«, erklärte Irmi.

»Das ist mein Job«, entgegnete die Anwältin und ging.

Bodenmüller wurde abgeführt, die anderen durften gehen.

Irmi und Kathi sanken tief in ihre Stühle. Andrea, Sepp und Sailer kamen dazu und wurden auf den neuesten Stand gebracht. Sailer erhob sich und kam wenig später mit Kaffee wieder. Andrea reichte Schokolade herum. Hilflose Gesten. Schweigend saßen sie da. Irgendwann sagte Kathi sehr leise:

»Was haben wir jetzt geklärt? Sechzehn Einbrüche? Einen Totschlag oder Mord? Und einen Unfall mit einem Traktor?«

»Sieht so aus«, murmelte Sailer.

»Ewig lang haben wir diese Einbrecher gesucht, hier und in Tölz drüben«, meinte Sepp betreten. »Aber diese Lösung freut mich nicht.«

»Alfred fällt einen Baum, der auf die bereits tote Frau Nobel trifft«, fasste Irmi nach einer langen Weile zusammen. »Weil sie von einem Bulldog mit dem etwas anderen Sprit überfahren wurde, stoßen wir auf das Fahrzeug. Und damit quasi zufällig auf unsere Einbrecher. Die wir vielleicht sonst nie gefunden hätten. Eine Verkettung von Zufällen, die letztlich zu einem Ermittlungserfolg führt.«

»Ohne diese waldbadende Nobel wären wir in der Tat nie an diese Senioren gekommen«, meinte Kathi.

»Und das … also …« Andrea zögerte.

»Stört dich das?«, fragte Irmi.

»Ja, weil es so einfach ist.«

»Na ja, so einfach auch wieder nicht«, meinte Kathi. »Wenn Irmi nicht die Idee gehabt hätte, dass diese Fini die Schwachstelle ist, hätten wir zwar gewusst, wer Nobel überrollt hat, aber nichts über die Einbrüche.«

»Es war Fridtjof.«

»Was war Fridtjof?«

»Er hatte die Idee mit Fini Ostler.«

»So ein kluger Mann.« Kathi grinste und stand auf.

»Was machst du?«, fragte Irmi verblüfft.

»Heimgehen. Überstunden abfeiern. Zwei Fälle mit einer Klappe geschlagen. Oder sogar drei: eine Einbruchserie, einen Mord und einen Unfall. Der Chef wird heilfroh sein und sich mit dem Ermittlungserfolg brüsten. Und das Werdenfels ist nun wieder sicher. Und leider waren es keine Rumänen, die eine so schöne Projektionsfläche geboten hätten, sondern eine wackere Rentnergang. Die Presse wird die Story lieben.«

Rentner, die sich geholt hatten, was die Gesellschaft ihnen schuldig geblieben war. Das würde für reichlich medialen Zündstoff sorgen.

»Trotzdem«, sagte Irmi. »Wenn Bodenmüller nicht lügt, wenn er den Detox-Guru wirklich nur ausgeknockt hat, wer hat dann mit dem Buddha zugeschlagen?«

»Einer von den anderen. Vielleicht deckt er jemanden?«, schlug Andrea vor.

»Wenn alle beharrlich schweigen, wird es am Richter liegen, wie die Sache ausgeht«, sagte Kathi.

»Und wenn wirklich noch ein anderer da war? Eine Person, die nach den Senioren gekommen ist?«, entgegnete Irmi.

»Das ist doch nun wirklich mehr als unwahrscheinlich! Willst du etwa einen Hasen aus dem Zylinder zaubern?« Kathi grinste. »Schönes Wortspiel. Also, ich denke, dass der Bodenmüller den eigentlichen Schlag im Lauf der nächsten Tage zugeben wird. Vielleicht erinnert er sich wirklich nicht mehr. Verdrängung, irgend so was! Demenz. Altersstarrsinn. Was auch immer. So, und jetzt geh ich wirklich.«

»Na dann«, sagte Irmi.

Andrea hatte sich auch erhoben. Sie wirkte unzufrieden. Sailer sah aus, als wäre er gerade aus dem dunklen Kino getreten und käme jetzt, am helllichten Tag, mit dem Nachhall des Films nicht zurecht.

Irmi ging zum Chef, briefte den Pressesprecher, und alle schienen wahnsinnig glücklich zu sein. Der Chef ließ sich sogar zu dem Kommentar herab: »Gute Arbeit!« Doch in Irmi schlugen die Gedanken weiter Purzelbäume und weigerten sich, einen geordneten Ringelreihen zu tanzen. Was war das für eine Zeit, in der die jungen Leute um ihre Zukunft streikten und die Alten sich ihre Rente einfach holten?

Sie beschloss, in ihrem Büro aufzuräumen. Es würden neue Aufgaben kommen. So war ihr Leben. Da klopfte es. Eine junge Frau steckte den Kopf herein.

»Entschuldigung, ein Kollege von Ihnen hat mir gesagt, ich soll bei Ihnen klopfen.«

»Ja bitte?«

»Mein Name ist Sarah Nörpel. Ich sollte mich hier melden. Eigentlich wollte ich früher kommen, aber die Bahn stand eine gute Stunde auf offener Strecke. So richtig schnell ist die Verbindung Berlin–München dann ja nicht.«

Sie war eine hübsche Frau von Mitte zwanzig, die Haare rötlich gefärbt, ein paar Kilos zu viel auf den Rippen, aber das stand ihr, fand Irmi.

»Schön, dass Sie gekommen sind«, sagte sie. »Bitte nehmen Sie Platz. Wie Ihnen die Kollegin ja schon gesagt hat, sind die Ermittlungen abgeschlossen. Ich kann Ihnen, wenn Sie mögen, gern unsere Erkenntnisse zusammenfassen. Möchten Sie ein Glas Wasser?«

Sarah Nörpel nickte. Während Irmi das Wasser holte, legte sie sich ihre Worte zurecht. Für die Tochter musste die Geschichte ja erst recht wie eine Räuberpistole klingen. Also erzählte sie ihr in Kurzform, was geschehen war, und schloss: »Wir müssen davon ausgehen, dass die demente Dame nicht bemerkt hat, dass sie Ihre Mutter überfahren hat. Ich weiß, das macht es für Sie auch nicht leichter.«

»Wenn meine Mutter diese Ohrstöpsel nicht dringehabt hätte, dann wäre der Unfall nicht passiert?«

»Das müssen wir fast annehmen.«

»Sie war so besessen von ihren Kursen. Nein, beseelt. Sie war wirklich überzeugt, dass sie Gutes tut«, sagte die junge Frau.

»Sie nicht?«

»Doch. Meine Mutter ist schon länger Entspannungstrainerin und Qigonglehrerin gewesen. Als sie vor ein paar Jahren zum ersten Mal vom Baden in Waldluft hörte, war sie auch überrascht. Es geht ja darum, sich treiben zu lassen und den Wald bewusst im gegenwärtigen Moment wahrzunehmen. Das hat sie mit ihren Klienten ja vorher eigentlich auch schon getan. Sie hat Atemübungen und Achtsamkeitsübungen im Wald angeboten, wohl wissend, dass der Wald der Seele guttut.«

»Und dann bekam das Kind einfach den neuen Namen Waldbaden?«

»Wissen Sie, ich studiere Schulmedizin, und am Anfang kam mir das alles auch komisch und abgehoben vor. Ich habe natürlich ein bisschen herumrecherchiert und bin auf den japanischen Waldforscher Qing Li gestoßen, der über die Wirkung von Terpenen gearbeitet hat. Das sind pflanzliche Botenstoffe, sogenannte Phytonzide, die den Pflanzen zur Kommunikation und Feindabwehr dienen, etwa um schädliche Insekten abzuschrecken. Qing Li meint, das Einatmen von Terpenen führt dazu, dass sich die Anzahl der Killerzellen im Blut erhöht. Inwieweit Leute wie Qing Li psychologische und pharmakologische Effekte durcheinanderbringen, weiß ich nicht. Ehrlich gesagt glaube ich nicht, dass es reicht, seine Tage im Wald zu verbringen, denn dann dürfte kein Förster je Krebs bekommen, wenn er doch so viele Killerzellen hat.«

»Das war auch mein Gedanke, dass es gefährlich sein könnte, zum Waldbaden zu gehen statt in die Onkologie.«

»Richtig, wenn der Krebs schon da ist, würde ich auch dazu raten, einen Schulmediziner aufzusuchen. Aber ist es nicht so, dass wir alle uns an schöne Waldtage erinnern?

Ein Kuss im Wald, Pilze sammeln mit Opa. Das ist eher eine Frage der Konditionierung.« Sie sah Irmi mit ihren schönen blauen Augen an. »Das Immanuel-Krankenhaus, und das gehört immerhin zur Charité, plant einen Waldbadepfad direkt am Berliner Wannsee. Im Ostseebad Heringsdorf auf Usedom gibt es den ersten europäischen Kur- und Heilwald, für Bad Doberan ist auch so etwas geplant. Es ist natürlich was dran an der heilsamen Wirkung.«

»Das bezweifle ich nicht, aber …«

Sarah Nörpel unterbrach sie. »Ich werde meine Doktorarbeit darüber schreiben. Nach Mamas Tod erst recht. Ich werde sie ihr widmen.« Sie schniefte. Irmi suchte nach einem Taschentuch und fand ein zerbeultes Päckchen in der Schublade.

»Der Evolutionsbiologe Edward O. Wilson hat das Phänomen schon in den Achtzigern beobachtet und als Biophilie bezeichnet«, fuhr Sarah Nörpel fort. »Er meint damit, dass die Liebe auch der Städter für die Natur genetisch bedingt ist. Die Evolution ist jahrtausendealt, nur die letzten hundertfünfzig Jahre hat sich die Welt so beschleunigt. Genetisch gesehen ist der Mensch ja …«

»Immer noch ein Affe?«, entgegnete Irmi lächelnd.

»In etwa. Der österreichische Biologe Clemens Arvay hat in seinem Buch *Der Biophilia-Effekt* geschrieben, dass es eine ganz archaische Verbindung zwischen Wald und Mensch gibt. Das stimmt insofern, als ganz Mitteleuropa ursprünglich von dichten Urwäldern bedeckt war. Nicht ganz zufällig verehrte die germanische Mythologie Bäume: Die Eiche war Thor gewidmet, und der Weltenbaum, die Esche Yggdrasil, verband Himmel, Erde und Unterwelt.«

»Im Mittelalter waren Wälder allerdings gefährliche Orte«, erwiderte Irmi. »Dort hausten wilde Tiere, Räuber trieben ihr Unwesen und im Volksglauben auch böse Dämonen. Waldbaden wäre da keiner gegangen!«

»Völlig richtig. Als die Welt in die Industrialisierung strebte, wurde das Leben in den Städten menschenunwürdig, und aus einer städtischen Intellektuellenszene heraus entstand die Überhöhung des Waldes, wie wir sie bei den Künstlern der Romantik sehen.«

»Allerdings konnten die Bauern damals wohl die Waldsehnsucht ebenso wenig nachempfinden wie heute. Für sie war der Wald in erster Linie ein Lieferant von Holz, Beeren und Schwammerln«, gab Irmi zu bedenken.

»Stimmt natürlich. Mittlerweile sind wir in einer Phase der puren Emotion angekommen. Da ist es nachvollziehbar, dass ein Landwirt, der mit seinen modernen Geräten Bäume fällt, den Wald nicht als natürliches Gegengewicht zur virtuellen digitalen Welt sieht. Inzwischen hat man übrigens nachgewiesen, dass der Wald tatsächlich Heilung bringt.«

»Was heißt das konkret?«, fragte Irmi.

»Es gibt mehrere Studien, laut denen Patienten schneller gesund wurden, wenn sie ins Grüne schauten. Und sie brauchten weniger Schmerzmittel.«

»Na, das glaube ich sofort. Ein Betonhinterhof in einer Großstadt ist sicher nicht heilungsfördernd«, meinte Irmi. »Was mich wohl eher stört, ist … Tja, wie soll ich es nur formulieren?«

»Dass es diesen Namen trägt? Waldbaden? Es könnte ja auch Waldatmen oder Waldeslust heißen.«

»Ja, stimmt. Nein, mich stört, dass der Mensch anscheinend alles nur noch unter Anleitung und in der Gruppe tun kann. Dass er ständig ans Händchen genommen werden muss.«

Die junge Frau sah Irmi durchdringend an.

»Sie sind hier geboren? Haben immer hier gelebt?«

»Ja, wieso?«

»Dann können Sie die Städter nicht verstehen. Es gibt viele Menschen, die nie allein in den Wald gehen würden, weil ihnen sonst unheimlich zumute wäre.«

»Mir ist jede Tiefgarage in München unheimlicher! An Berlin oder Frankfurt mag ich gar nicht denken!«

Sarah Nörpel lächelte. »Viele Menschen brauchen diese Anleitung. Etliche von ihnen können sich nicht einmal vorstellen, ihr Handy länger als ein paar Stunden abzuschalten oder es ganz zu Hause zu lassen. Ich weiß, das klingt schräg, ist aber so. Meine Mutter hat so oft erzählt, wie sie solchen Leuten die Initialzündung gegeben hat, bewusst zu hören, zu riechen, zu fühlen und hinsehen. Mit geschlossenen Augen den Naturgeräuschen nachzuhorchen, dabei womöglich ganz sachte weiterzugehen. Ja, das klingt banal. Aber viele haben das verlernt. Wenn Wald, dann joggen, dann Training, dann Marathon, verstehen Sie?«

»Ja, ich verstehe und muss zugeben, dass ich das Thema vielleicht etwas zu negativ gesehen habe. Weil … weil …«

»Weil es so krass vermarktet wird?«

»Ja, und weil es eine neue Rücksichtslosigkeit generiert, mit der nun eine weitere Gruppe die Natur benutzt. Dabei behaupten diese Leute ja, die Natur zu lieben. Für mich ist das eher Naturkonsum!«

»Da kommt meine Mutter ins Spiel. Sie hat wirklich versucht, Rücksicht zu lehren und Grenzen zu achten. Häufig waren es eher die Teilnehmer, die übers Ziel hinausgeschossen sind.«

Sarah Nörpel schwieg. Sie wirkte ein wenig erschöpft. Kein Wunder nach den Ereignissen der letzten Tage.

»Was haben Sie jetzt noch vor?«, fragte Irmi.

»Ich muss mich um das Auto meiner Mutter kümmern. Außerdem war ich schon in der Ferienwohnung, um ihre Sachen zu holen. Die Vermieterin war ganz schön … ganz schön …«

»Laut? Neugierig? Geschwätzig?«

»Sie sagen es. Sie wollte mich erst gar nicht reinlassen. Als wäre ich eine Diebin. Dabei hätte ich aus ihrer Wohnung ganz sicher nichts mitgehen lassen. Der Style war ja eher …«

»Unterirdisch«, ergänzte Irmi lachend.

»Gott sei Dank sehen Sie das auch so. Ich dachte schon, alle bayerischen Ferienwohnungen müssen so aussehen.«

»Nein, bestimmt nicht. Haben Sie alles bekommen?«

»Ja, ich denke schon. Ich vermisse den Laptop, aber den haben Sie noch, oder?«

»Ja, er geht Ihnen demnächst zu.« Irmi zögerte. »Die Leiche Ihrer Mutter ist auch noch nicht freigegeben. Das wird nicht mehr lange dauern. Bleiben Sie in der Nähe? Ich würde Sie dann umgehend informieren. Ihre Handynummer haben wir ja schon.«

»Ja, wir haben ein Zimmer in einer Garmischer Pension gemietet. Also, mein Freund und ich.«

Das war gut, dachte Irmi. Die junge Frau war nicht allein. Sie hatte Halt. Und eine Zukunft.

»Übrigens hat Tim, also mein Freund, noch etwas gefunden. Auf dem Balkon der Ferienwohnung. In einem Blumentopf.«

Sie öffnete ihren Rucksack und reichte Irmi eine Wildkamera. Irmi sah Sarah Nörpel überrascht an.

»Ich glaube nicht, dass sie meiner Mutter gehört hat. Sie hat beim Waldbaden ja alles Technische verbannt, sogar die Handys. Sie wollte die Menschen ganz analog erleben lassen. Taktil. Keine Ahnung, wo diese Kamera herstammt. Ich dachte, es wäre etwas drauf, was vielleicht der Ermittlung hilft. Aber Sie wissen ja schon alles. Dass diese alte Frau …« Nun kamen doch wieder die Tränen.

»Haben Sie sich die Speicherkarte angesehen?«, fragte Irmi.

»Nein, Tim meinte, wir sollen das lassen und besser die Polizei informieren. Ihm kam das komisch vor.«

»Das war sehr umsichtig. Aber sagen Sie, die Kamera hat nicht etwa den Vermietern gehört?«

»Wir haben die Frau gefragt. Die war wirklich sehr neugierig und hätte die Kamera am liebsten behalten. Aber Tim hat sich durchgesetzt. Er studiert Jura und kann Sätze sagen, die die Leute beeindrucken.«

»Juristendeutsch?« Irmi lächelte. »Ja, das beeindruckt eine Frau Heiland sicher.«

»Ach ja, in die Kamera ist auch etwas eingeritzt.« Sarah Nörpel deutete auf drei ungelenke Buchstaben, die jemand wohl mit einem Nagel ins Gehäuse geritzt hatte. AKS.

Irmi starrte auf die Lettern. AKS. Alfred Klingler

Schwaigen, die anderen drei Kameras von Alfred hatten ebensolche Kritzeleien getragen. Es musste sich um die vermisste vierte Kamera von Alfred handeln.

»Herzlichen Dank, Frau Nörpel. Und viel Erfolg bei Ihrer Doktorarbeit. Seien Sie versichert, ich werde nicht mehr ganz so einseitig auf die Waldbadenden blicken.«

»Das ist schön. Es gibt immer solche und solche.«

Die junge Frau gab Irmi die Hand, der Händedruck war fest. Sie würde eine gute Ärztin werden, davon war Irmi überzeugt.

Als Sarah Nörpel gegangen war, rief sie den Hasen an. »Magst du nochmals mit mir Filmchen ansehen?«

»Porno?«

»Fridtjof, ich bin eine spießige Kriminalerin. Wahrscheinlich sehen wir eher das Rehlein und den Dachs.«

»Noch mehr Waldbaden?«

»So ähnlich.«

»Komme!«

Wenig später war er da. Irmi hatte schon mal die Speicherkarte in den PC gesteckt.

»Das scheint die vierte Kamera von Alfred zu sein«, sagte sie. »Der Freund von Angie Nobels Tochter hat sie gefunden. Alfred meinte, sie sei gestohlen worden. Das stimmt ja in gewisser Weise auch.«

»Na dann«, meinte der Hase. »Go!«

Diese Kamera war so eingestellt, dass man nur kurze Filmsequenzen zu sehen bekam. Der Bildausschnitt zeigte eine Wildfütterung. Das war durchaus sinnvoll, weil Waldbesitzer und Jäger vor allem an der Kirrung sahen, welche Tiere im Revier unterwegs waren. Man konnte deren Altersstruktur ablesen und hatte auch länger Zeit, ihren Ernährungszustand zu prüfen. Im Sommer war das natürlich weniger aussagekräftig, weil die Tiere nicht gefüttert wurden.

Irmi klickte das erste Video an. Laut Anzeige stammte es von Sonntag, 28. April, am frühen Abend. Ein paar Jugendliche fuhren mit Mofas und Rädern vor, einer der jungen Männer hatte einen Rucksack dabei, aus dem er etliche Bierflaschen zog. Ende. Die nächste und übernächste Sequenz zeigte dieselben Jungs, die alle zwischen vierzehn oder sechzehn sein mochten. Sie tranken und rauchten – und einer hustete sich die Seele aus dem Leib. Zumindest sah es so aus, denn der Ton war nicht aufgezeichnet worden.

»Rauchen gefährdet die Gesundheit.« Der Hase lachte. »Gut, diese jungen Herren haben wohl ein verschwiegenes Plätzchen gesucht, um so richtig cool zu sein. Oben in den Bergen, bei den sieben Zwergen.«

Irmi verzog den Mund. Die vierte Sequenz zeigte die Abfahrt der Jugendlichen. Ende. Die nächste Bewegung registrierte die Kamera um zweiundzwanzig Uhr, als drei Rehe kamen. Es schien eine Ricke zu sein, die ihre beiden Kitze vom Vorjahr dabeihatte. Sie untersuchten die leere Fütterung und schritten wieder davon. Ende. Um 22:40 Uhr waren die Rehe zurückgekehrt, durchquerten das Bild und verschwanden. Um 0:10 Uhr hatte irgendetwas die Kamera ausgelöst, man sah aber nichts. Fünf Minuten später tauchte eine Katze auf.

»Was macht die so weit droben?«, fragte Irmi.

»Ein Kater auf Freiersfüßen?«

Um 4:50 Uhr hoppelte ein Feldhase durchs Bild, riesige Ohren, riesige Läufe.

»Die haben wir auch in den Bergwald getrieben«, bemerkte Irmi. »Ein weiterer Offenlandbewohner hat keine Chance mehr. Die Landschaft ist zu monoton geworden, mit dem Boom der Biogasanlagen ist jeder Quadratzentimeter mit Mais und Raps zugepflastert. Weißt du, seit ich nicht mehr am Hof wohne, fällt es mir viel mehr auf.«

»Ich mag meine Namenskollegen mit den langen Löffeln. So weit oben kommen sie selten vor. Der Hase ist ein Bioindikator, sein Rückgang ist dramatisch.«

»Ja, früher haben wir vom Häschen in der Grube gesungen. Heute flüchten die Häsinnen, wenn die Traktoren kommen, um zu düngen oder zu eggen, und die Jungen ducken sich, um sich zu schützen. Doch sie werden von den Maschinen getötet oder vom Odel verätzt. Fridtjof, ich weiß nicht, was mit mir los ist. Ich bin eine Landwirtstochter und werde immer sensibler. Wir Menschen sind längst zum Henker der Mitgeschöpfe geworden. Warum ist mir das heute so viel weniger egal als früher? Liegt es am Alter?«

»Es ist dein Herz. Und das Wissen, das man anhäuft über die Jahre. Lass uns weiterschauen und hoffen, dass dieser Hase noch ein paar Jahre vor sich hat.«

Der nächste Film begann um 5:20 Uhr. Eine Frau mit Mütze kam ins Bild, legte eine Decke auf die Erde. Ende. 5:21 Uhr. Sie lag rücklings auf der Decke und schien Yogaübungen zu machen.

»Fridtjof, das ist Angie Nobel! Wenige Tage vor ihrem Tod!«

»Ja, das ist sie. Eindeutig!«

5:22 Uhr. Noch vier Sequenzen Yoga. Ende. Um 5:27 Uhr trat ein Mann ins Blickfeld. Kniete sich nieder. Küsste die Frau. Ende. 5:28 Uhr. Das Küssen intensivierte sich. Ende. 5:29 Uhr. Der Mann begann den Oberkörper der Frau zu entkleiden. Ende.

»Das glaub ich jetzt nicht!« Irmi starrte in den PC. »Das glaub ich einfach nicht.«

5:30 Uhr. Sie hockte auf ihm, ihre üppigen Brüste wogten. Ende. 5:31 Uhr. Es ging weiter zur Sache. Bis 5:35 Uhr. Da lagen beide auf dem Rücken.

»Eher ein Quickie«, kommentierte der Hase lakonisch. »Das muss ich erst mal verarbeiten. War ja doch ein Porno, Irmi, du hast mich angelogen.« Er grinste. »Ich hol uns mal ein Wasser, wobei eigentlich etwas Stärkeres vonnöten wäre.«

Während er weg war, sah sich Irmi das Paar noch einmal genauer an. Es gab keinen Zweifel. Das waren Davide da Silva und Angie Nobel, bei einer ganz eigenen Art des Waldbadens.

Irmi nahm einen tiefen Schluck vom Wasser, das der Hase inzwischen vor sie hingestellt hatte.

»Allmählich sind mir das zu viele Zufälle«, sagte sie. »Das kann doch alles nicht sein!«

»Ändert denn die Tatsache, dass sich die beiden kannten, etwas an den Ergebnissen? Dieser Bodenmüller hat gestanden, und die alte Otti hat die Nobel überfahren.«

»Bodenmüller hat bisher nur den Schubser gestanden!«

»Jetzt schauen wir uns erst mal die restlichen Videos an.«

Man sah Angie Nobel davongehen, während Davide da Silva im Wald verweilte, die Hände im Nacken verschränkt.

Ende. Kurz darauf kam er wieder. Diesmal hatte er ein Gefäß dabei, in dem er etwas zu sammeln schien.

»Ingredienzien für seinen Detox-Drink?«, vermutete der Hase. »Oder eher ein Aphrodisiakum?«

Da kam eine andere Frau. Sie trug ein Cape, das sie wenig später abwarf. Im nächsten Video trug sie nur noch einen transparenten Spitzen-BH und eine Maske.

»Oha!«, sagte der Hase. »SM im dunklen Tann? Domina meets da Silva?«

»Nicht zu fassen! Ich glaube, ich bin ein völliges Schaf. Ich käme nie auf die Idee, mit einem Cape und Maske im Wald einen Lover zu treffen!«

»Schade!« Der Hase lachte.

Sie sahen zu, wie da Silva die Maskenfrau beglückte. Es gab ein paar mehr Stellungswechsel als mit Frau Nobel. Dann war Schluss. Das Speichermedium hatte offenbar aufgegeben. Aus Scham oder wegen der Kapazitätsgrenze?

Der Hase hatte die Hände im Nacken verschränkt. »Ich schlage vor, wir fahren heim. Ich brauche einen Wein. Der kann mich vielleicht assoziativ auflockern.«

»Kann ich auch ein Bier haben?«, fragte Irmi.

»Sicher. Bis gleich.«

14

Sie fuhren im Konvoi den Ettaler Berg hinauf. Irmi ging noch kurz in ihre Wohnung und fütterte die Kater. Raffi hatte Fridtjofs Garten erobert, der inzwischen ausbruchsicher umzäunt war. Dort konnte er den ganzen Tag den Zaun bewachen. Wenn er nicht gerade Mäuse ausgrub. Da er dabei aber pfiff und sang wie ein Quietschetier, flüchtete auch die letzte taube Maus. Der Garten sah aus wie eine Kraterlandschaft, wobei der Hase versicherte, dass ihn das nicht störe. Raffi war natürlich hocherfreut, Irmi zu sehen. Nachdem sie ihn mit einem neuen Knochen versorgt hatte, zog er sich zufrieden in den Garten zurück.

Der Hase hatte Irmi ein Bier eingeschenkt, sogar ihre Lieblingsmarke. Er selbst trank einen Gavi.

»Heut fühl ich mich so italienisch. Das liegt vermutlich an unserem Casanova da Silva.« Der Hase grinste.

»Wenigstens war der Ton aus!« Irmi schüttelte sich und nahm einen großen Schluck Bier. »Lass uns die Sache mal mit etwas Abstand betrachten. Diese Kamera lag in Angie Nobels Ferienwohnung. Warum?«

»Ich nehme an, sie hat das Gerät zufällig entdeckt. Vermutlich ist sie an diesen lauschigen Platz zurückgekehrt, sei es in sentimentaler Erinnerung ans Waldbad mit da Silva, sei es aus anderen Gründen, und hat das Ding da hängen sehen.«

»Und dann hat sie es abgenommen?«

»Ja, denn sie weiß natürlich, dass solche Kameras auch aufnehmen. Gab es da nicht mal einen Fall, wo sich ein österreichischer Landespolitiker im tiefen Tann mit seiner Geliebten vergnügte und sich dann in einer großen Boulevardzeitung wiederfand? Das war ein Mordsskandal. Keiner möchte sich doch so exponiert wissen.«

»Du gehst davon aus, dass sie sich die Videos angesehen hat?«, fragte Irmi.

»Du nicht?«

»Doch, aber warum hat sie sie nicht gelöscht? Oder die Karte zerstört?«

»Auch hier kann ich nur spekulieren: Sie sieht sich und eine andere Frau, die hintereinander Sex mit demselben Mann haben. Von der Potenz des Herrn da Silva mal abgesehen, was heißt das für Angie Nobel? Oder anders gefragt: Was hatte sie für ein Verhältnis zu ihm? Wenn das von ihrer Seite mehr war, wenn er ihr was vorgemacht hat, wollte sie ihn doch wohl damit konfrontieren. Und da wäre Löschen ganz schlecht gewesen!«

»Das hat was. Aber meinst du, sie hat ihn konfrontiert? Und warum war die Speicherkarte wieder in der Wildkamera?«

»Wir werden beide nicht mehr fragen können. Zumal wir die genauen zeitlichen Abläufe nicht kennen«, entgegnete der Hase. »Wir wissen nur, wann die Schäferstündchen waren.«

Irmi stöhnte. »Dieses ganze Waldidyll wird mir echt zu viel.«

»Keine Romantikerin?«

»Anscheinend nicht. Was schlägst du vor?«

»Kann man dieser Tochter zumuten, nach Lovern der Mutter gefragt zu werden? Das ist ja eventuell etwas heikel.«

»Ich denke schon. Würde Sarah Nörpel da Silva kennen, wüssten wir zumindest, dass es kein spontaner One-Night-Stand war.«

»One-Wood-Stand«, verbesserte der Hase. »Und natürlich wäre es gut zu wissen, wer die andere Frau war. Sie war ja nicht gerade gut zu erkennen!«

»Wenn wir mal annähmen, es wäre eine aus Angie Nobels Kurs gewesen?«

»Aus der Damenriege?«

»Hm.«

»Frau Utzschneider kann es schon rein figürlich nicht gewesen sein«, überlegte der Hase.

»Die ganz in Filz auch nicht. Die war auch eher kräftig. Und die Dame aus Augsburg in der viel zu engen Jeans …«

»… hatte ein sehr gebärfreudiges Becken, um das mal höflich zu formulieren«, meinte der Hase.

»Ach, du schaust den Damen, die wir befragen, aufs Becken?«

»Wenn es nicht zu übersehen ist!«

»Bleiben Rita Zimmermann aus Landshut, das war die mit den fabrikneuen Outdoorklamotten, und die tarngekleidete Sabine Waibl aus München.«

»Mein Tipp wäre Frau Military. Die scheint sich gern zu verkleiden.« Der Hase schenkte sich Wein nach. »Nimmst du noch ein Bier?«

»Nein danke, eins genügt. Ich geh mit Raffi noch eine Runde.«

Da der Hase keine Anstalten machte mitzukommen, bedankte sich Irmi fürs Bier und ging. Wieso hatte der Hase nicht angeboten, sie zu begleiten? Doch warum hätte er das eigentlich tun sollen?

Am nächsten Morgen berichtete Irmi im Büro von ihrer Entdeckung und zeigte Kathi am PC auch noch mal die Aufzeichnungen aus der vierten Wildkamera.

»Da Silva war also wirklich ein Womanizer!«, kommentierte Kathi lachend. Dann wurde sie ernster. »Er hat zwei Frauen kurz hintereinander gevögelt. Ich würde ihn umbringen, wenn ich eine davon wäre!«

Irmi sah Kathi überrascht an. »Du denkst, dass Angie Nobel ihn umgebracht haben könnte?«

»Klar, während ihr eigener Tod leider wirklich ein blöder Unfall war. Ich schlage vor, dass wir in jedem Fall die Tochter aufsuchen. Vielleicht kennt sie da Silva.«

Während Kathi ein paar Screenshots machte und sie auf ihr Smartphone lud, kündigte sich Irmi bei Sarah Nörpel an, die in einer Pension in der Nähe des Olympia-Skistadions untergekommen war. In den Katakomben dieses Nazibaus hatten Irmi und ihre Kollegen einst bittere Entdeckungen machen müssen. Das war eine Tücke ihres Berufs, dass einen im Lauf der Jahre mit so vielen Orten dunkle Erinnerungen verbanden. In anderen Berufen blieben einem Plätz vielleicht durch einen netten Betriebsausflug oder einen besonders schrägen Kunden im Gedächtnis. Als Kriminalkommissarin jedoch wusste Irmi, dass an den unmöglichsten Orten Tote herumlagen. Auch die Pension, in der Sarah Nörpel nächtigte, konnte man getrost als Vintage bezeichnen. Sie wirkte so, als wäre sie seit einem halben Jahrhundert nicht mehr renoviert worden. Als Irmi und Kathi eintrafen, saßen die beiden jungen Leute noch beim Frühstück. Sarah Nörpels Freund war ein sympathischer Kerl und stellte sich als Tim Paulus vor.

»Oh, wir stören beim Frühstück«, sagte Irmi, nachdem sie ihre Kollegin vorgestellt hatte.

»Trinken Sie doch einen Kaffee mit«, schlug Tim Paulus vor. »Das ist allerdings keiner, von dem Sie Herzrasen bekommen werden.«

Eine Servierkraft mit ostdeutschem Zungenschlag schien nichts dabei zu finden, zwei zusätzliche Tassen zu holen. Sie haute sie ohne Unterteller auf den Tisch.

»Tja, *service is our success*«, witzelte Kathi. »Wenn wir nicht die Zugspitze hätten, dann würden internationale Gäste, die einigermaßen bei Trost sind, hier ihr Geld sicher nicht abwerfen.«

Tim Paulus lachte. »Und wie können wir Ihnen weiterhelfen?«

»Würden Sie sich bitte ein paar Bilder ansehen?«, fragte Kathi. Sie hielt den beiden ihr Handy hin.

»Den Mann kenne ich«, sagte Sarah Nörpel. »Davide da Silva. Der war auch mal bei uns.«

»Ach was? Wann war das?«

»Puh, noch gar nicht so lange her. Im Spätherbst, glaub ich. Ja genau, kurz vor dem Wintersemester war ich zu Hause.«

»Und haben Sie feststellen können, worum es ging?«

»Ich glaube, meine Mutter hat mit ihm zusammen eine Seminarwoche geplant. Mama hätte zum Waldbaden angeleitet, und er hätte was aus seinem Bereich beigetragen. Aber ich setze mich ja nicht daneben, wenn die reden. Warum wollen Sie das wissen?«

»Frau Nörpel, könnte es sein, dass Herr da Silva und Ihre Mutter eine Beziehung hatten? Ich meine, auch sexuell?«, fragte Kathi.

Sarah Nörpel sah ein wenig erschrocken aus.

Tim Paulus hingegen lachte. »Es ist immer eine gruselige Vorstellung, dass die Eltern Sex haben.«

Die junge Frau hatte sich wieder gefangen. »Das weiß ich wirklich nicht. Das war nicht unser Thema. Meine Mutter hatte sicher Männer, aber sie hat das immer von mir ferngehalten. Zumindest, solange ich klein war. Mein Vater ist gestorben, da war ich sieben. Ich habe kaum noch Erinnerungen an ihn. Nur Bilder in Fotoalben.« Sie schluckte.

»Tut mir leid«, sagte Irmi.

»Ist eben so. Mir hat es an nichts gefehlt. Meine Mutter war immer für mich da. Als ich sechzehn war, gab es einen Thomas, ungefähr ein Jahr lang. Eine Wochenendbeziehung. Ich mochte ihn, wir haben per WhatsApp bis heute Kontakt. Meiner Mutter war er am Ende zu bürgerlich. Er war beim Amt.« Sie lächelte. »Aber sonst gab es keine ernsthaften Beziehungen. Wenn da einer gekommen wäre, der ihr wirklich wichtig war, dann hätte sie es mir erzählt. Aber ich glaube, in ihrem Leben …« Sie brach ab, die Tränen begannen zu fließen. Tim sprang auf und nahm Sarah in den Arm.

Irmi und Kathi sahen sich an. »Wir gehen. Vielen Dank für Ihre Mithilfe.«

Tim Paulus nickte, und Sarah Nörpel schniefte: »Wiedersehen.«

»Und was hat uns das jetzt gebracht?«, fragte Kathi, als sie wieder unten standen.

»Wir wissen zumindest, dass sich Nobel und da Silva länger und besser kannten«, entgegnete Irmi.

»Was auch immer das für eine Beziehung gewesen sein mag, ich bleibe dabei: Keine Frau findet es prickelnd, wenn der Lover wenige Minuten später die Nächste vögelt!«

»Wir wissen ja nicht einmal, wer die Nächste war. Fridtjof denkt, es war diese Military-Bine. Aber das ist reine Spekulation.«

»Na also! Der Hase hat es doch, das ultimative Gefühl.« Kathi zwinkerte Irmi zu. »Dann schauen wir uns jetzt eben diese Sabine Waibl an! Und zwar als Überraschungsangriff. Los, fahren wir ins schöne München. In der Hoffnung, dass wir nicht im Stau verenden. Ich würde durchdrehen, wenn ich jeden Tag in München Auto fahren müsste!«

»Man kann in München auch Rad fahren.« Irmi lächelte.

»Nein!«

»U-Bahn?«

»Auch nicht. Schweißelnde Menschen und Leute in Knoblauchdunst ganz nah neben mir. Niemals!«

Kathi rief bei Andrea im Büro an und ließ sich die Adresse von Sabine Waibl sagen. Dann gab sie die Anschrift in den Routenplaner ihres Smartphones ein.

»Untere Weidenstraße«, sagte sie zu Irmi. »Das liegt in Untergiesing und ist zumindest von der Autobahn aus gut zu erreichen. Dann besteht ja noch Hoffnung, dass wir keine zwei Stunden dorthin brauchen.«

Untergiesing war ein Viertel, wo noch nicht alles luxussaniert war und wo man die Ecken und Kanten des alten Münchens spüren konnte. Die angegebene Adresse lag in einer ruhigen Einbahnstraße. Wundersamerweise fanden sie vor dem Haus einen großzügigen Parkplatz, weil gerade ein VW-Bus ausparkte. Sie läuteten, doch niemand öffnete. Irmi drückte probehalber gegen die Eingangstür, die widerstandslos aufging. Sie standen in einem kühlen Gang, vor ihnen lag eine ausgetretene Treppe. Eine Frau kam aus der Erdgeschosswohnung.

»Wir suchen die Frau Waibl«, sagte Irmi. »Sie scheint aber nicht da zu sein.«

»Um die Zeit ist sie im Garten.«

»Haben Sie einen Garten im Hinterhof?«

»Nein, Hinterhof ist Hinterhof. Ich meine den Rosengarten. Kennen S' den nicht?«

»Nein, wir sind aus Garmisch.«

»Ach so! Aber den Rosengarten kennen auch viele Münchner nicht. Passen S' auf.«

Sie gab ihnen eine kurze Wegbeschreibung. Irmi und Kathi bedankten sich, verließen das Haus und bogen am Schyrenbad links ab.

»Na, hier ist es ja ganz gemütlich«, meinte Kathi. »Für eine Stadt zumindest.«

Sie betraten den Münchner Rosengarten, der entstanden war, weil die Münchner Stadtgärtnerei schon seit 1955 untersuchte, welche Rosenarten sich für die innerstädtische Bepflanzung eigneten. Rosenduft wehte heran, die Stadtgeräusche waren wie weggefiltert. Es war schön hier, dachte Irmi. Die Seele einer Stadt erspürte man eben nicht auf den

Prachtboulevards, sondern in den verschwiegenen Ecken, wo die ganz normalen Menschen lebten. Zwei junge Mütter plauderten leise, die Babys in den beiden Kinderwagen schliefen. Eine Frau las ein dickes Buch, ein Mann saß einfach da.

Sie sahen sich um, schlenderten weiter, durchquerten einen Tastgarten für Blinde und gelangten schließlich in den Giftpflanzengarten. Dort entdeckten sie Sabine Waibl. Heute trug sie zur Abwechslung keine Tarnkleidung, sondern ein kurzärmliges Oberteil. Sie sah gut aus, war braun gebrannt und hatte sehnige Oberarme, keine weiblichen Flügerl, die sich ja ab einem bestimmten Alter zuverlässig einstellten. Ein vollkommen anderer Typ als Angie Nobel, aber da Silva war da offenbar nicht so festgelegt gewesen.

»Frau Waibl, wie passend. Sie mitten in den Giftpflänzchen«, schmetterte Kathi ohne Vorwarnung.

Die Frau zuckte zusammen, und es war ihr anzusehen, dass sie kurz überlegen musste, wer die Damen waren.

»Frau … ähm … Mangold? Und Frau …?«

»Reindl, Kathi Reindl! Können wir uns hier auf das lauschige Bänkchen setzen?«

Sabine Waibl hatte sich wieder gefasst. »Ist es wegen Angie?«

»Im Prinzip ja.« Kathi zeigte ihr einen Screenshot vom Video. »Steht Ihnen, die Maske!«

Das war natürlich hoch gepokert, aber der frontale Überraschungsangriff war oftmals eine gute Strategie.

Frau Waibl schluckte. Schob eine Haarsträhne zur Seite. Benetzte ihre Lippen. »Woher haben Sie das?«

»Von einer Wildkamera«, antwortete Irmi. »Und wir fragen uns, ob Sie wissen, dass Frau Nobel auch zu den Damen gehört hat, die Herrn da Silva sehr nahegekommen sind.«

»Und zwar wenige Minuten vor Ihnen!«, warf Kathi ein. »Kaum hatte der Herr da Silva Frau Nobel abgearbeitet, waren Sie am Start. Wussten Sie das?«

»Was reden Sie da?«

»Schauen Sie, Frau Waibl«, sagte Irmi. »Diese Wildkamera ist unbestechlich. Sie zeigt Datum und Uhrzeit an und sogar die Temperatur. Auf kurzen Videosequenzen waren zuerst Frau Nobel und dann Sie zu sehen. Beim Beischlaf, um mal ein nettes altmodisches Wort zu verwenden. Es würde uns interessieren, ob Sie voneinander wussten.«

Irmi suchte ihren Blick, doch Frau Waibl blickte zu Boden. Ein paar Vögelchen zirpten, eines der Babys schien aufgewacht zu sein und krähte. Frau Waibl schwieg.

»Also einmal anders gefragt: Woher kennen Sie da Silva? Sind Sie schon länger miteinander bekannt?« Irmi ließ nicht locker.

»Ich habe mehrere Seminare bei Davide gemacht. Und uns verbindet eine lockere Beziehung. Vor allem auf spiritueller Ebene.«

»So kann man's auch nennen!«, kommentierte Kathi.

»Frau Waibl, Sie kennen ihn also länger?«, wiederholte Irmi ihre Frage.

»Ja, seit zwei Jahren. Und weil dieses Waldbadeseminar ja in der Nähe seiner Heimatbasis war, habe ich ihn einfach kontaktiert. Wir waren einmal zusammen essen. Ich hab ihn einmal zu Hause besucht, ein sehr inspirierendes Lebensumfeld. Und einmal … na ja …«

»Angie Nobel kannte Herrn da Silva auch schon länger.

Das hat uns ihre Tochter bestätigt.« Kathi sah sie provozierend an.

»Ja, sie kannte ihn. Sie hat mir sogar seine Seminare empfohlen. Angie und ich sind ebenfalls seit Jahren in Kontakt. Unser beider spiritueller Weg hat uns öfter zusammengeführt. Angie kommt aus der Physiotherapie, ich aus der Homöopathie, und wir haben uns beide weiter in die Facetten der Komplementärmedizin eingearbeitet. Es gab aber keinen flotten Dreier, falls Sie das meinen!«

Kathi ignorierte diese Spitze. »Das heißt aber auch, dass Sie deutlich vor Beginn des Waldbadeseminars vor Ort waren, oder? Ab wann denn?«

»Seit dem Wochenende vor dem Kurs, also seit dem 27. April. Was ist daran denn so interessant? Ist das verboten?«

»Nein.« Irmi sah verstohlen zu Kathi hinüber. »Haben Sie Herrn da Silva danach noch gesehen? Ich meine, nach dem Maskenintermezzo im Wald?«

Sabine Waibl schnaubte. »Nein, er wollte am 1. Mai nach Italien reisen. Und ich war in den Kurs eingebunden. Was soll diese Fragerei? Das ist doch wohl meine Sache, mit wem, wann, wo und wie ich Sex habe.«

»Und da Silva haben Sie nicht mehr gesprochen? Auch nicht am Telefon?«

»Nein, warum auch? Was soll diese Fragerei? Ich wiederhole mich gerne: Es ist meine Privatsache, mit wem ich verkehre und wie innig diese Beziehung ist!«

»Völlig korrekt, aber Herr da Silva war am 1. Mai schon tot, und am 2. Mai starb Frau Nobel. Das macht uns natürlich etwas stutzig«, sagte Kathi leichthin.

»Tot, Davide? Wieso tot? Davide ist nicht tot!«

»Doch, Frau Waibl, Herr da Silva wurde in seinem Haus erschlagen aufgefunden. Und wenig später lag Frau Nobel tot im Wald. Sie sind ein Bindeglied zwischen den beiden. Bestimmt verstehen Sie, dass uns das irritiert.«

Irmi verschwieg ihr bewusst, dass sie die beiden Todesfälle im Wesentlichen schon aufgeklärt hatten. Denn ihr Blickwinkel hatte sich wieder geweitet. Katja hatte Irmi den Floh ins Ohr gesetzt, dass nach Bodenmüller noch jemand ins Haus von da Silva gekommen sein musste. Sabine Waibl etwa? Und nicht Angie Nobel?

»Sie wollen mir jetzt aber nicht unterstellen, ich hätte Davide getötet?«, meinte Sabine Waibl empört.

»Wo waren Sie denn in der Freinacht?«

»In meinem Hotel.«

»Zeugen?«, fragte Kathi.

»Ich hab da zu Abend gegessen. War kurz spazieren. Hab dann ein Buch gelesen und geschlafen.«

»Zeugen? Jemand vom Personal? Sind Sie im Lauf der Nacht noch mal weggefahren?«

»Nein!«

»Und am 2. Mai, ganz in der Frühe?«

»Na, ich war frühstücken, im Übrigen mit zwei anderen Teilnehmerinnen des Kurses, und wir sind dann los zum Treffpunkt, wo Angie Nobel nicht aufgetaucht ist.«

»Ja, weil sie schon tot war.« Kathi durchbohrte die Frau mit Blicken.

Sabine Waibl schien zu merken, dass es nicht nur um eine Maskennummer im Wald ging. »Ich war wirklich in meinem Hotel. Fragen Sie doch einfach dort nach!«

»Wir werden das überprüfen, aber so einfach ist das nicht. Die Mitarbeiter werden ja kaum wissen, wann Sie Ihr Zimmer verlassen haben, insbesondere wenn es nachts gewesen sein sollte.«

»Ich hab immer, wenn ich ging, den Schlüssel ans Brett gehängt!«

»Das lassen wir mal so stehen«, meinte Kathi spitz. »Kann aber sein, dass wir noch Fragen an Sie haben werden.«

»Sagen Sie jetzt gleich, ich darf die Stadt nicht verlassen?« Sabine Waibl versuchte sich in Coolness, was ihr aber nicht gelang.

»Sagen wir nicht, wäre aber gut«, erwiderte Kathi.

»Ist Davide wirklich tot?«, flüsterte Sabine Waibl.

»Ja. Definitiv«, kam es von Kathi.

»Wenn Ihnen noch etwas einfällt, Frau Waibl, was Sie entlastet, etwas zu den anderen Teilnehmerinnen oder zu da Silva, dann informieren Sie uns bitte«, sagte Irmi.

Die beiden Kommissarinnen ließen die Frau inmitten von Eisenhut, Rizinus und Maiglöckchen zurück.

»Die scheint diesen da Silva ja wirklich geliebt zu haben oder so ähnlich. Sein Tod hat sie ja doch ziemlich mitgenommen«, sagte Kathi, als sie den Garten verlassen hatten.

»Das heißt noch lange nichts.« Irmi überlegte. »Bisher wissen wir ja nicht mal, wann Angie Nobel die Kamera gefunden hat!«

»Na ja, das lustige Waldbaden mit Davide war am 29. April. Das war ein Montag. In der Freinacht starb da Silva, am 2. Mai frühmorgens Angie Nobel. Viel Zeit bleibt ja nicht«, sagte Kathi. »Ich glaube, sie hat bemerkt, dass sie etwas verloren oder vergessen hat. Oder sie wollte noch mal den Ort der Liebe in sich aufsaugen. Also ist sie zurückgefahren und hat dabei die Kamera entdeckt. Spontan nimmt sie sie mit und schaut sich in der Ferienwohnung das Video von dem bunten Treiben an. Bestimmt hätte sie das alles gelöscht, wenn nur sie selbst zu sehen gewesen wäre. Aber sie sieht Sabine Waibl. Angie Nobel ist entsetzt, verletzt, beschämt. Sie geht in der Freinacht zu da Silva. Und beendet, was Bodenmüller begonnen hat. Für mich klingt das logisch.«

»Das wäre gut für Bodenmüller, lässt sich aber schwerlich beweisen. Und Angie Nobels Tod war dann doch nur ein bedauerlicher, dummer Unfall?«, entgegnete Irmi.

»Oder Sabine Waibl hat eben doch beide getötet. Das wäre die zweite Variante: Nobel schaut Filmchen und konfrontiert als Erstes die Waibl. Die ist gar nicht cool, weil sie da Silva nämlich geliebt hat. Womöglich hat sie sogar akzeptiert, dass er andere Frauen hat. Sie hat das weggeschoben, aber als sich herausstellte, dass die Nebenbuhlerin Angie Nobel war, eine Frau, die sie kannte und mochte, war es ihr doch zu viel.«

Mittlerweile hatten sie das Auto erreicht und fuhren wieder los. Erst als sie auf der Garmischer Autobahn waren, sprachen sie wieder.

»Ich bin immer froh, wenn ich den Fluchtweg Richtung Berge erreicht habe«, sagte Irmi. »Aber ich krieg das alles immer noch nicht zusammen. Ich kann mir schon vorstellen, dass jemand Bodenmüllers Werk vollendet und da Silva erschlagen hat. Aber Angie Nobel wurde definitiv von Otti überfahren.«

»Moment, da war doch definitiv eine weitere Person im Wald, die wir bislang nicht identifiziert haben, oder? Dieser

Kuttenmönch! Was, wenn das Sabine Waibl war? Wenn sie Angie Nobel niedergeschlagen und womöglich vor den Traktor geschubst hat? Leider war diese Wildkamera ja nicht genau auf den Ort des Geschehens gerichtet, sondern knapp daneben! Scheiße ist das!«

»Stimmt! Zwei, drei Meter weiter, und wir hätten jetzt Gewissheit. Aber es nutzt ja nichts. Für wie wahrscheinlich hältst du es, dass die Waibl sie angegriffen hat?«

»Ach, diese ganze Geschichte ist doch mehr als unwahrscheinlich. Da kann alles passiert sein.«

»Ja genau, und das ist der Knackpunkt! Ich glaube, wir übersehen etwas. Wir sind irgendwo falsch abgebogen.«

»Irmi, dir ist schon klar, dass wir gerade in einem Fall ermitteln, der offiziell abgeschlossen ist? Der Chef killt uns, wenn er davon Wind bekommt. Allein dass wir in München waren, ist mehr als grenzwertig.«

»Er wird nichts erfahren. Du sagst nichts, Andrea nicht und der Hase sowieso nicht«, meinte Irmi. »Da Silva und Nobel waren eine Art Paar und kannten sich schon länger. Und dann kommen sie beide bei uns um? Kurz hintereinander? Durch mehr oder weniger dumme Unfälle? Mir reicht das nicht. Ich will genauer wissen, wer da in den Seminaren war! Vielleicht gibt es ja weitere Personen, die ähnlich wie Sabine Waibl beide gekannt haben.«

»Na, da wäre mir die Waibl als Spatz in der Hand aber lieber als jede große unbekannte Taube auf einem Dach, Irmi!«

»Schön gesprochen, Kathi!«

»Irmi, ernsthaft. Diese Waibl ist nicht koscher. Was hältst du davon, wenn wir Annamaria Zentner mal fragen, ob sie die Dame kennt und ob die womöglich mal bei da Silva gewesen ist?«

»Können wir machen, ich fahr in Murnau runter.«

Also verließen sie die Autobahn. Auf der Landstraße fuhr ein gewaltiger Bulldog mit einem riesigen Odelfass, der sich schwerlich überholen ließ. In Ohlstadt sprang ein Fußball auf die Straße, dahinter ein kleiner Junge. Irmis Vollbremsung reichte gerade noch.

Kathi riss die Tür auf und brüllte: »Du Volldepp, du kleiner! Was soll man nie machen? Na?«

»Auf die Straße rennen, ohne zu schaun«, sagte der Kleine.

»Warum tust du's dann?«

Er sah zu Boden.

»Das nächste Mal machst du das nicht mehr. Wenn der Ball kaputt ist, gibt's einen neuen. Wenn dein Kopf hin ist, gibt's keinen neuen.«

Der Kleine überlegte. »Aber der Opa, der hat ein neues Herz.«

»Herz geht, Kopf nicht! Pfiat di.« Kathi schloss die Autotür mit einem Knall, und sie fuhren weiter.

»Man weiß echt nicht, was schlimmer ist«, sagte Kathi. »Die Weiber, die zicken, oder die Jungs, die null Plan haben.«

»Du könntest es ja mal mit einem Jungen versuchen«, schlug Irmi vor.

»Bewahre. Wo das Soferl jetzt grad mal aus dem Gröbsten raus ist. Die macht noch Abi, und dann soll die studieren gehen. Weit weg.«

Sie grinste, doch Irmi wusste, dass Kathi das Soferl schon nach einem Tag vermissen würde.

Annamaria Zentner wollte gerade auf ihr Radl steigen, als sie vor ihrem Haus eintrafen.

»So hoher Besuch?«, meinte sie lächelnd.

»Nur wir zwei Weiber. Dürfen wir kurz stören?«

Annamaria Zentner nickte und lehnte das Rad an die Hauswand.

»Würden Sie sich bitte zwei Bilder ansehen?«

Erneutes Nicken. Kathi zeigte zwei Fotos von Angie Nobel und Sabine Waibl, die sie unterwegs per Smartphone aus dem Internet gefischt hatte.

»Kennen Sie diese Frauen? War eine davon in Davide da Silvas Kurs?«, fragte Irmi.

»Die da«, Annamaria Zentner wies auf Sabine Waibl, »war bei Davide zu Besuch. Erst kürzlich. Und die andere ist Angie Nobel.«

Irmi sah sie verblüfft an.

»Die Nobel heißt eigentlich Nörpel«, fuhr sie fort. »Davide hat mit ihr öfter mal kooperiert. Sie hatten, glaub ich, auch den Plan, zusammen ein Buch herauszubringen. Was ist mit den beiden Damen?«

Irmi zögerte und sagte dann gedehnt: »Angie Nobel ist mittlerweile tot. Durch einen dummen und merkwürdigen Unfall.«

»Ihnen ist das zu viel Unfall, nicht wahr?«, fragte Annamaria Zentner sehr leise.

»Angie Nobel hat weniger kooperiert als kopuliert«, mischte Kathi sich ein. »Sie hatte Sex mit ihm. Kann es sein, dass die beiden sogar eine regelrechte Beziehung hatten?«

»Ich hatte Ihnen schon letzte Woche gesagt, dass ich nicht so nah an ihm dran war. Alle Männer, die den Guru geben, haben eine emsige oder auch devote Gefolgschaft. Es gab Zeichen der Anwesenheit von Frauen in seinem Schlafbereich, das kann ich bejahen. Ob auch Angie Nobel darunter war, entzieht sich meiner Kenntnis. Er war ein Narzisst, und ich glaube nicht, dass er andere als sich selbst lieben konnte. Wirklich tief lieben, meine ich. Eine echte Beziehung? Das bezweifle ich. Abgesehen davon, dass ihm Angie Nobel wohl auch zu alt und … nun ja … nicht schlank genug gewesen sein dürfte.

»Zum Vögeln hat es aber gereicht!«, schimpfte Kathi.

Annamaria Zentner lächelte. »Frau Reindl, Sie sind sehr attraktiv und werden sich nur wenig Gedanken um Ihr Äußeres machen. Sie nehmen es als gottgegeben hin, dass Sie schön sind. Aber es gibt weniger makellose Frauen, die immer zweifeln, die immer von einer Diät in die nächste taumeln. Auch die hätten natürlich lieber den Adonis statt des Bierbauches. Manchmal bekommt eine Frau wie Angie Nobel einen Schönling wie Davide da Silva ab, weil der sie zur Lustbefriedung oder aus anderen Motiven brauchte. Doch als die offizielle Frau an seiner Seite hätte er sie ganz sicher nicht präsentiert.« Sie überlegte kurz. »Die einzige Frau, die ich öfter gesehen habe, und damit meine ich auch nur drei-, viermal, war eine sehr schöne Blondine. Sehr schmal, sehr fragil, fast sphärisch, würde ich sagen. Keine Ahnung, wer das war. Wohl eine Patientin. Aber auch sie verschwand von der Bildfläche. Und es hat mich auch wirklich nicht interessiert.«

Annamaria Zentner war eine erstaunliche Frau mit einem fast schon bedrückend abgeklärten Blick auf die Welt, fand Irmi.

»Hilft Ihnen das weiter?«, fragte sie.

»Ich denke schon«, sagte Irmi, obwohl das eigentlich nicht der Wahrheit entsprach. »Und noch was, Frau Zentner, wurden Sie schon zur Testamentseröffnung geladen?«

Sie stutzte. »Da war ein Brief von einem Notar, den hab ich aber noch nicht geöffnet. Post vom Notar, von der Stadtverwaltung oder vom Finanzamt ist ja selten erfreulich.«

»In dem Fall schon. Ich darf mal vorgreifen: Davide da Silva hat Ihnen sein Auto und dreißigtausend Euro vermacht.«

»Was?«

»Haupterbin ist seine Nichte Julia Eberhardter, wie wir mittlerweile wissen. Die Tochter seiner Schwester. Sagt Ihnen der Name etwas?«

»Ja, seine Schwester heißt Eberhardter, aber …«

»Er hat mit der Schwester gebrochen, aber die Nichte hat er wohl öfter getroffen. Wir haben mit ihr telefoniert. Sie studiert ihrerseits in Florenz und war ziemlich überrascht, dass sie als Erbin eingesetzt wurde. Sie werden die junge Frau wohl bei der Testamentseröffnung treffen.«

Annamaria Zentner wischte sich ein paar Tränchen ab. »So ein Depp! Ich komm doch klar.«

»Das hat er wohl gewusst und keine zu hohe Summe festgelegt. Er kannte Sie gut«, sagte Irmi lächelnd.

Die große Frau sah zu Boden. Plötzlich riss sie die Augen auf. »Aber nicht, dass Sie jetzt denken, ich hätte ihn ermordet. Ich wusste nichts von der Erbschaft! Und Geld, mir ging es nie um Geld!«

»Das glauben wir Ihnen«, entgegnete Irmi.

Die drei Frauen standen eine Weile schweigend da.

»Ich verstehe Sie schon richtig? Sie haben einen Fall gelöst, und das stellt Sie nicht zufrieden?«, fragte Annamaria Zentner schließlich.

Irmi lächelte. »So in etwa. Die Lösung gefällt mir nicht.«

Man verabschiedete sich, und Irmi und Kathi fuhren zurück nach Garmisch.

»So ein Scheiß! Das bringt doch alles nix. Wir sollten es echt sein lassen!«, brach es aus Kathi hervor.

»Wenn du raus bist, Kathi, ist das okay.«

»Ach, Irmengard, ich weiß doch aus jahrelanger Erfahrung, dass man dich nicht allein lassen kann. Was hast du denn jetzt vor?«

»Wir fragen Andrea, ob sie irgendwas Neues hat.«

»Andrea, der Joker.« Kathi lachte.

15

Der Joker saß am PC und hatte etliche Unterlagen vor sich ausgebreitet.

»Hast du was Neues herausgefunden?«, fragte Irmi.

»Ja, aber setzt euch erst mal hin«, sagte Andrea.

Irmi und Kathi nahmen Platz.

»Also, ich hab mir inzwischen die Teilnehmerlisten von da Silva und Angie Nobel angesehen. Mir ist vor allem eine Seminarteilnehmerin von Angie Nobel aufgefallen. Die war wohl … ähm … mehrfach dabei und hat ihr mehrere E-Mails geschrieben, darunter auch eine Dankesmail.«

»Ja, und?«, meinte Kathi.

»Mir war diese Mail ein bisschen zu emotional, bisschen drüber, also …« Andrea reichte ihnen einen Ausdruck.

»Angie, du Gute!«, las Kathi laut vor. »Danke für die Tage im Wald. Danke für deine Worte. Danke für dein Da-Sein. Und ja, du hast recht. Ich muss mich neu aufstellen. Sie haben mich alle enttäuscht, verstoßen. Aber danke, dass du mir erklären konntest, warum ich so wirke – auf die Menschen um mich. Ich danke dir für deine Ehrlichkeit, die groß war und wichtig. Wirklich, ich trage nichts nach. Man richtet die Wut nur gegen sich selbst. Ich muss loslassen. Auch deinen Tipp für einen Besuch bei deinem Seelenfreund werde ich beherzigen. Immer Dein, Melitta.«

Kathi legte die ausgedruckte Mail auf den Schreibtisch.

»Verstrahlt halt wie diese ganze Esoszene!«, kommentierte sie.

»Aber der Tipp zum Seelenfreund bezieht sich auf da Silva, oder?«, fragte Irmi aufgeregt und beugte sich vor.

»Das dachte ich auch und hab weitergebohrt«, berichtete Andrea. »In den Unterlagen von da Silva gibt es eine ganze Akte zu dieser Melitta Regensburger. In der einen Mappe waren Blätter mit ganz merkwürdigen Zahlen und Bildern abgelegt. Schaut mal.« Sie legte ein Blatt auf den Tisch, das auf den ersten Blick ziemlich verwirrend aussah. Viele Zahlen, viele Buchstabenkürzel.

»Hä?«, machte Kathi.

»Warst du in Chemie gut?«, fragte Andrea.

»Nein.«

»Das erklärt vieles. Die Buchstabenkürzel stehen für Metalle, von Aluminimum bis Zirkonium. Al bis Zr«, erklärte Andrea.

Irmi schaltete schneller als Kathi. »Und Au steht für Aurum, also Gold, oder?«

»Genau, und Pb ist Blei.«

Von Kathi kam ein weiteres »Hä?«.

»Das sind Werte von einer Urinprobe, glaube ich«, fuhr Andrea fort. »Der da Silva hat wohl … ähm … Blut abgenommen und seine Patienten um Urinproben gebeten. Die Proben hat er dann analysieren lassen. So versteh ich das zumindest.«

»Wartet mal!«, meinte Irmi. »Ich ruf mal Fridtjof an, dem sagt das alles sicher mehr.«

Der Hase stand wenig später in Andreas Büro und warf einen Blick auf das Blatt.

»Das ist die Analyse einer Harnprobe, in der er Schwermetalle nachweisen wollte. Und das Ergebnis eines großen Blutbilds, allerdings mit zusätzlichen Fragestellungen zum Stoffwechsel, also Bilirubin, Gamma-GT, Triglyceride und Cholesterin. Ich sehe hier auch Werte, die Rückschlüsse auf das Immunsystem geben, Rheumafaktoren, Schilddrüsenwerte und Tumormarker. Dieser da Silva war auch Heilpraktiker, oder?«

»So stand es jedenfalls in seiner Vita«, meinte Irmi.

»Ihr müsstet einmal eruieren, welchem Heilpraktikerverband er angehörte und welche Schule er besucht hat.«

»Was willst du damit sagen?«

»Nun, Werte sind erst einmal Werte. Es kommt auf die Interpretation an«, erklärte der Hase. »Was der Herr da Silva aus der Analyse der Harnproben abgelesen hat, kann ich euch nicht sagen. Ich kenne die Referenzwerte nicht.«

»Und was ist das?«, fragte Irmi und deutete auf die Bilder, die entfernt an moderne Kunst erinnerten, mit verwaberten Kreisen und kleinen Sprenkeln.

»Da Silva hat offenbar mit dem Dunkelfeldmikroskop gearbeitet«, sagte der Hase.

»Mit bitte was?«, fragte Irmi.

»Bei diesem Verfahren untersucht der Heilpraktiker einen Blutstropfen aus der Fingerbeere des Patienten. Wie in einer sternenklaren Nacht sind vor dem dunklen Hintergrund bestimmte Strukturen besser zu erkennen. Soweit ich weiß, kann ein Heilpraktiker daraus ableiten, dass ein Patient an Flüssigkeitsmangel oder Entzündungen leidet. Was so aussieht wie ein Stechapfel, kann auf Lungenerkrankungen hinweisen, und das Schneegestöber im Blut deutet auf Übersäuerung.«

»Das ist jetzt aber nicht Ihr Ernst?«, fragte Kathi.

»Meiner nicht, aber der von da Silva. Das war wohl eine seiner Methode, um den Leuten plastisch aufzuzeigen …«

»… wie krank sie sind?«, ergänzte Kathi.

»Nun, die Damen, daraus kann man sicher eine Fehlbesiedelung des Darms, Eisenverwertungsstörungen, bakterielle Belastungen und natürlich den gestörten Säure-Basen-Haushalt ablesen.«

»Ich höre da Ironie heraus?«, hakte Irmi nach.

»Es ist ein sehr weites Feld, möchte ich sagen. Will man da Früherkennung betreiben? Wie interpretiert man Laborwerte, die vielleicht im Normbereich, aber nicht im Optimum sind? Aber der Glaube versetzt nun mal Berge, und wer heilt, hat recht. Das haben seine Patienten bestimmt auch so gesehen.«

»Aber darin liegt doch eine gewaltige Gefahr!«, rief Irmi. »Da Silva interpretiert die Werte, und der Patient glaubt, dass er völlig vergiftet ist. Oder verschlackt. Oder noch schlimmer: Der Patient hat etwas wirklich Gravierendes und lässt an sich rumpfuschen, anstatt zum Arzt zu gehen. Angenommen, jemand ist an Krebs erkrankt. Dann wäre das doch grob fahrlässig! Liest man nicht immer wieder von Menschen, die die Schulmedizin verweigern, lieber Mistelsaft trinken oder Heilpilze essen und dann elend krepieren?«

»Es krepieren auch Menschen von oder nach einer Chemo«, bemerkte der Hase.

Irmi sah ihn überrascht an. Das war sehr spontan gekommen, weniger durchdacht, als sie es von ihm gewohnt war.

»Was führt uns denn eigentlich zu all diesen Werten?«, schickte der Hase schnell hinterher.

»Die Proben stammen von einer Kundin oder Patientin oder was auch immer, die Melitta Regensburger heißt. Sie war sowohl bei Angie Nobel als auch bei da Silva, übrigens auf Angies Empfehlung hin«, sagte Irmi zögerlich.

»Diese Melitta Regensburger hat also beide gekannt?«

»Ja, genau. Weißt du, irgendwie lassen mir die beiden Todesfälle keine Ruhe. Und ich bin immer noch auf der Suche nach irgendwelchen Verbindungen, die wir bislang noch nicht gesehen haben.«

»Es geht um Irmis Intuition«, erklärt Kathi, und es klang keineswegs nach Provokation.

Der Hase lächelte. Es war für ein paar Sekunden still.

»Da ist noch was«, meinte Andrea leise. »Es ist nämlich so, dass … dass diese Melitta Regensburger tot ist.«

Alle starrten Andrea an. Der Überraschungseffekt war eindeutig auf ihrer Seite.

»Was?« Kathi war vom Stuhl aufgesprungen.

»Ähm … ja … ich hab etwas rumrecherchiert. Melitta Regensburger hat sich vor einem knappen Jahr das Leben genommen.«

»Suizid?«

»Ja, sie hat sich an der Bahnstrecke München–Deggendorf bei Landau vor den Zug geworfen. Ich hab darüber nur wenig gefunden. Die Medien sprechen nur von Personenschaden und halten sich eher bedeckt, wegen der Nachahmer …« Andrea machte eine kurze Pause. »Es gibt aber einen Mann und einen Sohn. Bei Dingolfing. Ich weiß halt nur nicht …«

»Du weißt nur nicht, ob uns das weiterhilft! Beide Therapeuten sind tot, die Patientin oder Kundin oder wie man das nennt, auch! Zufall, oder?« Kathi hatte die Augen weit aufgerissen.

»Nein!«, sagte Irmi ganz entschieden.

Der Hase lächelte. »Und ich ahne, was du denkst.«

»Ist das so abwegig?«

»Nein, aber wie willst du eine Verbindung zu den beiden Todesfällen herstellen?«

»Da wird Irmi schon was einfallen!«, meinte Kathi.

»Wir fahren zu dem Ehemann oder, besser gesagt, dem Witwer«, sagte Irmi bestimmt. »Was sonst?«

»Einfach so?«

»Wir können bei der Gelegenheit Luise in Niederbayern besuchen. Bildungsurlaub quasi.«

Kathi gluckste. »Heißt das, ich soll mitfahren? Oder lieber der Herr Hase?«

»Ich lasse Ihnen den Vortritt.« Der Hase grinste. »Wiedersehen, die Damen.« Er verschwand.

»Und warum sind wir beide morgen nicht im Büro?«, fragte Kathi nach einer Weile.

»Weil wir Überstunden abfeiern.«

»Beide gleichzeitig? Das frisst der Chef doch nie!«

»Doch, weil wir die beiden Todesfälle so erfolgreich, effizient und superschnell aufgeklärt haben«, meinte Irmi. »Weil eh Freitag ist und Andrea ohnehin die Stellung hält. Oder, Andrea?«

»Ja klar.«

»Genau, und wir sind auf Stand-by. Falls wirklich etwas passieren sollte, ruft Andrea uns an. Morgen um neun Uhr ist Abfahrt.«

»So spät? Du bist doch sonst immer so landwirtlich früh?«, fragte Kathi erstaunt.

»Wir müssen durch München. Ich hoffe, die Rushhour hat sich bis dahin etwas gelegt.«

»Dieses München macht mich wahnsinnig. Da leuchtet nix mehr. Nur noch Bremslichter«, stöhnte Kathi. »Bis morgen. Ich bin gespannt.«

»Ich auch. Schönen Abend! Ich mach hier noch schnell ein paar Sachen fertig.«

Als Irmi zu Hause eintraf, kam ihr der Kleine entgegen und sah sie vorwurfsvoll an.

»Du wirst nicht verhungert sein, Kleiner«, sagte sie. »Hier im Garten steht überall Trockenfutter rum, so viel, dass alle Füchse der Umgebung schon Party machen.«

Der Kater folgte Irmi nach oben, ließ sich huldvoll Nassfutter in den Napf geben. Nahm ein paar Happen und warf Irmi einen beleidigten Blick zu, der besagte: »Gerade heute ist Huhn und Ente nicht meine Geschmacksrichtung.« Und ging.

Irmi lächelte. Kater müsste man sein. Man konnte jederzeit seine Launen ausleben und wurde auch noch geliebt. Raffi schien mal wieder mit dem Hasen unterwegs zu sein. Es versetzte ihr einen kurzen Stich. Dabei war ihr der Hase keine Rechenschaft schuldig. Er war ihr Vermieter, und dazu einer, der ihren Hund bespaßte.

Dass sie anscheinend sehr schnell auf der Couch eingeschlafen war, merkte Irmi erst, als sie um halb zwei nachts wieder aufwachte. Raffi hatte sich auf ihre Füße gekuschelt, und sie selbst lag unter einer warmen Fleecedecke. Fast kam es ihr so vor, als würde der Hase immer ganz unauffällig und federleicht seine Schwingen über sie breiten.

Am nächsten Morgen fuhr Irmi um acht ins Büro. Dort erledigte sie noch ein paar Dinge, bis Kathi um kurz vor neun auftauchte.

Als sie ins Auto stiegen, waren sie angespannt. Was sie vorhatten, entbehrte jeder Logik. Aber es lag etwas in der Luft.

Münchens Verkehr gab sich zäh. Ab dem Flughafen entzerrten sich die Lkw, die SUVs und die Sprinter, die anscheinend alle mindestens hundertvierzig fahren mussten. Lauter rasende weiße Kartons mit Werbeaufdruck.

»Wo wohnt Luise eigentlich?«, fragte Kathi.

»Usterling.«

»Enden in dieser Gegend nicht alle Orte auf -kofen?«, fragte Kathi.

»Schon, aber Luise lebt in Usterling. Und sie freut sich auf unseren Besuch. Ich hab uns schon angekündigt. Und irgendwann, irgendwie machen wir einen Schlenker zum Herrn Regensburger.«

»Na dann! Weiß Luise, was du vorhast?«

»Nö, warum?«

Kathi lachte. »Die ist doch nicht blöd. Die ahnt doch, dass unser Besuch einen Grund hat.«

Auf der weiteren Fahrt gelang es Irmi, Kathis Fragerei zum Thema Fridtjof Hase abzuwiegeln. Stattdessen erkundigte sie sich freundlich nach dem Soferl, das derzeit offenbar vor allem mit Fahrstunden beschäftigt war.

Sie verließen die Autobahn bei Landau und fuhren auf die B 20, querten die Isar, die träge dahinfloss. Schließlich erreichten sie Usterling und Luises Grundstück in der Sturmstraße. Kleines Haus, großer Garten. Luise stand draußen und winkte frenetisch.

»Hallo! Ich freu mich ja so!« Sie umarmte Irmi und gab Kathi die Hand. »Frau Reindl, wie schön, Sie mal wieder zu sehen.«

»Kathi reicht!«

»Luise reicht auch. Sagt, wollt ihr euch kurz die Füße vertreten? Ich wollte einer alten Dame in der Nachbarschaft gleich ein paar Zeitschriften bringen, die ich ausgelesen habe. Sie freut sich immer so. Ihre Rente reicht für solchen Luxus nicht aus. Passt euch das?«

Das Thema verfolgte sie.

Hier im Dorf gab es glücklicherweise eine Luise, die an ihre Mitmenschen dachte, denen es weniger gut ging als ihr, aber was war mit all den alten Menschen, die in den Städten vereinsamten? Sich schämten und nicht begriffen, warum ihre Lebensleistung auf einmal nichts mehr wert sein sollte?

»Gern!«, sagte Irmi.

»Gut, dann müsst ihr aber auch die Dorfschönheiten besichtigen!«

»Ich dachte, das bist du?«

»Lange her! Kommt mit!«

Sie gelangten zu einem Häuschen, wo Luise einen Korb mit Zeitschriften vor die Tür stellte. Anschließend gingen sie in die Dorfkirche St. Johannes, die einen wertvollen spätgotischen Flügelaltar zu bieten hatte.

»Im linken Altarflügel ist die Taufe Jesu durch Johannes am Wachsenden Felsen dargestellt. Das ist ein kulturhistorisches Kuriosum, denn die Darstellung zeigt das Naturdenkmal so, wie es um das Jahr 1500 ausgesehen haben dürfte«, erklärte Luise. »Und anschließend gehen wir zum nachwachsenden Felsen. Den gibt's nämlich auch in natura.«

Wenige Minuten später standen sie an einem Karstgebilde, das tatsächlich seit fünftausend Jahren wuchs. Das Quellbächlein nährte bis heute die Kalkablagerung.

»Der Felsen gehört zu den hundert schönsten Geotopen Bayerns. Ist halt nicht die Zugspitze, aber immerhin!«, meinte Luise. »So, und nun erklärt mal, was mir die Ehre eures Besuchs verschafft.«

»Du!«

»Schmarrn!«

»Das ist ein bisschen diffizil …«, setzte Irmi an.

»Eigentlich nicht«, polterte Kathi dazwischen. »Frau Irmengard Mangold, von Eingebungen heimgesucht, bezweifelt, dass wir einen gelösten Fall, oder besser zwei gelöste Fälle, wirklich gelöst haben.«

»Muss ich das verstehen?«, entgegnete Luise lächelnd.

»Nein, aber wir müssen wen in der Nähe von Dingolfing besuchen, und da …«

»… da lag ich fast am Weg?«, meinte Luise und lachte.

»So ähnlich. Andere Frage: Könnten wir was essen gehen? Es geht auf Mittag, und ich hab einen Sauhunger!«, rief Kathi.

Sie konnte essen wie ein Scheunendrescher, ohne auch nur ein Gramm zuzunehmen.

»Dann zeige ich euch jetzt die Schönheiten der Stadt. Wir fahren nach Dingolfing. Ich darf euch chauffieren?«

»Wir wären geehrt.«

Beim Autofahren gestikulierte Luise wild herum, ganz niederbayerische Fremdenführerin, und vollführte immer auch den Schwenk in just die Richtung, in die sie zeigte. Irmi hatte sich vorsichtshalber am Haltegriff eingekrallt.

»Da, das BMW-Werk. Hier entsteht Bayerns wichtigstes Statussymbol. Dicke Autos für leere Hirne.«

Eine Vollbremsung später hatten sie den Parkplatz bei Luises Lieblingsitaliener erreicht.

»Hatte die als Landrätin einen Fahrer?«, fragte Kathi grinsend, als Luise gerade den Parkautomaten fütterte. »Ich hoffe es für die Anrainer!«

Irmi lachte, dann folgten sie Luise die Treppe zum Restaurant hinauf. Das Vorankommen war etwas zäh, denn jeder und jede schien Luise zu kennen. Man spürte, dass die Menschen sich freuten, sie zu sehen.

»Wie ein bunter Hund«, kommentierte Kathi.

»Ja, ich brauch allmählich eine Tarnkappe.«

»Hübsch! Echt! Unerwartet hübsch hier«, sagte Kathi im Weitergehen.

Luise lachte. »Ja klar, die Oberbayern und insbesondere die Münchner ziehen lemmingartig gen Süden und vergessen dabei gern, dass es in Niederbayern auch schön ist!«

Das *Al Monte* im Museumsquartier war wirklich eine Überraschung. Fast wie ein kleiner Italienurlaub. Irmis Pennette all'arrabbiata waren ein Gedicht. »Für den Preis krieg ich in Garmisch grad mal eine bessere Suppe«, meinte sie.

»Tja, Niederbayern kann was. Nicht bloß Gurken«, entgegnete Luise.

»Wieso Gurken?«

»Das Vilstal ist das größte zusammenhängende Anbaugebiet für Feldgemüse, und jetzt kommt es: Der Spreewald schmückt sich mit falschen Gurken. Der Landkreis Dingolfing-Landau produziert mehr Gurken als der Spreewald, und so manche Spreewaldgurke im Glas stammt ursprünglich aus Niederbayern. Eine Gurkenkönigin haben wir auch!«

»Warst du auch mal Gurkenkönigin?«, fragte Irmi.

»Nein, dafür hatte ich so manche Saure-Gurken-Zeit. Und noch was: Wusstet ihr, dass Uschi Glas in Landau geboren ist?«

»Na, die hätte besser Gurkenmasken verkaufen sollen. Ihre Pflegeserie damals war ja wohl keine Erfolgsgeschichte!« Kathi grinste.

»Ja, das Althergebrachte ist häufig gar nicht so schlecht«, meinte Luise. »So, ihr Spürnasen, und wen wollt ihr nun besuchen?«

»Einen Mann, der in Weng wohnt.«

»Bevor es losgeht, müsst ihr aber noch ein Dessert nehmen.«

»Ich brauch einen caffè doppio«, meinte Kathi.

Sie saßen und plauderten noch eine Weile, und es war Viertel nach zwei geworden, als Luise fragte: »Soll ich euch irgendwohin fahren und rauslassen?«

»In Weng?«, schlug Irmi vor. »Dann müsstest du uns aber

auch wieder abholen. Und es ist gar nicht gesagt, dass der Mann zu Hause ist.«

»Ich stehe auf Abruf bereit. Solange besuche ich eine alte Freundin in Mengkofen.«

»Endlich ein Ort auf -kofen«, sagte Kathi.

»Ja, die Orte mit den Endungen -kofen und -hofen bezeichneten ursprünglich Siedlungen, die durch Rodung gewonnen wurden«, erklärte Luise. »So, auf geht's.«

Sie erreichten nach vielen Verabschiedungen den Parkplatz, rumpelten zweimal über eine Kante, die den Gehweg markierte, und nahmen einem Audi die Vorfahrt. Schließlich entließ Luise die beiden Kommissarinnen in Weng vor einer stattlichen Kirche.

»Na dann, gutes Gelingen!« Luise startete mit quietschenden Reifen durch.

Kathi gab die Adresse in ihr Handynavi ein. Sie durchquerten ein gemütliches Dorf mit viel Freifläche zwischen den Häusern, mit einigen Bauernhöfen und Läden des täglichen Bedarfs. Eine Welt, die in Ordnung zu sein schien.

»Und was sagen wir jetzt?«, fragte Kathi. »Pokern wir? Machen wir auf ernste Bullen?«

»Ich glaube, wir versuchen es mit der Wahrheit.«

Sie landeten schließlich vor einem älteren Einfamilienhaus. Vor dem Eingang parkten ein BMX-Rad, ein Roller, ein Skateboard und Gummistiefel.

Irmi läutete. Man hörte eine Tür klappen, dann öffnete ein blonder, sehr hübscher Bub, den Irmi auf zehn bis zwölf Jahre schätzte.

»Servus«, sagte er.

»Mensch, das ist ja großartig, dass du Servus sagst. Nicht ›Hallo‹ oder ›Guten Tag‹!«, meinte Kathi.

»Mir han doch in Bayern«, sagte er gestreng.

»Genau. Ist dein Papa da?«

»Papa! Papa!« Der Kleine hatte ein kräftiges Organ.

Wenig später standen sie einem schlanken Mann Anfang vierzig gegenüber, der eher blass war und einen ordentlich gestutzten Bart hatte.

»Herr Regensburger?«

»Richtig. Falls Sie von den Zeugen Jehovas sind, können Sie den *Wachtturm* ruhig dalassen.«

»Wir sind aus Garmisch. Uns ist klar, dass wir Sie hier ziemlich überfallen, aber es wäre für uns sehr wichtig, mit Ihnen zu sprechen. Dürften wir reinkommen?«

Er runzelte die Stirn, nickte aber und ging vor.

Der blonde Junge überlegte kurz und beschloss dann, dass die zwei Frauen nicht so interessant waren.

»Ich fahr zum Max.«

»Hausaufgaben?«

»Mach ich abends. Ist doch Freitag!«

Und weg war er.

»Netter Kerl«, sagte Kathi.

»Wollen Sie was trinken?«, fragte Regensburger.

»Wasser gerne. Wir waren grad in Dingolfing im *Al Monte*«, sagte Irmi.

»Und Sie sind nun weswegen hier?«

»Vorneweg: Das Ganze ist eine etwas merkwürdige Geschichte. Mein Name ist Irmgard Mangold, und das ist meine Kollegin Kathi Reindl. Wir sind von der Mordkommission in Garmisch-Partenkirchen.«

Irgendetwas durchzuckte das Gesicht von Herrn Regensburger.

»Wir haben kürzlich zwei Tote aufgefunden«, fuhr Irmi fort. »Einen Dr. Davide da Silva und eine Dame namens Angie Nobel.«

Wieder flackerten die Augen des Mannes.

»Kennen Sie diese Personen?«

»Kennen wäre falsch. Aber ich weiß, um wen es sich handelt. Um zwei Scharlatane der übelsten Sorte. Tot, sagen Sie?«

»Ja, tot.«

»Gut.«

Das kam ruhig, hart und schnell wie ein Pistolenschuss.

»Sie finden es gut, dass zwei Menschen, die Sie kaum kennen, tot sind?« Irmi ließ ihre Stimme ganz neutral klingen.

»Ja.«

Man sah Kathi an, dass sie die Wortkargheit des Herrn Regensburger ziemlich nervte, aber sie hielt sich noch zurück. Irmi setzte auf die Methode, die eigentlich immer fruchtete: Schweigen. Warten. Weil Stille die meisten beunruhigte. Regensburger aber hielt stand. Irmi ließ den Blick schweifen. Auf einem Bord standen mehrere Fotos von einer sehr schönen blonden Frau. Mal im Sommerkleid, mal mit dem Söhnchen, und auf einem Bild war die ganze Familie in Tracht abgelichtet.

Nach einer schier endlosen Weile antwortete Regensburger: »Diese beiden teuflischen Heiler haben meine Frau auf dem Gewissen. Sie hat sich umgebracht. Aber das wissen Sie ja. Oder warum sonst sind Sie da?«

»Weil Ihre verstorbene Frau ein Bindeglied zwischen da Silva und Angie Nobel darstellt. Natürlich wissen wir, dass sie tot ist, und es tut uns sehr leid.«

»Soll ich die beiden umgebracht haben?«, fragte Regensburger.

»Haben Sie das denn?«, konterte Kathi.

»Warum eigentlich umgebracht?«, übernahm Irmi wieder. »Kalkulieren Sie keine anderen Todesarten mit ein?«

»Sie haben sich als Mordkommission vorgestellt. Außerdem will ich meine Genugtuung nicht verhehlen. Ableben durch einen natürlichen Tod, gar sanft entschlafen, wäre in diesem Fall nicht angemessen.«

Markus Regensburger wirkte auffallend beherrscht und ruhig. Auf dem Weg hierher hatte Kathi durch Internetrecherche herausgefunden, dass er promovierter Ingenieur war und bei BMW arbeitete. Sie hatten schon vermutet, dass er nicht gerade überemotional reagieren würde, doch diese Kälte war beinahe erschreckend.

»Herr Regensburger, würden Sie uns bitte erzählen, warum Sie glauben, die beiden hätten den Tod Ihrer Frau zu verantworten?«, fragte Irmi. »Woher dieser Hass?«

»Ich hasse nicht.«

»Nehmen Sie einen anderen Begriff. Abscheu? Ekel? Feindseligkeit?«

»Dann wohl am ehesten Grauen. Oder noch besser: die Erfahrung von Ungerechtigkeit gekoppelt mit einer unendlichen Ohnmacht. Jahre der Ohnmacht!«

Irmi wartete, und diesmal funktionierte es.

16

»Es begann damit, dass Mels Blinddarm operiert werden musste. Das war keine große Sache und heilte gut ab. Doch etwa zwei Monate später hatte sie Schmerzen und ging zum Hausarzt. Der konnte nichts Ungewöhnliches finden, die Schmerzen blieben aber. Schließlich meinte der Hausarzt, es könnte eventuell eine Verwachsung vorliegen.«

»Was heißt das?«, fragte Kathi.

»Mit meinem heutigen Wissen denke ich: Das hat er nur behauptet, um irgendwas zu sagen. Er hat gemeint, zwei Darmschlingen würden aneinanderhaften und Probleme machen. Damit hat er Mel einen Floh ins Ohr gesetzt – und Angst geschürt. Er schickte sie zum Operateur, der machte einen Ultraschall und konnte nichts finden. Und verwies wieder an den Hausarzt. Mel bekam Säureblocker und hatte weiterhin Schmerzen im Unterbauch.« Er sah Irmi an. »Und an was denkt man als Frau?«

»Etwas Gynäkologisches?«

»Natürlich. Mel hatte immer schon zyklusabhängige Beschwerden, starke Blutungen, also machte sie einen Termin bei ihrer Frauenärztin. Der vaginale Ultraschall ergab keine Myome, keine Veränderung der Eileiter, alles unauffällig, die Ärztin schloss aber einen kleinen Satelliten der Gebärmutterschleimhaut, also eine Endometriose in der Dickdarmregion, nicht aus. Für Mel klang das bedrohlich. Ihre eigene Mutter war früh an Krebs gestorben, deshalb hat

Mel sich Sorgen gemacht, auch wenn die Endometriose ja nicht bösartig ist.«

»Schon irgendwie verständlich«, meinte Kathi.

»Ja, natürlich. Also stimmte sie einer Bauchspiegelung zu. Wir fuhren wieder in die Klinik, ganz in der Frühe, man machte den Eingriff um neun Uhr, und ich konnte sie um siebzehn Uhr wieder abholen. Sie hatte sich von der Narkose mehrfach übergeben, war immer noch todmüde, leichenblass und brauchte den ganzen nächsten Tag, um wieder einigermaßen auf die Füße zu kommen.«

»Aber wurde denn etwas gefunden?«, hakte Irmi nach.

»Nein, nichts, aber die Schmerzen verstärkten sich. Mel ging zu einem Gastroenterologen, den ihr eine Kollegin empfohlen hatte.«

Irmi hatte keine Ahnung, auf was das eigentlich hinauslaufen sollte, aber dem Mann war eine so tiefe Verletzung und Verzweiflung anzumerken, dass sie ihn auf keinen Fall unterbrechen wollte.

»Ich war beim Termin dabei. Der Arzt stellte jede Menge Fragen: Was essen Sie? Wie ist der Stuhlgang? Haben Sie Stress?«

»Hatte sie denn Stress?«

»Den Stress, den man als Lehrerin einer vierten Klasse hat, weil die Eltern ihre Kinder alle auf der weiterführenden Schule sehen. Verbleib an der Mittelschule ausgeschlossen. Eltern, die gleich mal prozessieren wollen. Den Stress, den man hat, weil Kollegen nichts von Inklusion halten und schon gar nichts von Flüchtlingskindern.« Er sah Irmi an. »Aber das war schon länger so, das ist eben den modernen Zeiten geschuldet, in denen Eltern nicht mehr erziehen und die Schule vor lauter Nebenkriegsschauplätzen nicht mehr dazu kommt, Wissen zu vermitteln. Mel war immer eine sehr engagierte Lehrerin, sie brannte für den Job und für die Kinder. Weil sie fand, dass man bei den Kleinen noch etwas bewirken konnte. Verstehen Sie?« Er machte wieder eine kleine Pause. Es war spürbar, dass ihn die Erinnerung an seine Frau beutelte. »Der Gastroenterologe nahm an, dass Mel aufgrund ihrer Stuhlgangunregelmäßigkeiten und der Krämpfe einen Reizdarm habe. Er nahm Blut ab, doch die Laborergebnisse waren unauffällig. Also machte man in der Praxis eine Magenspiegelung und wenig später eine Darmspiegelung. Der Arzt entdeckte einen kleinen Polypen, den er während der Spiegelung gleich abtrug. Mel war außer sich. Fatalerweise googelte sie wild im Internet herum und fand dabei heraus, dass solche Polypen später zu Krebs führen können. Der Arzt und ich sind gar nicht mehr zu ihr vorgedrungen. Dabei war das winzige Ding ja weg. Schließlich wurde zur Sicherheit eine MRT gemacht.« Er blickte auf. »Das natürlich nichts Neues ergab. Alle Befunde gingen wieder an den Hausarzt.«

»Das klingt nach einer regelrechten Ärztetournee«, sagte Irmi vorsichtig.

»Sie können es auch Horrortrip nennen. Der Hausarzt war zunehmend genervt von meiner Frau. Meiner Ansicht nach wurde er zum größten Problem auf dieser Tournee, wenn Sie das so nennen wollen. Er hatte sie schon in eine Schublade gesteckt. In seinen Augen war sie irre. Zu ihm kamen Leute mit Schnupfen oder Halsweh oder mal ein Zimmerer mit einem abgeschnittenen Daumen. Da ist klar, was zu tun ist.«

»Hat er Ihrer Frau denn gesagt, dass er sie für ›irre‹ hielt?«, fragte Kathi.

»Nicht direkt. Er hat ihr alle Befunde noch einmal komprimiert erklärt und ihr nahegelegt, zu einem Psychosomatiker zu gehen. Der Hausarzt hat ihr einen Fachkollegen empfohlen und netterweise ein paar Adressen von Selbsthilfegruppen ausgedruckt. Mel ist ausgeflippt. ›Ich bin doch nicht verrückt!‹, hat sie gerufen. ›Ihr versteht mich nicht. Ich habe Schmerzen. Typisch, dass ihr mir nun andichtet, dass ich in eine Anstalt gehöre.‹ Benedikt hat das natürlich mitgenommen. Der Bua war völlig verstört. Seine Mama war immer sein Ein und Alles gewesen. Eine gute Mama, die liebte und doch konsequent war. Kinder spüren Echtheit.« Er schluckte.

»Aber konnte der Psychosomatiker Ihrer Frau denn helfen?«, wollte Irmi wissen.

»Sie ist gar nicht hingegangen. Eines Nachts hatte sie so heftige Beschwerden, dass ich den Notarzt rufen musste. Der Rettungswagen hat sie in die Klinik gebracht. Dort hatten sie die Vorbefunde natürlich nicht, also wurde wieder Labor gemacht, Ultraschall, sie bekam eine Infusion, krampflösende Mittel und den Rat: Lassen Sie das mal abklären. Aber es war ja alles schon abgeklärt! Sie wurde dann wieder nach Hause geschickt. Zu diesem Zeitpunkt war sie schon vier Monate krankgeschrieben. Sie wurde ungerecht, larmoyant. Sie hat Bene für Dinge gescholten, die nichtig waren. Und wir, wir zwei, ja … wir hatten schon ewig keinen Sex mehr.« Er sah zu Boden. »Sie ist aus unserem Leben verschwunden. Nicht leibhaftig, aber irgendwie eben doch.« Er atmete schwer durch. »Etwa einen Monat nach dem Notfall musste sie noch einmal nachts in die Klinik, weil die Schmerzen so stark waren. Sie nahm Schmerzmittel, die ihrerseits natürlich nicht gut für den Magen waren. Und der hochgenervte Hausarzt hat ihr vermittelt, dass sie quasi austherapiert sei.«

»Puh«, sagte Kathi, »ich hätte da, glaub ich, keinen Bock mehr gehabt.«

Er sah sie nur müde an. »Ich habe einen Freund von mir angerufen, der Medizin studiert hat. Er empfahl uns, doch mal einen Schmerzspezialisten aufzusuchen. Wir fuhren also nach Passau. Der Arzt war auch Anästhesist und war der Meinung, die ganzen Beschwerden könnten vom Rücken kommen. Mel wollte das nicht glauben, aber er ließ eine MRT der Lumbalwirbelsäule machen. Da sah man ein paar Abnutzungen, die seiner Meinung nach altersbedingt und der Tatsache geschuldet waren, dass sie in ihrer Jugend geturnt hatte. Jetzt, in der Rückschau, war das der Moment, als sie komplett zugemacht hat. Und in Apathie versunken ist. In dieser völligen Resignation hat sie schließlich doch zugestimmt, zu einem Psychiater zu gehen, der viel von Psychosomatik versteht.«

»Waren Sie dabei?«

»Ja, sie konnte ja nicht mehr Auto fahren. Ihr war alles egal. Sie saß sehr lange bei dem Arzt, der mich dann auch hereingebeten hat. Er hat sich ihre lange Leidensgeschichte angehört und eine Diagnose gestellt: somatoforme Schmerzstörung.«

»Und das ist was?«

»Das sind anhaltende Körperbeschwerden, für die sich auch nach ausgiebiger Diagnostik keine organische Ursache finden lässt. Der Arzt war sehr klar und hat ihr gesagt, dass so etwas häufig vorkomme. Dass es normal sei, in einer solchen Situation das Vertrauen zur Medizin zu verlieren. Er hat mir das so erklärt, dass jeder Schmerz letztlich im Gehirn entsteht und sich auch verselbstständigen kann. Dass dann eine Schmerzverschaltung im Gehirn verankert ist, die man lösen muss. Es sprach von multimodalen Therapien, von Entspannungstechniken …« Er zwinkerte angestrengt. »Für mich klang das plausibel, aber Mel machte immer weiter zu. ›Ich spinne nicht‹, lamentierte sie. ›Ich spinne nicht.‹ Der Arzt hat ihr nett und kompetent Mut gemacht, aber sie wollte das nicht annehmen. Er empfahl ihr sogar eine Klinik. Mel rauschte hinaus. Wir sind schweigend heimgefahren. Sie ist dann ins Gästezimmer gezogen.«

Irmis inneres Entsetzen wuchs. Das alles klang grauenvoll. Melitta Regensburger hatte sich von Strohhalm zu Strohhalm gehangelt, von Arzt zu Arzt. Die Halme waren alle geknickt, sie alle hatten sich als trügerisch erwiesen und sie zurück in den Strudel der Schmerzen geworfen. Eine solche Zermürbung war auf die Dauer nicht auszuhalten. Die immer neuen Misserfolge hatten zu einer weiteren Schwächung geführt. Und sicher war es auch nicht leicht zu verdauen, auf die Psychoebene gehoben zu werden.

»Das heißt, sie hat einen Klinikaufenthalt abgelehnt?«

»Ja, weil sie dann vor sich selbst hätte zugeben müssen, dass es ihre Psyche war, die da Amok gelaufen ist. Ich habe versucht, sie zu stützen und zu bestärken. Sie hat aber völlig zugemacht.«

»Irgendwie versteh ich das«, sagte Kathi gedehnt.

»Ja, es ist die Logik der Verzweiflung. Man hat alles versucht. Man läuft von Pontius zu Pilatus. Und dann soll sich alles in einem dubiosen Begriff der somatoformen Schmerzstörung auflösen? Ich war erleichtert, dass das Kind nun einen Namen hatte. Bei Mel war eher das Gegenteil der Fall. Sie wollte nicht verrückt sein! Und wissen Sie was?«

Irmi und Kathi warteten.

»Ich habe zu dieser Zeit den Hausarzt zufällig in der Bank am Geldautomaten getroffen. Er fragte mich, wie es Mel ginge. Als ich ihm von der Diagnose erzählt hatte, schaute er mich triumphierend an nach dem Motto: Hab ich doch gesagt, irre, Ihre Frau.« Wieder stockte er. »Ich hab Mel gar nichts davon erzählt. Ihre Versuche gingen sowieso in die nächste Runde.«

»Was meinen Sie?«

»Nun kehrte sie der Schulmedizin den Rücken. Mel war bei Homöopathen, im Reiki, ließ sich hypnotisieren, bekam spagyrische Essenzen, es gab Colon-Hydro-Spülungen und Ausleitungen von was auch immer. Die Schmerzen blieben.« Wieder traf sein verwundeter Blick Irmi ins Mark. »Verstehen Sie mich nicht falsch: Ich lehne Komplementärmedizin nicht ab. Für Bene hab ich immer Arnikaglobuli parat, aber ich lehne es ab, wenn mit der Hoffnung Schindluder getrieben wird.«

»Sie meinen, Ihre Frau schöpfte Hoffnung, dass ihr endlich jemand helfen würde, und wurde immer enttäuscht?«

»Ja, dafür wurde sie immer ärmer.«

»Sie meinen, all diese Therapeuten haben ihr nur das Geld aus der Tasche gezogen?«, fragte Kathi.

»Das will ich nicht allen unterstellen, aber es muss doch

klar sein, welche Verantwortung man einem gebrochenen Menschen gegenüber hat, der ständig fragiler wird, psychisch und physisch. Mel ist immer schlank gewesen. In diesen eineinhalb Jahren Tortur hat sie fünfzehn Kilo abgenommen. Am Ende wog sie achtundvierzig Kilo – bei einer Größe von einem Meter siebzig.«

Wieder trat eine Pause ein.

»Aber Sie wollen ja etwas über meine Abscheu wissen. Irgendwann hat irgendwer Angie Nobel ins Spiel gebracht. Die Waldmedizinerin! Ich würde lachen, wenn es nicht so tragisch wäre. Sie hat Mel vermittelt, dass man nur im grünen Umfeld gesunden könne. Das gedämpfte Licht, die Stille, die frische, kühle Luft würde vitalisieren, das Immunsystem anregen und die Selbstheilungskräfte.«

»Das scheint ja in der Tat erwiesen zu sein«, sagte Irmi. »Ich war auch nicht überzeugt, aber anscheinend sind die Terpene wahre Gesundmacher.«

»Terpene sind Phytonzide und dienen bei Pflanzen der Abwehr von schädlichen Insekten. Wenn in Japan da geforscht wird, bitte schön, aber es geht um japanische Wälder und Baumarten und nicht um unsere bewirtschafteten Wälder. Ich bestreite nicht, dass ein Waldspaziergang entspannend wirken kann, allein wegen der ökologischen Bedeutung. Über die Wurzeln und Waldböden wird Regen gespeichert, der Wasserhaushalt wird reguliert, die Blätter und Nadeln der Bäume filtern Staub aus der Luft, und die Bäume verwandeln Kohlendioxid in Sauerstoff. Aber der Wald hilft nicht gegen Bauchschmerzen. Mel hatte manchmal höllische Schmerzen!«

»Angie Nobel hatte aber großen Zulauf«, meinte Irmi.

»Ja, natürlich. Sie gab den Leuten Halt und ein Gruppengefühl, und genau das hat sie Mel schließlich versagt.«

»Das verstehe ich jetzt nicht so ganz. Ihre Frau hat Angie Nobel mehrere ziemlich emotionale E-Mails geschrieben und sie darin sehr gelobt.«

»Ja, so intensiv war die Gehirnwäsche! Mel hatte zwei Waldbadetage gebucht. Die ersten zwei gaben ihr wohl wirklich Kraft. Dann kam ein viertägiger Kurs mit dem Titel: ›Waldbadekur(s) – Rücken stärken, Seele baumeln lassen, Herz erweichen, Immunsystem beflügeln‹. Außer Mel nahmen noch fünf weitere Frauen teil: eine Juristin mit Waldphobie, eine Bloggerin, zwei Hausfrauen mit Langweile und eine Oberregierungsrätin. Am Anfang sollte jede von ihnen ihre Beweggründe für die Teilnahme erläutern, die von ›Angst verlieren‹ bis ›einfach mal ausprobieren‹ reichten. Mel sprach von ihren Schmerzen – und sofort trat der Lepraeffekt ein. Die anderen distanzierten sich. Sie waren ja normal, Mel aber nicht, die war krank. Diese Frau Nobel nahm Mel dann zur Seite und empfahl ihr einen Besuch bei ihrem Freund und Kollegen da Silva. Der sei ein echter Heiler, während sie selbst in ihren Kursen nur eine Anleitung zum Walderleben gebe.«

»Und dann?«

»Mel hat da Silva aufgesucht. Sie war euphorisiert. Und dann ging sie.«

»Wie, sie ging?«

»Sie zog aus.«

»Sie meinen, Ihre Frau hat Sie wegen da Silva verlassen?« Kathi war platt.

»Sie hat mir gesagt, dass er sie inspiriere und dass sie eine spirituelle Nähe spüre. Sicher fragen Sie gleich, ob sie Sex hatten. Bestimmt hatten sie das, aber natürlich ganz spirituell, und das konnte ich als profaner Ingenieur nicht bieten.«

Der Mann tat Irmi leid. Er hatte über einen strapaziös langen Zeitraum seine Frau unterstützt, ihre Schmerzen mitgetragen. Sie war abwechselnd depressiv und aggressiv gewesen und bestimmt auch mal ungerecht. Chronische Schmerzen zermürbten einen auf die Dauer. Und auch wenn er sein Gefühl nicht als Hass bezeichnen wollte, so hätte er doch allen Grund gehabt, da Silva zu erschlagen.

»Und wie lange ging das?«

»Das weiß ich nicht so genau. Sie war ein paar Wochen weg. Dann kam sie zurück.«

»Sie kam zurück?«

»Ja, da war sie noch dünner. Fast wächsern. Sie hat zwei Tage nicht gesprochen. Bene hatte sich gerade etwas gefangen. Ich hatte ihm erklärt, dass die Mama Probleme hat und sich erholen muss. Das hat er verstanden. Irgendwie. Und dann kam sie zurück und hat uns mit Schweigen bestraft. Erklären Sie das mal einem kleinen Jungen! Ich konnte es mir ja nicht einmal selber erklären. Am dritten Tag habe ich sie aus ihrem Zimmer geschüttelt, sie angebrüllt, wo man doch in ihrer Gegenwart nur noch auf Zehenspitzen gelaufen ist. Sie hat mir erzählt, dass dieser da Silva ihr Blut und ihren Urin analysiert und ihr einen desolaten Gesamtzustand attestiert hatte. Natürlich hatte sie lauter Mangelerscheinungen, sie hat ja kaum etwas gegessen. Und seiner Meinung nach war sie völlig vergiftet.«

»Aber warum kam sie zu Ihnen zurück?«

»Er hat sie rausgeworfen. Oder schöner formuliert: Ihr nahegelegt, sich doch woanders Hilfe zu suchen. Sie war wohl nicht gesund genug für da Silva. Vermutlich war sie ihm doch too much. Zu viel Realität. Zu viele Bedürfnisse. Eine Frau, die unbequem war in ihrer Krankheit. Zu traurig, zu depressiv.« Seine Stimme brach.

Irmi konnte nur erahnen, was er durchgemacht hatte, zumal er dabei auch seinem Sohn eine Stütze hatte sein müssen.

»Ich konnte Mel dann doch überreden, zu einem zweiten Schmerztherapeuten in München zu gehen. Wir waren gemeinsam dort. Er hat sich ihre Geschichte ganz ruhig angehört und hat das Ganze wie der Kollege in Passau als somatoforme Störung diagnostiziert. Er war sehr empathisch und meinte, dass gerade Hausärzte solche Patienten als ›schwierig‹ ansähen. Er hat ihr Mut gemacht. Und er hat sie stationär aufgenommen, weil sie so schwach war und wirklich bedrohlich abgemagert.«

»Aber das ist doch gut, ich meine …«

»Ja, wir haben Hoffnung geschöpft. Mel wurde dann nach Isny in eine Klinik überwiesen, sie kam gar nicht erst heim. Das war gut! In Isny hatte sie einen intensiven Therapieplan: Verhaltenstherapie, Ergotherapie, Musiktherapie, Ernährungsberatung, Sporttherapie und auch Entspannungstechniken.«

»Aber Herr Regensburger, das hört sich doch wirklich gut an«, meinte Irmi.

»Wir haben sie am zweiten Wochenende ihres Aufenthalts dort besucht. Für Bene war das sehr wichtig. Für ihn war es leichter zu begreifen: Die Mama ist krank. Sie ist im

Krankenhaus, da hilft man ihr, und sie wird wieder gesund. Auch ich hatte ein Gespräch, weil man dort der Meinung ist, dass die Angehörigen eingebunden werden müssen. Wie gesagt, ich bin Ingenieur, ein Kopfmensch, aber es leuchtete mir schon ein, was diese Achtsamkeitsübungen sollten. Wenn der Schmerz kommt, tendiert man als Patient dazu, ihn negativ zu bewerten und sich damit zusätzlich zu quälen. Ein achtsamer Umgang würde heißen, dass man die Gedanken weiterziehen lässt und ihnen gar nicht erst so viel Raum gibt.«

»Das klingt nicht gerade easy, oder? Gedanken sind doch einfach da«, sagte Kathi.

»Ja, deshalb hat sie ja diese Therapien gemacht. So etwas dauert, sie stand am Anfang eines langen Weges. Doch in der vierten Woche des Aufenthalts hat sie abgebrochen. Sie kam nach Hause, hat ein paar Sachen gepackt. Sie hat geschrien, dass das nie mehr etwas wird mit ihr. Dass alles vorbei ist. Sinnlos. Würdelos. Ich habe keinen Zugang zu ihr gefunden. Sie ist einfach verschwunden. Und am frühen Morgen des nächsten Tages hat sie sich dann vor den Zug geworfen. 05:24 ab München. 07:14 an Plattling. Der Zug kam zu spät. Weil es bei Landau einen Personenschaden gab.«

Irmis Blick blieb an dem Foto von dieser schönen Frau hängen. Alles in ihr bebte. Was hätte sie Regensburger sagen sollen?

»Es muss aber dann doch etwas vorgefallen sein?«, fragte Kathi leise.

»Ich habe von der Polizei ihre Tasche und ihr Handy bekommen. Sie hatte kurz vor ihrem Tod mehrfach mit da

Silva telefoniert. Eigentlich wollte ich ihn gleich anrufen, aber ich musste schon so viel reden. Es war ein Psychologe da und ein Notfallseelsorger. Ich kann mich an die ersten Tage nach ihrem Tod gar nicht mehr erinnern. Sterben in Deutschland ist sehr bürokratisch. Suizid erst recht. Wir haben dann nach zehn Tagen eine Urnenbesetzung in sehr kleinem Kreis gemacht.« Es fiel ihm sichtlich schwer weiterzusprechen. »Ich konnte mich beurlauben lassen. Ich war eigentlich nur für Bene da. Kinder machen sich schnell Vorwürfe. Er dachte, er hätte die Mama bei unserem Besuch so aufgeregt. Wir bekamen eine Kinderpsychologin empfohlen. Sie war wirklich ganz reizend. Es ist ja nicht so, dass alle Therapeuten versagen.«

Irmi und Kathi warteten.

»Ein paar Tage nach der Beerdigung habe ich da Silva aufgesucht.«

»In Ohlstadt?«

»Ja. Er wusste nichts von Mels Tod. Das sagte er zumindest. Ich habe ihn damit konfrontiert, dass er mehrfach mit ihr telefoniert hätte. Er hat auch zugegeben, dass sie ihn angerufen und Hilfe gesucht habe. In der Klinik war wohl ein Mitpatient, ein dissozialer Typ, der damit geprahlt hat, er mache auf Psycho, weil er sonst ins Gefängnis müsse. Anscheinend hat er Mel auch betatscht. Sie hat das da Silva erzählt, nicht mir!« Seine Stimme bebte.

»Und was hat er ihr geraten? Hat er ihr denn etwas geraten?«

»Er sagte, er habe ihr eindringlich geraten, sie solle sofort zu ihrem behandelnden Arzt gehen. Sie solle das melden. Sich auf keinen Fall ins Schneckenhaus zurückziehen. Und die Behandlung weitermachen. Er meint, er habe sie darin bestärkt, dass sie den richtigen Weg eingeschlagen habe.«

»Aber sie hat ihm wohl auch nicht geglaubt. Nicht mal ihm«, meinte Kathi sehr leise.

»Aber das lag nicht an dem göttlichen da Silva! Das hat er mir klargemacht. Sie sei eben ein besonders schwieriger Charakter gewesen. Das sagt der zu mir! Dieser arrogante Schönling mit dieser salbungsvollen Stimme. Er sagt mir das einfach ins Gesicht!«

»Trotzdem hatte er ein Verhältnis mit ihr, oder?«, fragte Kathi.

»So ähnlich habe ich das auch formuliert. Daraufhin hat er mich rausgeworfen.«

»Gab es Handgreiflichkeiten?«

»Ich neige nicht zu Brutalität. Ich komme aus einer Welt, in der man sich verbal auseinandersetzt. Ich bin zu rational. Das hat mir Mel auch immer angekreidet.«

»Sie sind einfach gegangen?«

»Was hätte ich tun können?«

»Einige Monate später wiederkommen mit der Erkenntnis, dass Gewalt doch eine Lösung ist«, schlug Kathi wenig einfühlsam, aber nur folgerichtig vor. Der Gedanke war Irmi auch sofort in den Kopf geschossen.

»Fragen Sie nach meinem Alibi?«

»Ja, für die Freinacht und für den 2. Mai.«

Er lachte bitter auf. »Ich war hier. Allein. Bene war bei seiner Tante und seinen Cousins. Seine Schule hatte einen beweglichen Ferientag auf den 2. Mai gelegt. Ziemlicher Quatsch, denn am 3. war ja trotzdem Schule. Ja, ich war allein. Zwei Tage ohne Verantwortung. Einfach nur müde.

Ich habe ein Kind, das sich gerade wieder fängt. Bene macht eine Reittherapie, das tut ihm sehr gut. Er spielt wieder Fußball. Er hat Max und Lukas. Und ich hatte mal einen Tag frei. Ich bin nicht nach Ohlstadt gefahren, um da Silva zu töten. Aber ich sage Ihnen: Es tut mir nicht leid für ihn!«

»Würden Sie einer DNA-Probe zustimmen?«

»Wie im Film? Mit dem kleinen Röhrchen?«

»Wie in der Realität.«

»Realität habe ich im Übermaß. Eine böse, bittere Realität. Und diese Ohnmacht. Das Schlimmste im Leben ist die Ohnmacht! Kennen Sie das?« Er sah Irmi an. »Nein, das kennen Sie nicht! Sie sind die Polizei. Die hat die Macht.«

Irmi tat sich schwer, etwas zu sagen. Sie reichte ihm das Röhrchen, das er an sich nahm. Quälend langsam ließ er das Wattestäbchen durch die Mundhöhle gleiten.

»Bitte«, sagte er und gab ihr das Röhrchen zurück.

Irmi sah ihn an. »Haben Sie denn Hilfe? Familie?«

»Ja, durchaus. Hier im Dorf hab ich viel Zuwendung erfahren. Meine Schwester Martina ist auch in der Nähe. In Deggendorf. Ihre Kinder sind zehn und vierzehn. Da ist Bene oft zu Gast: eine ganz normale Familie. Ein paar mehr Leute am Tisch. Streiten. Lachen. Das tut ihm gut.«

»Und die Verwandtschaft Ihrer Frau?«

»Nun ja, schwierig. Mein Schwiegervater war nie mit mir einverstanden. Ich war ihm zu intellektuell. Zu akademisch, ein Dr.-Ing. Für einen Selfmade-Handwerker der völlig falsche Weg. Es war immer mühsam für mich. Familientreffen waren keine Freude, eher ganz böses Pflichtprogramm. Aber es wäre wahrscheinlich egal gewesen, wen Melitta geheiratet hätte. Sie war Papas Augenstern. Melitta, die seiner viel zu früh verstorbenen Frau wie ein zweites Ei glich. Melitta, die Begabte, die Empathische, das Lieblingskind. Das machte auch Mels Bruder zu schaffen. Der konnte ihm nie etwas recht machen. Und der Bruder hat dann zu allem Überfluss auch studiert. Blicken Sie in Familien, und Sie sehen auf Schlachtfelder, auf Verwundete und Versehrte, auf Krüppel und Gefühlsamputierte.«

Starke Worte, die eine Antwort erschwerten.

»Aber Melitta hat doch auch studiert?«, fragte Kathi schließlich.

»Ja, Lehramt. Für Grundschule. Ein schöner Beruf für eine Frau. Melitta war zudem unangreifbar. Er war in ihrem Fall völlig kritiklos. Sie war seine Lichtgestalt.«

»Aber hat er denn mitbekommen, dass sie so fragil wurde, wie Sie sagen? Dass sie dieses Schmerzsyndrom hatte?«, fragte Kathi.

»Hat er. War alles meine Schuld, fand er. Ich hätte das Mädchen krank gemacht. Ich hätte sie ja auch aus Garmisch entführt. Ins böse Niederbayern.«

Durch Irmi und Kathi ging ein Ruck. »Garmisch? Melitta stammt aus Garmisch?«

»Ja, wir haben uns beim Studium in München kennengelernt. Auf einer WG-Fete. Ich war überrascht, dass sie an mir Interesse hatte. Sie war so schön. Sie hätte jeden anderen haben können.« Er schluckte wieder.

Kathi warf Irmi einen kurzen Blick zu. »Darf ich fragen, wie der Mädchenname Ihrer Frau lautet?«

»Staudacher.«

Irmis Inneres explodierte, Kathi riss die Augen auf. Ihre Reaktion entging auch Regensburger nicht.

»Was ist los? Warum überrascht Sie das derart?« Er schien kurz aus der Fassung zu geraten.

»Gregor Staudacher ist Ihr Schwiegervater?«

»Ja, warum?«

»Wir kennen ihn. Wir kennen auch Melittas Bruder.«

»Sie sind im Zuge Ihrer Mordermittlungen über die Familie meiner Frau gestolpert? Halten Sie mich nicht für blöd! Was geht hier vor?«

Jetzt keinen Fehler machen und Ruhe bewahren.

Irmi sah ihn offen an. »Es ging in einem ganz anderen Fall um Alarmanlagen der Firma Werdenfels Secure. Dabei haben wir die Familie Ihrer Frau kennengelernt. Die Welt ist klein. Nicht wahr?«

Er blickte sie misstrauisch an. Irmi redete weiter und versuchte ein Ablenkungsmanöver. »Ihr Schwiegervater ist ein stolzer Mann. Und sein Sohn hat mit der Wahl seiner Frau wohl auch nicht so ganz den Geschmack seines Vaters getroffen.«

»Eine Polin mit einem missratenen Jungen ohne Staudacher-Gene, nein, das war nicht nach Gregors Gusto.«

»Herr Regensburger.« Kathi war aufgestanden. »Wir lassen die DNA-Probe analysieren. Danke für Ihre Zeit. Alles Gute für Sie und Benedikt. Ich hab auch eine Tochter, es ist ja nicht immer leicht. Schon dann nicht, wenn alles ganz normal läuft.«

Es war offensichtlich, dass auch Kathi auf Ablenkung setzte.

»Wenn wir noch Fragen haben, melden wir uns«, sagte Irmi, die sich ebenfalls erhoben hatte.

Regensburger schien ihnen das Theater nicht so ganz

abzunehmen und beäugte die beiden Frauen argwöhnisch. »Hat Gregor etwas mit dem Tod von da Silva zu tun?«

»Nein! Wie kommen Sie darauf? Hat er da Silva denn gekannt?«, fragte Kathi.

»Keine Ahnung. Ich weiß auch nicht, was Melitta ihrer Familie erzählt hat. Sie hat sich ja vor allen verschlossen. Auch ihre Verwandten dürften nicht allzu viel erfahren haben.«

Wenig später standen sie wieder auf der Straße. Irmi rief Luise an und fragte sie, ob sie sie demnächst abholen könne.

»Und?«, fragte Kathi.

»Luise ist schon ganz in unserer Nähe«, berichtete sie. »Wir treffen uns da, wo sie uns rausgelassen hat.«

»Und was, wenn Regensburger jetzt seinen Schwiegervater anruft?«

»Ich glaube nicht, dass er das tun wird. Wie es momentan aussieht, hat womöglich nicht Markus Regensburger seine Frau gerächt, sondern Melittas Vater war der Täter. Er war der Meinung, dass da Silva und Angie Nobel die geliebte Tochter auf dem Gewissen hatten. Sie haben ihr Hoffnung gemacht, ihr jede Menge Geld abgenommen und sie dann doch im Regen stehen lassen. Wenn er seine Tochter so abgöttisch geliebt hat, dann kann er durchaus zum Rächer geworden sein. Und zum Mörder!«

»Aber Bodenmüller hat gestanden!«, rief Kathi.

»Er hat nur zugegeben, dass er da Silva geschubst hat. Den Schlag hat er nicht gestanden! Das könnte Staudacher gewesen sein. Mir ist nur noch nicht klar, wie er in den Tod von Angie Nobel involviert gewesen sein könnte.«

»Auf der Wildkamera war doch diese seltsame Gestalt

mit dem langen Kapuzenmantel. Das könnte auch der alte Staudacher gewesen sein!«, meinte Kathi.

In dem Moment kam Luise angerauscht. Sie hupte, bremste und hätte fast eine Mülltonne umgefahren. Irmi und Kathi stiegen ein.

»So, wie ihr ausseht, war euer Besuch erfolgreich. Ihr müsst wirklich heute Abend noch zurück?«

»Ja, leider«, sagte Irmi.

»Aber die Mulis besuchen wir noch! Der Stall liegt am Weg.«

»Machen wir«, erwiderte Irmi mit einem Seitenblick auf Kathi, die sicher weniger erbaut war. Während ihres Almsommers hatte Irmi reiten gelernt und im Maultier Fränzi eine wohlmeinende Lehrerin gefunden.

Luises Fahrstil blieb purer Freestyle. Sie raste mit hundertsiebzig über die Autobahn, und in Rekordzeit waren sie zurück in Usterling. Ohne zu blinken oder abzubremsen, schepperte Luise in einen Feldweg am Rand des Dorfs. Am Ende des Wegs lag ein Offenstall, dessen Längsseite ein Sandpaddock einnahm. Luises zwei Esel standen draußen und beäugten die Ankömmlinge.

Die drei Frauen traten an den Holzzaun, und Irmi rief leise: »Fränzi!«

Sofort schob sich ein Kopf durch die Plastikbahnen, die den Stalleingang vor Wind schützten, und Fränzi trat heraus. Sie kam direkt auf Irmi zu und gab ein leise schnoberndes Geräusch von sich.

In Irmis Augen traten Tränen. Sie stand schweigend da, und Fränzi legte ihren großen Kopf auf Irmis Schulter. Niemand sprach, keines der Tiere gab einen Laut von sich. Es war ein telepathischer Moment. Erst als ein Hund am Nachbarhof zu bellen begann, löste sich das unsichtbare Band zwischen Mensch und Tier.

Luise kippte ein paar Äpfel und Karotten auf den Paddock.

»Ja, Fränzi vergisst die Guten nie«, bemerkte sie lächelnd. »Aber vielleicht kommst du mal privat wieder und auch mal ein bisschen länger.« Dann schüttelte sie lachend den Kopf. »Du bist ja nie privat. Dein Hirn rotiert doch immer.«

»Ich komme bald wieder, wirklich«, beteuerte Irmi.

»Nächstes Mal gehen wir ins Auwärter-Museum, da gibt es wunderbare historische Busse. So einen würde ich gerne mal fahren«, sagte Luise, als sie wieder im Auto saßen.

»Dir leihen sie so eine Rarität hoffentlich nicht«, erwiderte Kathi grinsend.

»Fahr ich so schlimm?«

»Schlimmer!«

»Dann radeln wir eben auf dem Bockerlbahnweg und kehren beim Haderer ein. Da gibt's Brotzeiten, von denen träumt ihr im Werdenfels ja nur!«

Vor Luises Haus verabschiedete sich Irmi mit einer dicken Umarmung von ihrer Freundin.

»Grüß Fridtjof von mir«, meinte Luise augenzwinkernd.

Mittlerweile war es achtzehn Uhr geworden. Die Autobahn war gut gefüllt. Rund um München tobte der übliche Verkehrskrieg, der aber schon etwas abgeflaut war.

Sie hatten von unterwegs beim Labor der Rechtsmedizin angerufen, und eine Frau, die Irmi schon lange kannte, hatte versprochen zu warten, bis sie da wären. Mehr noch: Sie wollte die Probe noch am Abend analysieren und dann dem Hasen die Ergebnisse mitteilen.

»Und jetzt?«, fragte Kathi, als sie wieder auf der Autobahn waren.

»Jetzt fahren wir heim. Morgen würde ich Bodenmüller gern noch mal befragen und Otti auch. Irgendetwas stimmt an deren Geschichten nicht. Aber jetzt muss ich schlafen und das alles erst mal verdauen. Das war heute etwas viel. Ich ruf dich morgen früh an, ja?«

»Alles klar. Bitte den Hasen, dass er dir beim Verdauen hilft.« Kathi klang gar nicht boshaft. »Ich fand den Hasen über Jahre echt unerträglich. Aber er gewinnt in den letzten Monaten jeden Tag Sympathiepunkte. Wenn das an dir liegt, mach weiter! Das hilft uns allen! Servus!«

Irmi sah ihr kopfschüttelnd nach und fuhr heim. Klopfte beim Hasen.

»Du siehst so aus, als dürfe es Bier oder Wein sein?«

»Wein. Rot, aber leicht?«

»Ihr Wunsch, Madame, ist mir Befehl.« Der Hase kam mit einem Landwein wieder, den er von einem Bekannten in Dalmatien hatte. Sie prosteten sich zu. »Santé.«

Eine Weile herrschte Schweigen, einfach so. Irmis Herz schlug gemächlicher. Ihre Atmung wurde ruhiger.

»Ich soll dich von Luise grüßen«, sagte sie schließlich. »Gut, dass wir auf der Alm nie Auto fahren mussten. Beim Reiten ist sie zum Glück umsichtiger.«

Irmi begann zu erzählen und wurde nur einmal unterbrochen, weil der Hase nachschenkte.

»Ich hab keine Ahnung, welche Rolle Staudacher gespielt

hat«, schloss sie, »aber er hat eine gespielt, da bin ich mir sicher.«

»Wenn sich hinter der Gestalt im Kapuzenmantel tatsächlich Staudacher verbirgt, könnte er Angie Nobel umgestoßen haben. Und er könnte auch den Schlag mit dem Buddha ausgeführt haben.«

»Könnte, ja, könnte … Wir brauchen Aussagen, Beweise«, entgegnete Irmi. »Die Begegnung mit Markus Regensburger hat mich ziemlich berührt. Seine Frau und er waren so nah dran am Happy End. Warum hat sie sich ausgerechnet dann umgebracht?«

»Vermutlich hat sie auf ihrer ewig langen Odyssee, dieser ständigen Wellenbewegung von Hoffnung und Scheitern, irgendwann den Punkt erreicht, an dem sie endgültig aufgegeben hat.«

»Aber warum wegen eines anderen Patienten? Der hatte doch nichts mit ihr zu tun?«

»Doch, natürlich! Sie hat die ganze Zeit darum gekämpft, nicht als gestört zu gelten. Das war das Schlimmste für sie. Indem sie in die Klinik gegangen ist, musste sie zugeben, in gewisser Weise doch psychisch krank zu sein. Und dann steht ihr jemand gegenüber, der damit spielt, der vorgibt, eine psychische Störung zu haben. Das war wohl eine Art Trigger. Mal davon abgesehen, dass ein sexueller Übergriff immer erschütternd ist und schlimme Auswirkungen haben kann. Viele somatoforme Störungen haben etwas mit psychischem Stress in der Kindheit zu tun, oft mit Gewalterfahrungen. Unsichere Bindungen in der Kindheit sind ein Risikofaktor.«

»Aber ihr Vater scheint sie abgöttisch geliebt zu haben?«

»Gerade das könnte sie auch gewaltig unter Druck gesetzt haben. Vermutlich nahm sie die Rolle der Mutter ein, die so früh gestorben ist. Ich meine nicht körperlich, aber emotional. Sie musste perfekt sein und wurde dem Bruder vorgezogen, was sie selber gar nicht wollte. Einem solchen Druck kann man sich häufig nur entziehen, wenn man krank wird.«

»Dafür kommt die Reaktion sehr spät«, sagte Irmi zögerlich.

»Wie gesagt, die Begegnung mit dem Mitpatienten dürfte ein Auslöser gewesen sein, eine Art Trigger, was weiß ich. Ich bin kein Psychiater. Den Ärzten in der Klinik wäre es vermutlich auch gelungen, sie da rauszuholen und ihr Wege aufzuzeigen, wie man mit Druck und Stress zurechtkommt. Du hast schon recht: Es hätte für die Regensburgers ein Happy End geben können. Das ist nicht fair. Wie so oft.«

Der Hase nippte am Wein. Die Zeit verstrich. »Manchmal hat man das Happy End auch in der Hand«, sagte er schließlich.

»Das heißt was?«

»Wir tun viel zu oft das, was wir eigentlich nicht wollen. Oder nur zu einem bestimmten Prozentsatz. Wir gehen einen Kompromiss nach dem anderen ein.«

»Ich glaube, das Zusammenleben zwischen Menschen funktioniert auch nur mit Kompromissen. Heutzutage wollen uns die Blogs und Ratgeberseiten weismachen, dass alles möglich ist. Doch die eigenen Vorstellungen lassen sich oft nur auf Kosten anderer durchsetzen und beengen deren Freiheit. Eine Egoistenwelt kann nicht funktionieren.«

»Und dennoch …« Der Hase lächelte.

»Sind das jetzt Aussteigerfantasien? Das Weingut in der Toskana abseits dieser irren Welt?«

»Wenn, dann in Slowenien. In Jeruzalem. Aber du bist auf der richtigen Fährte.«

»Ich glaube, mir geht es wie Kathi. Du bist kryptisch.« Irmi grinste.

»Es geht um deinen Kompromiss. Irmi, ich spüre das doch. Du hast Heimweh, oder?«

»Heimweh? Nein, ich bin gerne hier!«

»Du bist keine Frau für eine Dachterrasse. Du musst ebenerdig aus dem Haus gehen können. Dein Tritt muss Erde spüren und Wiese. Er muss unmittelbar in den Tau führen, das leisten Holzbohlen auf der Terrasse nicht. Und Blumen im Topf sind Gefangene. Es sind keine Kuckuckslichtnelken und kein Löwenzahn. Und Gänseblümchen in Töpfe zu setzen ist so, als würde man einen Spatz im Vogelbauer halten.«

»Fridtjof, es ist so eine schöne Wohnung.«

»Ja, stimmt!« Er lachte. »Aber nicht für dich.«

»Ich will nicht ausziehen.«

»Musst du auch nicht. Wir könnten woanders etwas suchen. Einen alten Hof. Das wird schwierig werden, ist aber nicht unmöglich.«

Irmi war sprachlos.

»Ein Hof. Ein bisschen Land drumrum. Mit Tau. Mit Waldblick. Mit jubelnden Vögeln am Morgen. Mit Grillen im Sommer und Schnee, der ganz leise vom Himmel rieselt. Mit Herbstnebel, der aus einer Wiese steigt. Und mit einem Kachelofen.«

Sie war immer noch außerstande, etwas zu sagen.

»Gut, dann eben mit Wald, nicht bloß dem Blick darauf. Mehr kann ich nicht offerieren.« Er lächelte.

»Du willst …«

»Mit dir zusammen ein Haus beziehen, ist das so schwer zu verstehen?«

»Aber wir, ich, du …«

»Ich kann nur für mich sprechen, Irmi. Ich würde gern noch ein paar Jahre mit dir verbringen. Ich verfluche Gott, dass er so lange gebraucht hat, mir den Weg zu zeigen, und ich danke ihm für jeden Tag, den ich mit dir erleben darf.«

»Fridtjof …«

»Du kennst Loriot. Bitte sagen Sie jetzt nichts! Kein Jodeldiplom, keine Steinlauszucht, kein Kosakenzipfel-Essen ist damit verbunden. Und bevor du widersprichst: Ich würde mein Haus hier gerne verkaufen. Dieses ganze Umräumen und Neugestalten hat mich näher an den Kern gebracht, aber es war noch keine Kernschmelze. Der Verkauf dieses Hauses wäre kein Opfer. Und Frauen mit Motorsägen werden ja immer gebraucht.«

»Ach was!« Irmi lächelte.

»Ich sehe, wir verstehen uns. In einem Punkt kann ich Loriot allerdings nicht zustimmen. Manche Männer und Frauen passen nämlich doch zusammen.«

Und es war wieder Irmi, die Fridtjof küsste. Diesmal aber weniger zaghaft. Seine Umarmung war ungewöhnlich kräftig, und sie fühlte sich gehalten, obwohl er so schmal war.

»Du bist ein überraschendes Geschenk«, sagte sie. »Und das Angebot … ich …«

»Habe ich denn recht? Mit dem Tau und der Erde?«

»Natürlich hast du recht!«

»Dann lass uns erst mal den aktuellen Fall beenden. Der umso mehr wehtut, weil wir dabei in die Zukunft sehen müssen. Altwerden ist wirklich nichts für Feiglinge, und die Menschen im Wagnerhof sind gar nicht viel älter als wir. Aber wir können die Weichen noch stellen, Irmi, und zu zweit auf einem Paar Gleisen noch durch Blumenwiesen fahren. Am Ende kommt immer der Sackbahnhof, aber der Weg dahin könnte noch ganz bezaubernd sein.« Er lächelte. »Wenn du das auch willst.«

»Ich …«

»Irmi, ich weiß, dass es Jens gibt. Ich will in keine Konkurrenz treten. Es ist dein Herz. Es sind deine Gefühle. Ich kann dir nur ein Angebot machen. *Take it or leave it.*«

»Ist das so einfach?«

»Für dich nicht. Für mich schon.« Er lächelte. »So, und nun geh ins Bett, das war ein langer Tag, und morgen wirst du das Richtige tun. Ich meine, was den Fall betrifft.«

Take it or leave it?, dachte Irmi, während sie in ihre Wohnung hinaufging. Luise hatte recht gehabt. Fridtjof suchte keine vierzigjährige Schönheit. Ein Seufzer kam aus ihrer Mitte, der wie eine Eruption war. Sie würde den Fall beenden. Und dann würde sie den Gedanken zulassen, der eigentlich ungeheuerlich war. Den Gedanken, zu lieben und dabei auf Gegenliebe zu stoßen. Ohne Tricks und doppelten Boden.

Raffi sprang auf ihren Schoß. Er schleckte ihr übers Gesicht und grinste sie aus seinen Knopfaugen an.

»Klar, du hast das immer gewusst.«

»Klöff«, antwortete Raffi. Ganz leise.

17

Irmi und Kathi trafen sich vor der Tür des Untersuchungsgefängnisses. Die Beamten fanden es komisch, dass die beiden am Samstag kamen, aber Bodenmüller wurde wenig später in den Besucherraum geführt. Er sah nicht gut aus und schien auch kaum geschlafen zu haben. Irmi hoffte für ihn, dass man ihm die Haft bis zum Prozess ersparen würde.

»Guten Morgen.«

»Was wollen Sie schon wieder? Ich hab nicht zugeschlagen, aber Sie glauben mir ja nicht.«

»Herr Bodenmüller. Sie tun sich keinen Gefallen, wenn Sie schweigen. Was ist in der Nacht passiert?«

»Das wissen Sie doch! Wie oft wollen Sie noch fragen?«

»Bis Sie die Wahrheit sagen?«

»Die Hilde und die anderen waren schon draußen. Und ich wollte auch grad raus. Da kommt der Mann aus dem Keller, wie aus dem Nichts, und hat ein Messer auf mich gerichtet. Herumgefuchtelt hat er. Da hab ich ihn gestoßen, und er ist hingefallen.«

»Bodenmüller, warum sagen Sie nicht, wie es wirklich war?«

»Das ist die Wahrheit.«

Sie kamen einfach nicht weiter. Irmi versuchte es durch die Hintertür. »Sie haben den Schraubenzieher liegen gelassen, oder?«

»Ja.«

»Herr Bodenmüller! Wollen Sie den Rest Ihres Lebens, der nicht mehr ewig sein wird, wegen Mord im Gefängnis verbringen? Jedes Detail zählt. Stimmt es wirklich, dass Gori Staudacher schon draußen war?«

»Ja«, sagte er, doch bei der Nennung von Staudachers Namen wirkte er auf einmal unsicher.

»Was war mit Gori?«

Er wand sich. »Wir wollten das mit den Einbrüchen ja eigentlich sein lassen. Alois hatte schon gesagt, dass wir es nicht überreizen sollten. Aber Gori wollte unbedingt bei da Silva einbrechen. Es sollte der letzte Bruch sein. Wir haben zugestimmt unter der Bedingung, dass es wirklich das letzte Mal ist. Und ausgerechnet da lass ich den Schraubenzieher liegen. Also bin ich zurück. Und dann kam der Mann. Mehr fällt mir dazu nicht ein.«

»Gut«, sagte Irmi. »Danke.«

Bodenmüller taperte hinaus.

Kathi hockte angespannt auf der Kante des Stuhls. »Das ist doch ein Scheiß! Was hilft uns das jetzt? Nichts!«

»Doch. Gori Staudacher hat das Ganze inszeniert. Er wollte unbedingt zu da Silva! Aber warum? Was, wenn er gewusst hat, dass da Silva daheim ist? Dann würde das heißen, dass er die Konfrontation aktiv gesucht hat!«

»Und Bodenmüller in den Ring geschickt hat?«

»So ähnlich.«

»Aber Irmi, das wäre ja perfide. Er konnte ja nicht damit rechnen, dass Bodenmüller da Silva töten würde.«

»Aber Staudacher war bereit, ihn zu töten. Für Melitta«, flüsterte Irmi.

»Du meinst, Bodenmüller hat den Mann geschubst und

ist hinausgelaufen, und dann ist Staudacher zurückgekommen und hat da Silva erschlagen?«

»Denkbar, oder?«

»Puh!«, machte Kathi. »Leider sagen die alten Leute immer wieder gebetsmühlenartig aus, dass sie draußen waren. Da müsste endlich mal jemand umknicken und zugeben, dass es Staudacher war, der in das Haus zurückgekehrt ist!«

»Genau. Das müsste jemand tun.«

»Aber die schweigen allesamt!«

»Wir versuchen es anders. Wir fahren zu Otti. Komm!«

In der Küche des Wagnerhofs backte Katja gerade einen Kuchen. Ihre Hände waren ganz mehlig.

»Lasst ihr den Alfons frei?«, fragte sie erfreut.

»Das steht nicht in meiner Macht. Aber können wir noch einmal mit Otti sprechen? Ohne dass die anderen es mitbekommen? Bitte!«

»Ach, Irmi! Immer, wenn du kommst … Und der Ferdl ist immer noch unterwegs.«

»Katja, bitte.«

Sie nickte. Irmi und Kathi folgten ihr zum Obstgarten, wo die Schafe standen. Otti lehnte am Zaun und blickte ins Leere.

»Die Irmi. I woaß fei, dass du erst amoi da warst.« Sie strahlte.

»Ja, ich war da. Und du warst im Eschenlainetal.«

Otti, bitte erinnere dich. Einmal nur. Otti, bitte!

Sie sah Irmi treuherzig an. »I bin mit dem Bulldog in die Daxen g'fahrn.«

»Und warum gerade dorthin?«

»Weil des unser Wald is.«

»Das war mal euer Wald. Er wurde verkauft.«

»Ach was, egal. Es wui eh koaner die Daxen.«

»Otti, da waren aber gar keine Daxen. Der Alfred hat erst später geholzt. Dann hättest du Daxen holen können.«

»Ach was. Schad. Fahr i halt nochmals hi. Aber ob dann wieder der Gori do wär?«

Irmi zuckte innerlich zusammen, versuchte aber, ganz ruhig und normal zu klingen. »Ach, das ist aber nett. Der Gori war auch da? Wollt er dir helfen?«

»Ja mei, manche von dene Priagel san doch recht groß. Ja mei, und der Weg is aa recht schlecht. Aber der Bulldog, der verziahgt des scho. Und wo i beim Wald war, war der Gori do. Und er hot g'moant, I dreh besser glei um, zwecks dem, dass i später besser losfahren ko. Der Gori hat mi aa eig'wiesn, damit i recht guat umdrehen kann.«

»Er hat dir gesagt, wie du rückwärtsfahren sollst?«

»Ja, wie i einlenkn muass und wie weit es z'ruckgeht.« Sie strahlte. »I sieh ja schlecht, do war des scho a große Hilfe.«

»Ja, Otti, ganz bestimmt.«

»Brauchts ihr mi no? I miassat zu die Henna.«

»Danke, Otti, ja, geh du zu den Hennen. Die warten sicher schon.«

»Ja, genau, die hot gestern fei koaner gfüttert.« Freundlich winkend ging sie davon.

»Sie hat sie heute schon zweimal und gestern viermal gefüttert. Die Hennen platzen demnächst«, flüsterte Katja. »Und was heißt das jetzt, dass der Gori auch da war? Ist damit bewiesen, dass Otti nichts gesehen hat? Das wäre ja großartig.«

»So ähnlich«, sagte Irmi. »Danke, Katja, danke sehr!«

Als sie im Auto saßen, suchte Irmi in Kathis Augen eine Antwort. »Ich wage den Gedanken gar nicht zu denken, Kathi. Könnte Staudacher seine Mitbewohner so manipuliert haben, dass sie für ihn morden? Das wäre ja ungeheuerlich.«

»Schwer zu glauben, aber möglich. Wie willst du an ihn rankommen? Denn Bodenmüller bleibt bestimmt bei seiner Aussage!«

»Wir müssten beweisen, dass er der Mann mit dem Kapuzenmantel war. Moment! Ich hab eine Idee. Wir müssen zu dieser Utzschneider.«

Diesmal ging es nach Grainau. Ein Yin-und-Yang-Zeichen zierte das Schild ihrer Praxis. Gesine Utzschneider öffnete nach einer geraumen Weile. Sie trug ein Kleid mit einem schreiend bunten Muster, das, wenn überhaupt, nur einer gertenschlanken Sechzehnjährigen gestanden hätte.

»Sie hier?«

»Entschuldigen Sie den samstäglichen Überfall. Wir hätten nur eine klitzekleine Frage.«

»Von mir aus.« Gesine Utzschneider machte keine Anstalten, die beiden Kommissarinnen hereinzubitten.

»Sie haben doch erzählt, dass sich ein älterer Herr für das Waldbaden interessiert hatte, Frau Utzschneider?«

»Ja, weil Ihr Kollege ja der Meinung war, dass Waldbaden nur so ein Weiberding wäre. Typisch Männer!«

»Mögen Sie sich mal kurz das Foto ansehen?« Irmi hielt ihr ein Bild von Gori Staudacher unter die Nase.

»Ja, der war das. Netter älterer Herr. Attraktiv dazu. Ich denke, eine alte Frau hat Angie überfahren? Ich weiß das von ihrer Tochter, die gerade hier ist und Kontakt zu mir aufgenommen hat, weil sie über ihre Mutter reden wollte. Sie wollte wissen, wie deren letzten Tage hier waren. Das arme Kind. Dieser sinnlose Tod!« Sie wurde nun wieder theatralisch. »Was ist an diesem älteren Herrn so interessant?«

»Ach, es geht da um eine Haftungsfrage. Er war also den halben Tag dabei?«

»Ja, und ich glaube, er hat sich auch noch einmal mit Angie verabredet. Ich meine, da was gehört zu haben. Was ist mit dem Mann? Sie wollen mich doch wieder nur aushorchen und manipulieren!«

»Frau Utzschneider, danke, alles gut. Schönes Wochenende noch.«

Sie liefen zum Auto und ließen eine völlig verdutzte Gesine Utzschneider zurück.

»Das ist Irrsinn!«, rief Kathi aufgebracht, als sie wieder im Wagen saßen. »Staudacher hat das alles geplant. Hat Angie Nobel in den Wald gelockt, hat Otti benutzt. Hat da irgendwas bei da Silva gedreht. Er hat die Marionetten tanzen lassen. Ich will ihn sehen! Ich will ihm in die Augen sehen!«

Wieder ging es nach Eschenlohe. Kathi fuhr viel zu schnell durch den Tunnel und musste an der Brücke stark abbremsen.

»Kathi, es wäre gut, wenn wir lebend ankämen«, sagte Irmi leise.

Wieder stürmten sie die Küche.

»Irmi, nicht schon wieder«, sagte Katja. »Ihr habt uns genug angetan.«

»Das haben sich diese fidelen Rentner doch selber eingebrockt!«, rief Kathi. »Bloß weil die alt sind, gelten die Gesetze für sie nicht, oder was?«

»Bitte, Katja, wir müssten noch mal mit Gregor Staudacher sprechen«, erklärte Irmi. »Entweder jetzt und hier, oder wir laden ihn vor.«

»Ihr habt doch eure Mörder – Otti und Alfons. Das wolltet ihr doch!«

»Katja, bitte!«

»Gut, ich hole ihn.«

Katja hastete hinaus und wischte sich im Gehen die Hände an ihrer Küchenschürze ab.

Kathi suchte Irmis Blick. »Wir können uns doch nicht davon leiten lassen, dass wir Sympathie für die Alten hegen. Dass die alle meine Oma und mein Opa sein könnten. Es gibt genug Opfer, die nach so einem Einbruch völlig traumatisiert sind, weil das Eindringen eines Fremden in die Privatsphäre was ziemlich Heftiges ist. Davon spricht hier aber keiner!«

Nein, davon sprach man nicht. Kathi hatte recht, und doch hätte Irmi die Zeit nur allzu gerne zurückgedreht. Augen und Ohren verschlossen, aber dazu war es definitiv viel zu spät.

Katja war mit Staudacher zurückgekommen. Er setzte sich an den Küchentisch und wartete.

»Herr Staudacher, ich sag es Ihnen gleich: Ich bin fuchsteufelswild!«, rief Kathi. »Sie hatten eine Tochter namens Melitta, die Sie sehr geliebt haben und die sich umgebracht hat. Für ihren Tod machen Sie Davide da Silva und Angie Nobel verantwortlich. Das alles wissen wir.«

Er sah Kathi nur interessiert an. »Ja und?«

»Ja und? Sie kennen die beiden?«

»Was heißt kennen? Ich bin froh, sie nicht näher zu kennen. Sie spielen mit dem Leben von Menschen. Sie schüren Hoffnung und lassen die Leute dann im eiskalten Regen stehen. Wenn sie dann an die Türen klopfen und wieder hereingelassen werden wollen, dann verschließen sie die Ohren. Wie bei meiner Melitta.«

»Sie geben also zu, dass Sie Nobel und da Silva gehasst haben?«

»Sie haben meine Tochter getötet.«

»Ihre Tochter hat sich selbst getötet«, sagte Kathi mit fester Stimme.

»Man kann Menschen in den Tod treiben. Wissentlich.«

»Man kann Menschen auch dazu treiben, andere zu ermorden!«, rief Kathi.

Er sagte nichts.

»Sie wussten, dass Angie Nobel hier einen Kurs gibt?«, versuchte es Irmi.

Er hustete kurz. »Ja, das wusste ich. Ich wollte wissen, wer sie war. Also habe ich am PC eruiert, wann sie wo Kurse hat. Ich wollte ihr in die Augen sehen. Wollte sehen, was für ein Mensch meine Tochter auf dem Gewissen hat.«

»Sie waren im Wald, im Eschenlainetal, und haben sich als Waldbadeinteressent ausgegeben.«

»Genau. Diese Frau Nobel war sehr überzeugend. Kein Wunder, dass sie all die Unwissenden manipulieren und um den Finger wickeln konnte.«

»Fürs Manipulieren sind doch eher Sie zuständig!«, rief Kathi empört.

»Inwiefern?«

Kathi sprang wütend auf, doch Irmi hielt sie zurück.

»Kathi, setz dich! Und Sie, Herr Staudacher, Sie erzählen uns jetzt die gesamte Geschichte.«

»Die ist ganz einfach. Ich habe einen halben Tag mit den Waldbadedamen verbracht und mich dabei ein wenig mit Frau Nobel angefreundet. Wir haben uns für den 2. Mai frühmorgens verabredet. Ich wollte ihr ein paar Plätze zeigen, wo es Enzian gibt. An einer Stelle wachsen die drei Sorten Frühlingsenzian, Kochscher und Clusius ganz nah beisammen.«

»Ach, Sie sind Botaniker?«

»Durchaus.«

»Und weiter?«

»Nichts weiter. Sie meinte zu mir, sie müsse die Erlebnisse erst einmal einsickern lassen. Sie müsse in sich hineinspüren. Das Glück fühlen. Ich habe mich auf einen Baumstamm gesetzt und Brotzeit gemacht. Plötzlich hab ich meinen Augen nicht getraut. Da kam nämlich Otti. Es ist ja verrückt, da im Gebirge rumzufahren. Ich habe ihr eingeschärft, sofort umzudrehen. Sie hätte doch verunglücken können!«

Er wirkte vollkommen ruhig dabei. Irmi war wirklich erschüttert.

»Sie wussten doch, dass Frau Nobel da im Gras lag!«

»Nein.«

»Frau Nobel lag im Gras, und Sie haben zugelassen, dass sie überfahren wurde. Von Otti! Sie haben Otti benutzt!

Was hätten Sie sonst getan? Sie in die Klamm gestoßen? In den Gachen Tod? Das wäre doch passend gewesen!«, brüllte Kathi.

»Junge Frau, nicht so laut. Sie fantasieren doch!«

Irmi wäre ihm am liebsten an die Gurgel gefahren. Er log so dreist, und sie hatten keine Chance, ihm das Gegenteil zu beweisen.

»Und bei da Silva? Sie haben Alfons in die Falle gejagt. Sie wussten, dass da Silva daheim ist.«

»Nein.«

»Sie wollten unbedingt noch bei da Silva einbrechen. Warum?«

»Das wäre ein würdiger Abschluss gewesen.«

»Sie kennen Ihre Mitbewohner gut. Sie wussten genau, wie die reagieren würden. Wahrscheinlich haben Sie den Schraubenzieher absichtlich liegen lassen. Und Bodenmüller noch einmal ins Haus gejagt. Sie haben das alles einkalkuliert.«

»Nein.«

Es war zum Wahnsinnigwerden!

»Und damit können Sie leben, Staudacher? Dass Ihre Freunde nun einen Menschen überfahren haben und einen anderen erschlagen?«

»Was ist schon das Leben? Ich esse, schlafe und scheiße. Mehr ist das nicht.«

»Aber Sie haben Ihre Freunde benutzt!«

»Ich hatte nie Freunde. Ich hatte Mitarbeiter, Kollegen, Weggefährten, aber keine Freunde. Die Leute hier im Wagnerhof, das ist eine Notgemeinschaft, mehr nicht.«

»Otti wird wohl aus der Nummer rauskommen, aber Bodenmüller wird angeklagt. Leider gibt es für Perfidität kein Strafmaß, dann bekämen Sie lebenslang«, meinte Kathi mit mühsam unterdrücktem Zorn. »Ich kann nur hoffen, dass man Sie wenigstens wegen der Einbrüche verräumt! Und zwar lange!«

»Um mich müssen Sie sich keine Sorgen machen.«

»Um Sie mach ich mir auch keine Sorgen! Sie haben das Zutrauen und die Loyalität verraten. Alois Hinterstoisser hat gesagt: ›Wir waren ein Team. Einer für alle. Alle hätten dichtgehalten. Ich glaube an diese Truppe.‹ Das haben Sie verraten. Sie haben die Menschlichkeit verraten!«

»Menschlichkeit? Gott schütze uns vor der Menschlichkeit, die unter dem Deckmantel der Biedermeierlichkeit daherkommt«, konterte Staudacher verächtlich. »Hinterstoisser ist ein Utopist. Ein Querdenker, der immer noch glaubt, man könne die Welt zum Guten wenden.«

Irmi war sprachlos. In dem Moment kam Hilde Koch herein. Sie sah fahl aus, war aber offensichtlich aus dem Krankenhaus entlassen worden.

»Ich möchte eine Aussage machen.«

»Bitte?«

»Ich kann nicht mehr mittragen, dass Alfons des Mordes bezichtigt wird. Ich habe diesen Herrn da Silva erschlagen.«

»Was?«, rief Kathi.

»Frau Koch, bitte setzen Sie sich«, meinte Irmi ruhig.

»Auch im Sitzen möchte ich eine Aussage machen«, erklärte Hilde Koch mit überraschend fester Stimme. »Haben Sie so ein Dings an? Ein Aufnahmegerät?«

»Ich kann Ihre Aussage mit dem Handy mitschneiden«, sagte Irmi.

»Am fraglichen Abend ist Alfons nicht mehr zurückgekommen. Ich hab den anderen gesagt, sie sollen schon mal losradeln. Dann bin ich ins Haus gegangen. Da stand Alfons, und auf dem Boden lag der Mann, der gerade dabei war, sich hochzurappeln. Er griff sich das Messer, das neben ihm lag, und ist auf Alfons losgegangen. Da habe ich instinktiv reagiert. Ich hab etwas von einer Säule genommen und zugeschlagen. Sie können mich verhaften.«

Irmi starrte sie an. »Und das erzählen Sie uns jetzt erst?«

»Alfons wollte mich unbedingt schützen, damit ich nicht im Gefängnis sterben muss. Aber es ist egal, wo man stirbt. Alfons hingegen hat noch einige Jahre vor sich. Bei Katja. Es ist gut, bei Katja zu leben.«

»Und Sie sind sich ganz sicher?«

»Ja.«

»Und Sie wollen das auch schriftlich zu Protokoll geben?«

»Gern.« Die alte Frau war ganz ruhig.

»Es gab keine Fingerabdrücke auf dem Buddha«, sagte Kathi.

»Bei den Einbrüchen hatten wir immer Handschuhe an. Und Einwegoveralls. Sie hätten da niemals etwas gefunden. Aber nun ist es halt so gekommen, wie es gekommen ist. Ich warte dann auf einen Streifenwagen, oder?«

»Sie sind sich wirklich ganz sicher, Frau Koch, dass es nicht der Herr Staudacher war, der zurück ins Haus gegangen ist und da Silva erschlagen hat?«

Sie sah zu ihm hinüber. »Natürlich bin ich mir sicher. Weil ich es doch war.«

Irmi war klar, dass Hilde Koch niemals etwas an ihrer Aussage ändern würde. Man hätte sie foltern können.

Staudacher stand auf. Er umarmte Hilde Koch ganz kurz und sagte: »Es ist gut, wenn man die Wahrheit weiß.« Dann ging er grußlos hinaus. Irmi hätte ihm nachrennen wollen, aber wozu?

Wenig später wurde Hilde Koch im Streifenwagen davongefahren. Katja weinte leise. Irmi holte eigenmächtig den Schnaps aus dem Kühlschrank und trank einen Schluck direkt aus der Flasche, bevor sie sie an Katja weitergab.

»Ist es nun zu Ende?«, fragte Katja mit zittriger Stimme.

»Ja.«

Eine Weile herrschte Schweigen in der Küche.

Dann stand Kathi auf.

»Wir gehen«, sagte sie.

Schweigend fuhren sie bis Garmisch. Es war dunkel geworden. Mehr als ein »Servus« war zwischen den beiden Frauen nicht drin, als sie sich vor der Polizeiinspektion verabschiedeten.

Irmi war heute fast froh, dass sich der Ettaler Berg so zog. Vor dem Haus blieb sie im Auto hocken, bis Raffi am Fenster hochsprang. Dann öffnete der Hase die Tür. Er sah besorgt aus.

»Ist was passiert? Geht es dir nicht gut?«

»Doch. Ich würde nur gerne, ich müsste …«

»Du musst etwas essen, komm rein«, sagte der Hase nur.

Und während Irmi sich auf Fridtjofs Couch in eine Decke wickelte, kam er mit Brot, Butter und einem Liptauer wieder. Und einem Bier.

Irmi bedankte sich und aß schweigend.

Irgendwann fing sie an zu erzählen.

»Ich komme immer noch nicht über die Härte von Staudacher hinweg«, schloss sie. »Er hat seine Mitbewohner benutzt. Er wollte seine Tochter rächen. Sonst nichts. Und ich glaube immer noch, dass er da Silva erschlagen hat, nicht etwa Hilde Koch.«

»Aber sie hat gestanden. Nicht er.«

»Aber dass er das durchzieht! Dass er so knallhart ist, ich kann das nicht glauben.«

»Glaubst du es nicht, oder willst du es nicht glauben?«

»Ist das nicht dasselbe?«

In dem Moment läutete Irmis Handy. »Oh, es ist Luise.«

»Bin schon weg. Ich geh rüber in die Küche. Grüß schön.«

Irmi nickte und wandte sich dem Handy zu.

»Luise, das ist aber nett, deine Nummer am Display zu sehen.«

»Du klingst ziemlich fertig.«

»Ja, der Fall war hart. Es gibt immer wieder Menschen, die eine alte Polizistin wie mich doch noch tief erschüttern können.«

»So alt bist du doch gar nicht, Irmi. Aber warum ich eigentlich anrufe: Ich wollte dich etwas fragen, was deinen Fall betrifft. Etwas, was mir doch nun keine Ruhe lässt. Aber vielleicht passt es dir grad gar nicht?«

»Doch, doch.«

»Ich weiß, wen ihr da besucht habt.«

»Aha?«

»Markus Regensburger, oder?«

»Kennst du ihn?«

»Nein, aber meine Freundin, und die hat seine Frau öfter beim Arzt getroffen. Die Frau ist inzwischen tot. Hat sich umgebracht. Was hast du damit zu tun, Irmi?«

»Der Herr Regensburger war ein Zeuge. Es ging unter anderem um zwei Therapeuten seiner Frau«, sagte Irmi vage.

»Die tot sind, oder?«

»Luise!«

»Ja, ja, du darfst nichts sagen. Ich denke, der Fall war schon gelöst, bevor ihr hier wart?«

»Quasi.«

»Na toll! Die Frau Regensburger tot, der Arzt tot, du machst auf Geheimniskrämerin – und da soll ich mir nichts denken?«

»Welcher Arzt ist tot?«

»Der Hausarzt meiner Freundin.«

Irmi zuckte regelrecht zusammen. Sie versuchte, sehr neutral zu klingen. »Der Hausarzt ist tot? Also damit auch der Hausarzt von Melitta Regensburger?«

»Ja.«

»Woran ist er gestorben?«

»In der Donau ersoffen. Voll wie eine Haubitze. Es war bekannt, dass er gern mal einen heben geht. Tja, was der Alkohol so aus Menschen macht.«

Irmi blickte auf ihr Bier und gab sich einen Ruck. »Luise, wir sind durch mit der Sache. Aber danke für die Info. Du musst dir keine Sorgen machen. Alles gut!«

»Und an der Herzensfront? Was macht Fridtjof?«

»Ich sitz grad bei ihm. Morgen ruf ich dich an. Ja?«

»Schön. Gute Nacht, Irmi.«

Der Hase war zurückgekommen, und wieder fuhr er nicht mit neugierigen Fragen auf Irmi nieder, sondern wartete, bis sie erneut zu reden begann.

»Noch mehr Zufälle? Fridtjof, das kann nicht sein.«

Er sah sie mit einem weichen Blick an. Verständnis lag darin. Und eine tiefe Zugewandtheit. »Irmi, willst du noch ein Fass aufmachen?«

»Was, wenn Staudacher den Arzt in den Fluss geworfen, da Silva erschlagen und Angie Nobel so zugerichtet hat, dass Otti sie leichterdings überfahren konnte?«

»Davon bist du doch eh überzeugt. Dann hat er also neben den beiden Heilern auch den Hausarzt getötet, der ja offenbar ebenfalls total versagt hat. Klingt logisch.«

»Bist du etwa nicht meiner Meinung?«

»Es könnte auch Markus Regensburger gewesen sein. Du müsstest sein Alibi für die Nacht überprüfen, in der dieser Arzt starb. Für die beiden Todesfälle bei uns hat er keins. Sein Junge war bei der Schwester. Markus Regensburger war allein zu Hause. So war das doch, oder? Du hast seine DNA genommen, und ich habe bereits die Ergebnisse aus München vorliegen, weil du es so dringend gemacht hast. Und ich habe sie mit den Referenzproben verglichen. Wir haben keinerlei Spuren von ihm gefunden. Auch das sagt nichts aus. Auch er kann Handschuhe und Einweganzüge getragen haben. Und wo soll ich so viel später seine DNA suchen? Im Wald? An der Donau?«

»Aber Fridtjof!«

»Irmi, du kannst wieder von vorn anfangen.«

»Oder ich kann es lassen. Hast du das gemeint?«

»Hör in dich hinein. Was willst du?«

»Ich weiß es einfach nicht!«

»Der Junge braucht ihn, braucht beide. Den Opa und den Vater. Die Mutter hat er schon verloren«, sagte der Hase sehr leise.

Der Liptauer war sehr orange, das Bier so golden. Die Butter weiß. Es ging im Leben ums Essen. Um Wärme.

Irmi lächelte den Hasen an. Es ging auch um Liebe. In mancherlei Hinsicht. Sie lehnte sich zurück.

EPILOG

Es war Abend, als das Telefon läutete.

»Freut sich der Bene auf Oxford?«, fragte der alte Mann.

»Ja, eigentlich schon. Er findet den Mini auch besser als BMW. Zwar verliert er hier seine Freunde, aber die können ihn ja auch besuchen kommen. Und er sie. In den Ferien wird er zu euch kommen können. Und zu Martina. Die Idee, dass er allein fliegen könnte, findet er cool.«

»Mich wird er wahrscheinlich nicht besuchen können.«

»Es waren nur Einbrüche!«

»Ja, aber viele. Und wenn sie mich einsperren, dann ist es eben so. Hauptsache, meine Mission ist damit beendet.«

»Unsere!«

»Unsere Mission ist beendet. Mission, von lateinisch missio, Auftrag, Sendung. Vorbei! Schau du jetzt nach vorn. Du hast ein neues Leben in Oxford. Und Bene erst recht. Er ist jung. Er wird vergessen, die Erinnerung wird verblassen. Er wird ein toller Mensch werden.«

»Und wenn sie alles noch mal aufrollen? Ich habe beim Gespräch mit den beiden Polizistinnen sicherheitshalber einfließen lassen, dass Bene von der Freinacht bis zum 2. Mai bei seiner Tante war. Ich dachte, es weckt ihr Misstrauen, wenn die Tatsache erst später rauskommt.«

»Das war schlau.«

»Aber ich habe kein Alibi. Irgendwer kann mich im Loisachtal gesehen haben.«

»Du hattest einen Erlkönig als Fahrzeug! Wer wollte den mit dir in Verbindung bringen?«

»Es ist alles schiefgegangen!«

»Eigentlich nicht. Da Silva ist tot.«

»Aber uns ist die Situation entglitten. Den Einbruch als Tarnung zu verwenden war eine dumme Idee. Und nun trifft es Alfons. Warum ist da Silva nur so früh aus dem Keller gekommen? Und warum musste Alfons unbedingt diesen blöden Schraubenzieher holen? Jetzt steckt er mittendrin. Das wollte ich nicht!«

»Er hat ihn nur geschubst. Er hat den Schlag nicht geführt. Dabei bleibt es. Er hat eine gute Anwältin.«

»Dafür opfert sich jetzt Hilde! Für mich!«

»Markus, so tragisch es ist: Hilde wird nicht mehr in eine Vollzugsanstalt kommen. Die Krankheit ist so weit fortgeschritten. Markus, schau nach vorn. Es ist vollbracht. Nicht ganz so, wie wir es geplant hatten. Aber es ist zu Ende! Hilde hat Mel genauso geliebt wie wir beide. Keiner weiß, dass sie ihre Patentante war. Lassen wir es dabei.«

»Wir sind keine guten Verbrecher. Auch der Anschlag auf Angie Nobel ist uns nicht gelungen.«

»Warum? Gut, sie hätte in der Gachen-Tod-Klamm umkommen sollen. Aber ist es nicht viel angemessener, wenn so jemand einfach wie ein lästiges Insekt zermahlen wird?«

»Auch in diesem Fall ist eine deiner Mitbewohnerinnen die Leidtragende!«

»Otti vergisst alles. Und so schnell. Otti ist ein Sonnenschein.«

»Und was, wenn sie erfahren, dass Dr. Unterweger auch tot ist?«

»Der Mann ist ertrunken. Ganz Niederbayern wusste, dass er wie ein Loch gesoffen hat.«

»Aber diese Frau Mangold ist klug!«

»Sie werden nicht weiterermitteln, Markus. Frau Mangold war sehr erschüttert über mich. Sie hat genug.«

»Ja, sie haben dir geglaubt, dass du so ein rücksichtsloser Hund bist. Du hast dich wahrhaft zum Monster stilisiert.«

»Ja, aber die, auf die es ankommt, die kennen die Wahrheit. Natürlich waren wir ein Team. Natürlich sind wir es auch weiter. Natürlich gilt: Einer für alle, alle für einen. Wir stehen am Ende, aber wir stehen zusammen. Das ist auch das Einzige, was wir moralisch noch tun können. Das genügt mir. Der Rest der Welt soll denken, was er will.«

»Ach, Gregor!«

»Weißt du, was mich am meisten freut, Markus? Dass sie dir geglaubt haben, dass wir beide uns nicht ausstehen können.« Er kicherte. Wie ein junger Bub.

»Am Anfang war das ja auch so.«

»Du warst so akademisch. Mir wäre ein Handwerker lieber gewesen. Aber du stehst auf der richtigen Seite. Und bist der beste Vater, den Bene haben könnte.«

»Danke.«

»Markus, noch was: Wo ist der Kapuzenmantel?«

»Verbrannt.«

»Gut so. Gott schütze euch!«

NACHWORT

»Heut muss a jeder aus Selbstfindungs- und Wellnessgründen, zur Löschung aller Körpersünden, sich unter Bäumen in den Wald neilegen, statt dass er bleibt auf den Wanderwegen. Weil der Mensch nicht versteht, so ist er eben, dass das Tier im Wald will in Ruhe leben«, dichtete Dr. Volker Pürckhauer, der langjährigen Pächter einer Jagd in Peiting. Er wundert sich, wie so viele andere auch.

Wir sind Landeier, von der ländlichsten Sorte, unser Hof liegt am Ende einer gesperrten Straße, die in einem Feldweg endet. Wir werden zugeparkt, denn dass das Privatgrund ist, interessiert nicht. Wo sollten wir denn sonst parken?, das hören wir oft. Da stünde kein Verbotsschild, hören wir noch öfter. Ist das die Welt, die wir ersehnen, wo alles reglementiert sein muss, abgezäunt, verbarrikadiert?

Gerne werden Hunde entladen und einfach von der Leine gelassen. Sie jagen unsere Katzen, sie jagen Rehe bis in den Tod. Höfliche Bitten, die Hunde doch anzuleinen und den Kot wegzuräumen – auch am Land treten wir ständig in Tretminen –, fruchten nicht. Wenn man dann so einen Hundehalter anspricht, er möge die stinkende Hinterlassenschaft entfernen, hört man oft, es gebe ja keinen Tütchenautomaten.

Wir Landeier spüren es: Der Druck auf den Freizeitraum wird immer größer. Es gibt bereits den Begriff »Overtourism«, weil ganze Regionen unter dem Ansturm kollabieren, und ich komme mir, wie es Lissi im Buch formuliert, manchmal vor, als wären wir nur noch Kulisse und Staffage für distanzlose Städter. Wir sind Fotomotive, die letzten Wilden.

Ich gehöre zu einer Generation, in der Kinder den Schulranzen in die Ecke feuerten, barfuß in Bächen kleine Staudämme bauten, auf Bäume kletterten, runterfielen, Kastanienmännchen bastelten und sich die Flieger der Ahornsamen auf die Nase pappten. Kinder, die noch Hunderte Arten von Vögeln, Heuschrecken, Zikaden sahen – und hörten! Aber das Zusammenspiel der Arten, die Abhängigkeit der Tiere und Pflanzen voneinander, dieser Kosmos vor der Haustür stirbt. Achtundneunzig Prozent des extensiven Grünlandes ist in den letzten Jahrzehnten verschwunden: durch Umwandlung in Ackerland, durch Düngung mit Gülle und Kunstdünger und durch kurze Mähintervalle. Nichts davon geschah durch bösen Willen. Die staatlich subventionierte Agro-Industrie entwickelte im 20. Jahrhundert immer neue Technologien und Geräte, mit denen selbst Feuchtwiesen und Trockenrasen in profitables Wirtschaftswunderland verwandelt werden konnten.

Bis vor etwa hundert Jahren lebten die Menschen mit ihren Mitgeschöpfen ganz gut zusammen, sie jagten Tiere oder domestizierten sie. Erst vor fünfzig Jahren begannen wir jedes Maß zu verlieren und in blinder Fortschrittsgläubigkeit die Erde zu betonieren, die Wälder zu roden, die Flüsse zu begradigen, Plastik zu unserer Religion zu machen. Wir schauen auf eine Welt, die vor vierzig Jahren das Ruder hätte herumreißen müssen, es jedoch nicht getan hat.

Wir haben zwar gegen die Pershings demonstriert, aber das Klima war zu abstrakt.

Nun stehen wir am Scheideweg, ob wir unsere Welt noch retten können, mehr noch: ob wir unsere Moral retten können. Wohin geht diese Welt, in der die Politik die Generationen aufeinanderhetzt? In der den Jungen gesagt wird, sie hätten ohnehin keine Zukunftschancen, weil sie für ihre Eltern und Großeltern löhnen müssten? Eine Welt, in der man Hass sät und Verunsicherung. Denn wir sind das Böse! Wir sind die Babyboomer – ein Wort, das Politiker voller Abscheu aussprechen. Wir von den Geburtsjahrgängen 1960 bis 1967 bedrohen den Fortbestand unseres Staats, weil wir Renten wollen. Jene Menschen, die momentan diesen Staat tragen, die Steuern bis zur Ausblutung und Rentenbeiträge zahlen, die stehen plötzlich vor der Rententür. Dabei habe ich es mir nicht ausgesucht, eine Folge des Wirtschaftswunders zu sein.

Es mag ein Zeichen der Zeit sein, dass man sich nun in sein persönliches Detox flüchtet und sich sein Well-Being einfach nimmt. Moderne Menschen haben nämlich einen Masterplan: das übersäuerte Ich zu reinigen, am liebsten im Vorgarten der Städte, am allerliebsten in den Alpen. Da können Zäune und Parkverbote oder gar das Verbot, Grillfeuer zu machen, wirklich nicht interessieren. In manchen Regionen denkt man laut über wochenendliche Sperrungen nach.

Ich will keine Spielverderberin sein. Es ist schön bei uns, und wir wollen diese Schönheit erhalten. Aber das geht nur mit gegenseitiger Rücksichtnahme. Rehe und andere Tiere als ursprüngliche Offenlandbewohner wurden in den Wald gedrängt. Sie werden von manchen Forstbetrieben als »Schädlinge« verunglimpft, dabei hätte der Verbiss eine wichtige Funktion im Urwald gehabt. Wohlgemerkt im Urwald, nicht in einem wirtschaftlich orientierten Nutzwald, der inzwischen durch den Klimawandel bedroht ist. Mitteleuropäische Bäume halten Hitze und Trockenheit nun einmal nicht stand.

Genau dieser Wald gerät beim Waldbaden in den Fokus. Man kann und will nur schützen, was man kennt, doch das Kennenlernen eines fragilen Raumes erfordert kleine Schritte, die auf den Wegen bleiben, leise Stimmen und ein sehr sanftes Auftreten …

Ich danke Annette Bernjus für ihre Erzählungen übers Waldbaden und wünsche ihr, dass sie die Menschen zu ebendiesem sanften Auftreten anleitet. Ich danke Ernst Knop für sein Wissen um steuerliche und wirtschaftliche Fragen bei Hofübergaben. Fast schon zum »Team« gehörig: Dr. Matthias Graw von der Rechtsmedizin in München, Oliver Ahegger, Strafrechtler aus Kempten, und Dr. Arno Bindl, Psychiater aus der Schweiz, der hier intuitiv, kompetent und intensiv mitgearbeitet hat. Ich danke Hansjürgen Hielscher für kluge Worte und E-Bike-Wissen und Hans Peter Schöler fürs Waldwissen. Und Lutz wie immer für Erkundungstouren, die diesmal im Eschenlainetal auf dem Bike ganz schön *rough* waren … und natürlich der stets fürsorglichen Steffi und der stets treffsicheren Annika.